邓云乡集

诗词自话

邓云乡　著

中华书局

图书在版编目(CIP)数据

诗词自话/邓云乡著. —北京:中华书局,2015.6
(邓云乡集)
ISBN 978-7-101-10834-7

Ⅰ.诗…　Ⅱ.邓…　Ⅲ.诗词-作品集-中国-当代　Ⅳ.I227

中国版本图书馆 CIP 数据核字(2015)第 057941 号

书　　　名	诗词自话	
著　　　者	邓云乡	
丛 书 名	邓云乡集	
责任编辑	彭　伟	
出版发行	中华书局	
	(北京市丰台区太平桥西里38号　100073)	
	http://www.zhbc.com.cn	
	E-mail:zhbc@zhbc.com.cn	
印　　　刷	北京天来印务有限公司	
版　　　次	2015 年 6 月北京第 1 版	
	2015 年 6 月北京第 1 次印刷	
规　　　格	开本/880×1230 毫米　1/32	
	印张 12⅝　插页 4　字数 280 千字	
印　　　数	1-6000 册	
国际书号	ISBN 978-7-101-10834-7	
定　　　价	41.00 元	

小丁 绘

　　邓云乡，学名邓云骧，室名水流云在轩。一九二四年八月二十八日出生于山西灵丘东河南镇邓氏祖宅。一九三六年初随父母迁居北京。一九四七年毕业于北京大学中文系。做过中学教员、译电员。一九四九年后在燃料工业部工作，一九五六年调入上海动力学校（上海电力学院前身），直至一九九三年退休。一九九九年二月九日因病逝世。一生著述颇丰，主要有《燕京乡土记》、《红楼风俗谭》、《水流云在书话》等。

近擬楹帖

一擬黃李劉師

芳州有情夕陽西下

落花無緒逝水東流

二集成句

竟夕相思三生佔哭

華芝月一枕兩下遙望

三酒家於張散字

魚羹酒炙吳翔食重

賓筵家慶樂飲情同

雲驤兄正

俞平伯 [印]

邓云乡藏俞平伯诗词稿

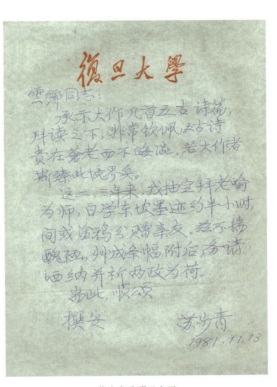

苏步青致邓云乡函

（三）

南开大学

云乡先生：

自今年四月在你相
照之后，弟多次尝未平
年来我经常在旅途奔波
之中，前在台湾弛兄生
转下您意赠之书惜未能
及时趋此致谢为歉。

弟且将于十一月底返国
目前在天津南开古典文学
研究所地方 天津300071
南开大学专家接步室 电
话（22）350-5216

我将在天津逗留至明年一
月中旬，如欲转经由平又及往京
附呈拙外拙词稿一份敬
祈晒正此上即颂

新年万福

叶嘉莹上 十二月卅日

叶嘉莹致邓云乡函

出版说明

　　邓云乡(一九二四——一九九九),学名邓云骧。山西灵丘人。教授。作家,民俗学家,红学家。出生于书香世家,祖父和父亲都曾在清朝为官。幼时生活在山西灵丘东河南镇,一九三六年初随父母迁居北京,一九四七年毕业于北京大学中文系。做过中学教员、译电员。一九四九年后在燃料工业部工作,一九五六年调入上海动力学校(上海电力学院前身),直至退休。

　　邓云乡学识渊博,文史功底深厚。为文看似朴实,实则蕴藏着无穷的艺术魅力。其旁征博引,信手拈来。不论叙述民风民俗,描摹旧时胜迹,抑或是钩沉文人旧事,探寻一段史实,均娓娓道来,语颇隽永,耐人寻味。

　　此次中华书局整理出版的邓云乡作品集,参考了二〇〇四年版《邓云乡集》,并参校既出的其他单行本。编辑整理的基本原则是慎改,改必有据。具体来说,就是:

　　一、凡工作底本与参校本文字有异者,辨证是非,校订讹误。

　　二、凡引文有疑问之处,若作者注明文献版本情况,则复核该版本;若作者未能注明的,或者版本不易得的,则复核通行本。

　　三、作者早年著述中个别用字与当代通行规范不合者,俱从今例。

　　四、作者著述中某些错讹之处,未径改者加注说明。

　　五、本次整理对某些书稿做了适当增补,尽量减少遗珠之恨;有的则重新编排,以更加方便阅读。

邓云乡与中华书局渊源颇深，生前即在中华书局出版《红楼风俗谭》、《文化古城旧事》、《增补燕京乡土记》、《水流云在丛稿》等多部著作。此次再续前缘，我们有幸得到其家属的大力支持，不仅提供了邓云乡既出的各种单行本作为编辑工作的参考，并以其私藏印章、照片、手稿见示，以成图文并茂之功，在此谨致谢忱。

中华书局编辑部

二〇一四年十二月

目　录

4

词　钞

散　曲

我与诗词（代序）

　　诗，是什么？我说不清楚。什么是诗？我也说不明白。这都是老实话，自然，让我东拉西扯瞎吹，我也能吹出不少。但那只是瞎吹，穷聊，乱侃，那不是老老实实的真话，实话……但是我虽然说不清楚，说不明白，却似乎有时偶然有那么一点感觉，居然也会写出一些似诗非诗的东西，有时还刊登在报纸上，而且现在居然编成一本《诗词自话》准备出版，是自己过去很少想到的，却成为现实，自己也感到有些奇怪。因而编完了，先想在前面作个说明。说说我与"诗"——这个说不清楚、说不明白的"它"的关系。

　　前年我偶然接到远在山西雁北、大同古城的一位不相识的青年朋友韩府的来信，信中附了一个书目，问我与所附书目中的作者是否有宗亲关系，因为他从读我的一些书中，了解到我原籍是山西灵丘县，就寄来灵丘邓氏一些古人的书目，内开：

　　　　邓克劭，字如许，清灵丘人，著有《自适集》。

　　　　邓克昭，字晋德，克劭弟，岁贡生，著有《月令拾遗》、《灯余草》。

　　　　邓赞清，字少参，号梅亭，克劭子，恩贡生，著有《梅亭诗草》。

　　　　邓永清，字晓村，克劭子，乾隆丁酉拔贡，著有《南阜山房集》。

我得着这封信十分珍贵，因为我知道邓永清这个名字，小时在老家东河南镇北街戏台正面大匾，黑地金字："霓裳羽衣"，上下场门小匾，白地黑字"今演古"、"假作真"，署款就是邓永清。我记得十分真确，而且直到五六十年代回北京，父亲说起家族旧事，还常常说"永清爷长……永清爷短……"等等，而且也知道他是"拔贡"。清代"拔贡"是没有考中举人的秀才，每隔十二年才考一次，一县只取一名，再到京中朝考，一等也可外放知县，也是很不容易的。是举人、进士而外，仕途中的一种特殊功名。一看这位老祖宗父子兄弟居然都有著述诗集流传下书名来，也是极为可喜的。而且我长期因听父亲说起，便误记这位老祖宗是我高祖父，但一看科甲年份是"乾隆丁酉拔贡"。乾隆丁酉是乾隆四十二年（一七七七），而我曾祖父邓飞熊，是同、光时代的人，往前数二三十年，离开一七七七年还差半个世纪以上呢。我甚至怀疑乾隆丁酉是道光丁酉，即一八三七年，但又想材料虽是抄的，且十分清楚，如抄自古书不大会错，为此一直怀疑着。去年河南有家《寻根》杂志，让我写文章，我很感慨，又因老家祖居全部被地方拆光了，只剩一口井了，祖坟也被铲平改建车站了，小小老百姓生逢乱世，流浪在外，能保住一条命就很不错了，什么"根"？如何"寻"？早被连根拔了，还谈什么"寻根"呢？又一想，居然又有不相识的朋友，辗转寄来祖宗的书目，而且十分清楚，是诗集，这是多么可珍的"祖德"呢？但是"高祖"永清爷和曾祖飞熊公年代相差太远，接不上代，如何办？过去家中有《亡疏折》，由远祖直到近三代，记得清清楚楚，逢年过节，即使在异地他乡，也可以按折上所记，书写"亡疏"，祭祀各代祖宗，但这个《亡疏折》，"文革"时，早被抄家的"革命家"们当反动罪证抄走，不知哪里去了。这样我的高祖是谁？名讳是"某某"，就成永远的"？"了。但又有峰回路转之趣，最近山西文化厅厅长好友成葆德兄寄来一本《灵丘县志》，我才弄清了曾祖父邓飞熊的父亲、亦即我的高祖父名邓绍宗，曾祖的祖父名邓景元，亦即我的五世祖了。由曾祖往上数，再接两代，一般以六七十年计，才能接上十八世纪的乾嘉盛世，接上乾隆丁酉拔贡的永清公，那就是六世祖了。因而地面上的根，祖坟虽然掘了，祖宅虽然铲平改建粮仓，似乎"连根拔"，无处可寻了。而各种文献还在，从文献记载上寻根，居然找到六世祖、七世祖，不但各代清清楚楚，而且还有各种著述，所以"根"尚是可寻的。"连根拔"也不是十分容易的事。我写给《寻根》杂志那篇短文，迄未登出，大概是编辑或者错会我意，感到我的话说的不中听，所以冷处理了。其实这是历史，我一个小小的老百姓，在任何时代，既无力抗拒历史，也无心改变历史，"寻根"也者，也只是一句话，说说而已……"逝者如斯夫"，又真能寻到什么？不过遗憾的是，永清公以上那么些远祖辈著述了什么《自适集》、《月令拾遗》、《灯余草》、《梅亭诗草》、《南阜山房集》等等，我却一部也没有见过，多么引人思念呢！

过去有句古谚："积金以遗子孙，子孙未必能守。积书以遗子孙，子孙未必能读，不如积德以遗子孙。"直到今天，"积德"仍旧是一句普通话，也常常听人们在争吵时说："积点德吧……"德是什么？自然科学上没有办法解释，但遗传学上的遗传基因，现在成了世界尖端科学。

先父汉英公一生也欢喜作诗，曾有两句诗道：

五百年来宅滱阴，绵绵累世尽儒林。

这是一首律诗的起句，可惜原诗我背不出来了。滱水是唐河的古名,中国古地名习惯,山北谓之阴,水南谓之阴,如淮阴,在淮水南岸,江阴,在长江南岸,故乡东河南镇在唐河南岸,故称"滠阴"。我祖父邓邦彦,字选青,是举人出身。考中举人的人,都会作试帖诗,所谓五言八韵,形同连在一起的两首五言律诗,且限韵。但祖父去世过早,且又有大烟瘾,不照相,不知什么样子,也未见过他写的诗文,更不要说诗集了。年轻时听父亲说,老家有祖父两箱日记,其中或记有诗文,不过从未见过。而父亲却很喜欢读诗作诗,而且都写近体诗,一部《十八家诗钞》,老年时,一直放在桌子边,反复咏诵。晚年六十年代前期,还和北京几位老先生时相唱和。写过一本系统的《京华纪事诗》,一百二十首,有诗有注,我曾替他小楷抄过一个复本,用的是朵云轩的竖格纸,他十分高兴。前面有序,后署"序于不食马肝之庐"。用《汉书·辕固传》"食肉毋食马肝,未为不知味也。言学者毋言汤武受命不为愚"典,以寄托其感慨。原稿留在北京,所抄复本装订好放在上海我家中,"文革"抄家抄走了,北京原稿扫"四旧"时烧了。自然都没有了。至于他平日的诗,都未留稿(自然留稿也留不住),我全首一首也记不住,只记得一些断句。如:

来时烽火地,归路藕花天。

一九三六年晋南打仗后,我姑丈贾理宣被任为某县县长,只数月至夏日即被撤换,他写了三首五言律诗去安慰他。他曾讲给我听,我只记住这两句。另有"撮土补创痍"句,另一句也忘了。

乱世犹闻弦诵声,与君重见不胜情。

劫历红羊伤国脉,变同苍狗亦天心。

一望家山见忽明……

这是沦陷时期一九四三年冬,他冒险回故乡探望时写的三首七律的断句。第一联是在县城见一亲戚教私塾时赠诗的起联。第二联是另一首感事七律的颈联。第三是近灵丘县境见某山七律的起句。

偶过正阳桥下望,惊心不是旧腰围。

这是五十年代他送一同乡回老家时二首绝句一首的结尾二句。

窗前正读高士传,门外忽停长者车。

一九六二年间,他北京老年诗友中,有位洪老先生,做过天文台长,早期留日,年已八十余。坐三轮车到里仁街家中去找他,他写一首七律答谢,这是中间一联。但可能我记错,因平仄失粘,"士"、"者"二字都是仄声字,对不上。记得"文革"前我也曾替老人家抄了一本,虽然不多,也有几十首,也是用朵云轩那种素雅格纸抄的,只可惜当时没有复印机,能复印几份保存多好……真是历史的遗憾,现在无处寻觅了。靠我脑子记忆储存毕竟有限。我真佩服二千多年前的伏生,能够背出《论语》、《孟子》、《诗经》、《书经》等许多书,连用孔子家庙鲁壁中拆出来的竹片《论语》核对都不错,可见伏生背诵的功夫,所以《论语》又叫《鲁论》。但是中国两三千年的背诵的读书方法，自从五四运动以后，都为洋鬼子教育方法所代替，老的"背功"，没有人讲求了，所以我这一代就差多了。连老爷子的诗，只记得一些断句，整首的一首也背不出了，真是不肖子孙。有什么话说呢？

北大老教授罗膺中先生《鸭池十讲》中有一篇《诗人》中曾说道：

> 近二十年来，新诗发生，由外国诗的影响，诗人一名，才又在新文坛上出现。于是，凡有一两本诗集出版者，大家便群以诗人呼之。诗人一名，几乎代替了当日的骚人墨客。
>
> 我不知道在外国是否应当如此，若在中国，诗人一名，是不应该如此滥用的。
>
> 所以，诗人这个题目，有重讲一次之必要。

罗文前面还引了《楚辞·九辩》："窃慕诗之遗风兮，愿托志乎素餐。"其实这位罗老先生太认真，当年那些男女学子，能哼两句"妹妹我爱你……"或"热血沸腾了……"的新诗，以及哼两句"薛蟠体"的平平仄仄的打油句，谁不想戴一顶诗人的桂冠呢？我作中学生时也曾上过这个瘾，也写过新诗，也学过平仄。自然多少也受点老太爷的影响，也受点学校老师的影响。在我读高中二年级时，国文老师名陈斐然，鲁迅先生住砖塔胡同时，他常去看望，《鲁迅日记》中多次记到。也是苦雨斋座上客，而且还请知堂等名教授。《周作人日记》一九二九年一月十四日记云：

> 又往忠信堂应斐然招宴，到者玄同、劲西、幼渔、子鹤、检斋、凤举、淑孙、祥×女士及陈君夫妇共十一人，九时回家。

钱玄同、黎锦熙、马幼渔、黎子鹤、吴检斋、张凤举等当时师大、北大经常来往苦雨斋的名教授都到了，可见陈斐然先生当时的身份，也可能新婚不久请老师，总之不同于一般老师，可是当时我并不知道。那是沦陷八年的中期，一九四一年，陈先生教我们国文，讲唐代时期，讲唐诗，一次作文，就以贫富生活的反差对比，让我们拟一联七言律诗对句，简单说就是七言对子。而且让回家先想，我回家在父亲的帮助下拟了三副，现在只记得其中联是："一派弦歌舞狐步；几家风雪泣牛衣。"学生初学，用字较为粗俗。第一句前四字，我原是"一阵弦歌"。陈先生说这一联对仗不错，只是"阵"字不好，改为"派"字。回到家中，父亲也说改得好。这样我对旧诗有了一些体会。但平时读了些古今人的诗，平仄懂了些，自己却不会作整首的诗，也没有想作过。

一九四三年春，在和平门外师范大学旁听夏枝巢先生讲诗词，时清明节近，忽有所感，写了四首绝句，现在只记得一首：

陶家庵畔草初生，一路春禽送好声。
只是有家归未得，年年客里过清明。

当时这四首绝句自然十分幼稚，只是陶家庵是故乡祖坟，童年在家乡时，年年清明，必伴随父亲去上坟祭祖，自到北京后，过了两年，就"七七事变"，再不能回老家去上坟了，所以感慨，写了四首小诗。因感情真挚，送给枝巢老人修改，老人改得十分细微。记得第三首结尾两句原来是"弱弟不知愁况味，声声频唤叠金钱"。枝巢老人把这两句都改了，前一句如何改，忘了，后一句改为"纸灰白袷晓风单"，回家父亲看了说，不如原来句子真切。抗战胜利后，我在北大上学，和陆语冰先生在《新民报》"北海"

版上唱和七律,叠韵至七八次之多。首唱是我的,用"微"、"灰"韵《游陶然亭》二律。语冰先生和章用《江亭》题,用"微"、"灰"韵。后来三叠四叠,越和越多,题目就记不清了。

由一九四七年到一九五六年这十年间,忙于找门路混饭吃,忙于交女朋友找对象,忙于交待历史、改造思想,忙于写交待、写检查、写检讨,忙于听报告、开会……空下来也读读古人诗词,至于自己写,那就再无此闲情逸致了。一九五六年正式调到上海,安顿了家,已经三十来岁,教书生涯,看书就多起来了,思想也细了,静了,有时偶有真情实感,便触动了诗的思致。有一次看报,见到一则救济民间艺人的新闻。我认识一些民间艺人,知道他们的一些身世,看了新闻,的确感慨系之,感到社会安定的好处。当时正是一九五七年初,形势很好,便写了两首七律,投寄当时《新闻日报》"人民广场"副刊,很快就登出来了。黄炎培老先生在北京见了写了一篇为《有感》的杂文,文章一开头就写"因他有感,使我有感"如何如何,这样等于捧了我的场,从此我又向报纸投稿,写短文,也写旧诗词,当时稿费高,物价低,足以补贴生活了。一直拖延到六十年代前期。这一期间,旧诗词写了不少,但发表的很少,大多是没有发表的,有的是自己有感随意写的,如自然灾害饥饿时期,想起旧时什么吃的东西都发馋,什么烤白薯、芝麻酱烧饼、一和汤面、豆腐脑等等,都仿知堂老人回忆诗写法,写了不少首散文式的五言古诗:现在只记得《烤白薯》起句为"长夏种山蓣,牵藤日壮足"两句,其他都忘光了。三年自然灾害后,一九六三、六四两年,稍得丰足安定,也和友人写了不少唱和词,这些当时都有杂稿,后来抄家都散失光了。

在上海安家后,北京旧时师友,只有知堂老人偶然通通信。关于诗词,老人曾用我寄赠的绿色毛边稿纸小楷抄了两首《往昔诗》送我,一首是《东郭门》,一首是《炙糕担》,这都是老人在南京老虎桥监狱里写的,共三十首,现收在《知堂杂诗钞》中,而四十多年前知者甚少,我收到十分珍贵,给几位好朋友看过,并未裱褙,与老人的信放在一起,被抄家者抄走,早已没有了。我写的《闻救济民间艺人有感》七律等诗,也抄给老夫子看,并说长江大桥一首有一个平仄失粘的字,不改文字顺,改了用字稍差,但平仄叶调了。老夫子回信说应该改,初学作律诗,格律要严格遵守。并要我平时多读《十八家诗钞》。这是曾国藩编选的。父亲两函放在案头,成年翻阅,与知堂老人信中教导,正好相合,而我一直不大重视。深信老一辈的踏实功夫,是一脉相承的。

一九六四年暑假期间我回北京,常到陶然亭游览,其时正读《吴梅村集》,于歌行稍有体会,就是把平仄互换韵的七言绝句有组织地串联起来,便写了一篇《陶然曲》,发表在《光明日报·东风》,十分成功。父亲看了十分高兴。逐句写了一篇长评,说明诗中内容及音韵在起承转合上如何工整严密,如何显现功力,我自己写时凭感情,意会不到的地方,父亲都一一指出了,对我教育启发很大。可惜这篇长评的手泽,也在抄家时失散了,在此只凭记忆,略作说明,以为纪念吧!

"文化大革命",一晃又是十年,不过在此十年中,思维并未停止,诗思并未消失,偶然在一个人劳动中,比如扫院子,我曾较长时期一个人扫学校大院子,由校门口一路扫到后面校园及学生宿舍等处,一边扫,一边思考一些感触,便与诗思连起来了,我在一些小文中,曾经谈到过,在此就不多说了。在"文革"后期,白日劳动之余,晚间又可以看看借来的书,新买来的书,一九七二年、一九七三年之后,福州路旧书店又能买到一些破书了⋯⋯这样晚间读读书,其诗词情思便不绝如缕了。

后来又有了暑假，可以回北京，便因老朋友、老同学之介，到天坛茶座上与京华各位诗老见面，回到上海，又与"文革"前几位诗友见面，唱和投赠又多，本来积习难除嘛，这样便写的多起来了。十年灾难之后，改革开放，不少报刊约稿，也时登旧体诗词，这样写的便又多了起来。不过存稿不及时，不少写了都丢了，甚至报纸上发表过的也忘了，也找不到了，这次将这些丛残零星旧作，汇编在一起。因有不少是纪事诗，有诗有解说，所以名之为《诗词自话》，盖不敢自称什么诗集、词集也。这正如前引罗膺中先生的文章所说，也不敢自称"诗人"，只是像过去中国读书人一样，懂得一点平仄，读过一些古人的诗词，偶有感触，随口遣兴。或用这些小诗小词的形式表达，较为便当。只不过是这些形式，表达一点个人的思致感情而已，哪里敢言诗、称诗人呢？前面略述祖上诗集书目及父亲在苦难的生活中也恋恋于吟诵的情况，倒不敢自表是家学源渊，也只不过说明一点吾家的文化传统而已。现在讲科学，或也有一点遗传基因乎？倒也是十分有趣的问题……编辑既了，略记前言于卷首。时在一九九八年九月二十四日晨，亦即戊寅八月初四，水流云在之室南窗下秋光正好，迁于此室匆匆近十年，亦即吾妻蔡时言去世四周年忌日之前二日也。云乡志。

诗　钞

闻救济民间艺人有感

　　看见十二月十九日报纸刊载着政府救济民间艺人的消息，感到民间艺人在旧社会中，受尽了生活的痛苦。所谓"既落江湖内，俱是命薄人"，那时真是无限辛酸，一言难尽。解放后，不但政治地位有所提高，生活上也得到了政府不断的照顾，能够饱食暖衣，实在是令人感慨不置的事。岁暮天寒，诗以纪之。

　　　　昔年弦板落天涯，浪迹江湖未有家。
　　　　两字官商红粉泪，千秋兴废后庭花。
　　　　谓言长夜何由彻，喜看东方出早霞！
　　　　九月衣裳劳惠赠，万心齐首望京华。

　　　　不辞风雪走他乡，行李萧条鼓一囊。
　　　　柳下高歌何满子，市前漫说蔡中郎。
　　　　荒村翁妪喜听古，里巷儿童爱作场。
　　　　辛苦一年年欲尽，丰仪厚德永难忘！

　　　　　　　　　　　　　　　　　　（一九五六年）

　　按语：这是发表在一九五六年十二月二十九日上海《新闻日报》"人民广场"上的两首，是解放后我第一次发表稿件。发表后即引起北京黄炎培先生注意，写一稿寄当时《新闻日报》社长

3

金仲华,我托朋友复印来作为附件,印在一起。我不是借名人自重,沾名人的光。而是从这些诗文,可见当时人们的一些天真想法,绝不会想到后来的各种运动和灾难。我从高中时给报纸杂志写稿,一九四九年后再未写,一停七八年,这是我解放后的第一次发表作品,编入《自话》中,亦可纪念也。解放前旧稿则无处寻觅矣。

附录

有 感

黄炎培

读《新闻日报》小除夕那天邓云乡《闻救济民间艺人有感》两首诗,因他有感,使我有感。记得一九四七年《文汇报》百艺图中发表一图:父女两人,父愁容满面,手扯二胡;女饰须生演唱,地面写"平地大舞台、欢迎点唱",上边高潮所作一首诗,标题《卖唱》。诗句还能记忆,背录如下:

> 未必途穷技亦穷,街头合作演从容。
> 可怜父女飘零苦,不让梅程唱做工。
> 大众捧时身价起,功夫妙处掌声同。
> 他年一跃红氍上,得意来从失意中。

当时我读此诗,大大地感动。反动统治下,规规矩矩爱国守法的人民都有饿死的危险。艺人只是中间的一种。到底卖唱者还有仅存的卖唱的生路。此诗末联恰表现出解放为期不远的预见性。和邓云乡诗"谓言长夜何由彻,喜看东方出早霞"一联前后辉映着。

我当时所以感动，因为一九四六年抗日胜利后第二年，蒋介石不顾全国人民的厌战，定要发动反人民的战争，那时已经开战了。我个人的生活，有必要作有计划的打算。我不够称艺人，但曾经写过这样一首诗：题是《卖字》。

老来卖字是何因，不讳言贫为疗贫，
早许名山题咏遍，未妨墨海结缘新。
伤廉苟取诚惭愧，食力佣书亦苦辛。
八法成书先笔正，临池白首学为人。

到一九四八年，不得了了。金圆券满天飞，迫不得已，再作一首诗《五斗歌》：

渊明不为五斗折腰去作官，我乃肯为五斗折腰来作书，作官作书曾何殊，但问意义之有无。作官不以福民乃殃民，此是官僚主义的典型。如我作书言言皆己出，读我诗篇，喜怒哀乐情洋溢。读我文章，嬉笑怒骂可愈头风疾。有时写格言，使人资警惕。我今定价一联一幅一扇米五斗，益人身与心。非徒糊我口，还有一言，诸君谅焉，非我高抬身价趋人前，无奈纸币膨胀不值钱。

抱歉得很！解放以来，我参加了政治工作，全心全力地为人民服务，不可能再为人们写这一类字了。只回忆到"长夜"的可怕，愈觉"早霞"的可爱。人民政府一面逐步解决人民生活问题，一面鼓励大家学习。从艺人们说来，在生活问题以外，还欢迎毛主席提出的"百花齐放"、"百家争鸣"的方针,全国艺人一齐站起来了。我相信他们还会从学习中间,体会到马列主义社会发展基本规律的普遍真理,体会到中国共产党领导的伟大和正确。艺人们一定会认识到艺术世界是唯物的。它的历史在不断地进步,在循环上升,是辩证的。从艺术的作用说来,应该承认艺人同样有责任为人民服务。服务的对象是什么?是广大的人民群众。他们的活动方向指着哪里?和全国人民同样是指着光明幸福的社会主义大道。

赋得"万里长江第一桥"

报纸报道武汉长江大桥喜讯,标题曰:"万里长江第一桥。"语颇雄壮。因用之补缀四绝句,祝长江大桥合龙之喜。

五月山河无限娇,红旗如海卷春潮。
合龙喜报传三镇,"万里长江第一桥"。

汉镇龟山相望遥,千秋常恨水迢迢。
于今天堑通途见,"万里长江第一桥"。

绿到鹦洲春意饶,楚天好雨暮潇潇。
烟波指处疑山岳,"万里长江第一桥"。

百丈彩虹接九霄,移山倒海志今朝。
梦回神女惊初见,"万里长江第一桥"。

(一九五七年)

雨后中山公园看芍药

西园端的绝尘埃，十色鲜花次第开。
但使春风能化雨，人间何处不蓬莱。

一片红云入眼新，对花应念灌园人。
施肥刈草萦辛苦，赢得乾坤四季春。

名花曾入白公诗，雨后来看嫩若脂。
应是艳阳天气好，芳心自喜得良时。

风风雨雨送春归，又是分秧四月时。
对此一畦红芍药，凭栏怎得不题诗。

（一九五七年）

8

江湾杂事诗

今年四月,随诸同志赴江湾胜利生产队参加劳动锻炼。江湾昔于一·二八、八一三两战役中,备受灾难。解放后,党领导人民,发展生产,十年以来,讴歌满野。劳动之余,感受颇深,偶得断句,补缀成篇。谨献"七一",用表微忱!

江湾感赋

见说江湾镇,昔年是战场。

戎楼犹在望,烽火未全忘。①

幸福东风送,和平颂太阳。

十春阡陌上,岁岁菜花黄!

注:① 田中犹有破旧碉堡。劳动中,老年农民常讲说一·二八时灾难情况。

赠居停刘老伯

居停刘伯伯,已过古稀年。①

两鬓虽华白,双肩老益坚。

轻挑春韭担,惯弄罱泥船。

愧我晚生辈,垒田落后边。

注:① 居停主人老农民刘松盛同志,今年已七十三岁。

颂园田化

大地园田化,绘成绵绣图。

河流垂直线,畦界等边区。

引水来堤上,输肥到曲隅。①

减轻劳动力,乌拉好功夫!

注:① 田中新开沟渠甚多,以利灌溉。并作流粪地垅,水粪可
　　直接流至畦边,不必再用桶挑,劳动力大为减轻。

塘边即兴

朝朝陌上去,喜傍野塘行。

风静波浮絮,水清鱼弄苹。

高枝笼日影,密叶出莺声。

东壁小儿女,相逢笑语迎。

所　居

村居堪说处,一水绕门前。

风定波回碧,潮平月转圆。

扳鱼新雨后,洗物乍晴天。

桥影夕阳外,咿呀出粪船。

（一九五九年）

长兴岛围垦杂咏

今春曾随单位中同志赴长兴岛参加围垦劳动。生活愉快，兴会偏多，锻炼之余，并携归小诗数首。时光荏苒，三秋又届，不只春日垦植者已籽实垂垂；而第二期围垦工程复将开始，三军亦已开赴现场矣。放眼风物，情不能已；捡点旧句，补缀新篇，成长兴岛围垦杂咏四律。

荒沙沉睡阅千秋，历尽波涛始出头。
阡陌居然成乐国，风光仿佛小瀛洲。
沧桑变幻岂天定，朝夕经营在我谋。
一担新泥千担粟，会看稻谷满田畴。

青春莫放去堂堂，应惜流光日正长。
趁水船轻帆列队，出工人早雁成行。
已同潮汛争分秒，定教荒滩献食粮。
弹指重阳佳节到，银镰挥处战秋霜。[1]

注：[1] 围垦现场，在岛东南角，遥对吴淞口，日夜出海船舶，风
帆历历可数。

家家门户向阳开，门外潮头去复来。
举网得鱼皆一尺，持鞭赶鸭日千回。
红菱碧稻寻常物，紫药黄花随意栽。
自是江村闲人少，声声布谷漫相催。[1]

注:① 岛上人家,屋皆南向,且屋角篱边,均有扶疏花木,实饶
画意。鱼、鸭更为岛上特产,闻名沪上。

已完春垦更秋屯,又驻三军黄叶村。
芦白萧疏成晚色,蓼红招展对朝暾。
飘扬士气随云意,浩荡歌声逐浪奔。
民食为天须大办,高瞻远瞩感深恩!

（一九六二年）

陶然曲

　　陶然亭,原为慈悲庵。清康熙三十四年工部郎中江藻于内建亭,题曰"陶然",又名"江亭"。附近更有香冢、窑台诸古迹。解放前荒凉不堪,亭外积水成潭,义冢垒垒,俗名"南下洼子"。解放后,掘池堆山,辟为公园,附近窑台、抱冰堂诸古迹亦均包括在内。一九五四年更将原中南海绘云楼、长安街牌楼迁建园中,与陶然亭相辉映。今夏返京,趁便游览。见花草树木,葳蕤成荫,十年经营,规模大具,远人归来,恍如刘阮重到天台矣。抚今感昔,情不能已,爰书俚句以颂之:

陶然亭畔水粼粼,一派湖光入目新。

艇子二三闲荡桨,儿童四五漫垂纶。

水中阁影云间树,风送箫管来何处?①

恍如刘阮返天台,游子归来迷道路。

昔时我亦过城南,古寺颓垣对夕岚。

断碣迷离萦蔓草,香冢冷落照寒潭。②

寒潭尽是饥民色,芦荻哭声萧萧咽。

多少新坟聚下洼,几家骨肉填沟壑。

龙钟野老望西山,荷戟男儿何日还?③

腊鼓声中迎壮士,春风忽报出秦关。④

秧歌鼓吹万民醉,花满燕台酒满肆。

红旗旭日照春明,更见江亭翻天地。

经营自不让云林，水复山重见匠心。

三月春花堪作锦，十年树木尽成荫。

风流未遍还妆点，凤阁移来小金匾。⑤

曲槛回廊柳参差，雕梁画栋云舒卷。

抱冰堂前好个秋，揽衣更上绘云楼。①

窑台仿佛瀛台景，人在将军画里游。⑥

凭栏谁不叹观止，百万人家丛树里。

东南金阙入苍穹，西北高楼连云起。⑦

神州换尽旧人间，岂独城南一陶然。

放眼几多今昔感，微忱谨掬写心篇！

注：① 抱冰堂经常举行小演唱。

② 陶然亭外一荒坟，碣曰"香冢"。并有碑辞"浩浩愁"等语，迷离难解。

③ 陶然亭可远眺西山，日寇统治时，西山中有我军游击队。白石老人当时有《陶然亭望西山》句云："西山犹在不须愁，仍有太平时候。"

④ 北京解放正逢旧历腊月底。

⑤ 移建绘云楼，仍保留旧日金字小匾。

⑥ 瀛台在中南海。陶然亭原少华丽建筑，移来绘云楼，生色不少，辋川图变为大李将军金碧山水矣。

⑦ "金阙"指天坛祈年殿。

（一九六四年）

14

后陶然曲

　　十六年前，曾有陶然曲之作，今夏返京，又至陶然，见新增水榭、凉亭，位置得宜，云绘楼亦彩绘一新，花葱柳茂，较之旧时，又是一番景象矣。唯慈悲庵尚未开放，再园路中移建之牌楼，则不知去向，至感奇怪。后于云绘楼小坐，听园中老工人闲谈，始知当初移建牌楼云绘楼等，均系周总理指示，意在保存精美建筑，点缀陶然风景。而一九七一年秋，江青忽窜来园中，叫嚣牌楼为封建社会之遗物，一语之后，三日内便即拆毁夷平矣。当时目睹者亦不明其用心何在。粉碎"四人邦"后，始知其项庄舞剑，意在沛公也。闻之不胜感愤，因再赋俚辞，用赋陶然之新风，复歌大治之成效，缅怀总理之丰功，兼作讨迎之檄文，援再赋赤壁之例，为后陶然曲云尔。

昔时我写陶然曲，十六年间如电促。
前度刘郎今又来，一泓秋水照人绿。
水边杨柳万千条，柳外楼台隐画桥。
游客踏歌桥上过，游艇鱼贯柳阴摇。
踏歌弄桨皆年少，湖上桥头传嘻笑。
顾我华颠难入流，林间漫步藓苔道。
步苔缓缓入幽深，欲问江亭何处寻？
绰楔更如黄鹤去，古槐空自有清阴。
留连不尽路西转，丹彩忽然迎面展。[①]

无恙别来云绘楼，新装明艳开青眼。
登临又喜入廊间，坐爱粼粼水映天。
绮妮清幽看不足，宣南风月属陶然。
坐间亦有二三老，闲话沧桑今日好，
一老何其情激昂，辞锋转作詈群小。
谓言诸紫乱朱时，胜地亦曾罹劫危。②
怒马骄车蓦地入，花愁柳悴鸟惊号。③
园中执事皆回避，拔扈飞扬疑驻跸。
何事华坊触逆鳞，无端一怒令焚弃。④
火攻斧凿毁其基，栋折榱崩片刻摧。
见者心酸闻者奇，逆施倒行意难猜？
浮云蔽日岂能久，一扫阴霾山竞秀。
真象于今得大白，华坊原使牝鸡妒。
华坊原在长安街，大道展时待安排。
大匠公输具巧思，巍然移向园中来。
移来原是周公意，关注元元游息事。
园得装点物得完，两全其美风华备。
凶焰嫉物实妒人，顿教雕楪委作尘。
馨竹书来非一罪，片简亦足记其因。
我闻斯语深感慨，坐对湖山思遗爱。
前辈仪型万古垂，云山虽藐高风在。
云绘楼外碧潭清，曾照将军垂钓纶。
乐与民同留德泽，无言桃李蹊自成。
于今亿众仰山岳，整顿乾坤山水乐。
万象齐蒙雨露滋，陶然又见新颜色。

新风吹遍绿杨堤，水榭凉亭位置齐。

不觉坐来花影乱，归途已是夕阳西。

归来咏兴欲赢斛，再为陶然歌一曲。

斯曲岂惟赋一园，遍歌大治新风物。

注：① 绰楔即牌楼，时见牌楼不知何处去矣，而云绘楼已油饰一新。

② "四害"横行时，陶然亭古迹如辽代经幢、壁间石刻、香冢碑碣、门前牌匾等均被破坏一空。

③ 一九七一年九月末，江青忽窜来园中。未来之先，先几度派遣喽啰来园勒令布置行馆、借地毯、借沙发等高贵家具，阿谀之徒，唯恐趋附不及。来时园中一切人等，均集中抱冰堂学习，以示回避。

④ 江青行经牌楼下时，怒道"这都是封建阶级压迫劳动人民的东西"。阿谀之徒，如闻"圣旨"，当即令人日夜开工，将牌楼水泥底座凿开，用汽割将其中钢筋烧断，偌大牌楼毁于一旦矣。

屋漏口占

辛酉夏回京师,屋漏以面盆承之,听来大似鼓板声,倚枕口占。

屋漏翻疑鼓板声,中宵倚枕总关情。
宣南未醒书生梦,蓟北曾弹玉女筝。
送夏金风期雨后,迎凉天气待新晴。
少陵广厦原奢话,陋巷箪瓢未可轻。

潭柘寺银杏树

潭柘寺银杏,乃辽代旧物,树龄已千年,乾隆封为帝王树。

春明多乔木,别来更余几。
爱此银杏好,森森潭柘寺。
主干过十围,荪枝参天势。
郁郁复悠悠,千年多生意。
密叶绿入云,覆荫凉如水。
游人围树看,婆娑叹观止。
殿宇数改移,金身几毁弃。
独尔幸长久,青山共旖旎。
帝王真浪言,裕陵风雨里。
何处问菩提,达摩西来意?
不如赤脚汉,荷锸勤农事。
锄罢饱黄粱,坦腹瓜架底。
抚树感慨多,放眼九峰翠。
安得重阳后,再来看红紫。

里仁街家居早秋

炎暑几日蒸,一雨新凉乍。
劳人时梦远,听雨宣南夜。
朝来天似洗,清芬盈庭厦。
隔帘两三花,牵牛娇如画。
散策陌巷行,幽思大可话。
街槐花犹香,墙枣已盈挂。
居近南西门,胜地人曾写。
古寺龙爪槐,酒家余芬舍。
稍远枣花寺,千年过车马。
俯仰迹皆陈,于今知者寡。
东市起高楼,西巷余断瓦。
倚杖立苍茫,街景亦潇洒。
顾盼感流光,蝉鸣又一夏。
安得逢耦叟,相与说禾稼。

秋日小诗

秋心何处问？云意自飞扬。
变幻成山色，苍茫似故乡。
昨犹余暑热，今已散微凉。
倚槛聊闲望，砚田不可荒。

秋日过法源寺

杖策横街行，秋风问古寺。
老槐暮蝉声，红墙斜照里。
地僻车尘少，游者二三子。
入门禅院静，廊深帘垂地。
唐碑喜尚存，丁香多新艺。
法相更谁知，贝叶从头理。
宣南梵刹多，问讯皆毁弃。
此独见重光，历劫原非易。
佛言四大空，着甚悲和喜。
闲看天际云，淡若银河水。
惟念素心人，夜吟留故事。
吹笛到天明，高情今无比。
更有毗陵客，上溯乾嘉际。
寂寞两当轩，诗魂长已矣。

秋日吴门访西野翁归后又寄诗

为忆西野翁,又过吴门市。

轻车发沪滨,晓雾披霞绮。

拂拂好风吹,辘辘车忽止。

塔影欣遥瞻,下车寻旧址。

老槐转苍色,小桥沈寒水。

叩关静无声,日影渐移晷。

独立秋叶中,幽人宜小俟。

向午世兄归,邀我高斋里。

粉壁映明窗,雅洁真可喜。

园蔬数品陈,列案皆甘旨。

饱饭便挥毫,涂鸦满六纸。

劣札无古法,何以答高士?

归后复相思,赋诗情未已。

殷勤作素书,珍重托双鲤。

题赠《北方论丛》五周年

黑水白山地,人文荟萃邦。

柳边思旧迹,花发诵新章。

裁冰欣觅句,啮雪可为粮。

得失丹心在,风流万古长。

壬戌除夕抒怀

一

客窗无那岁阑时,检点残书抓鬓丝。

舌在齿亡知况味,心劳力拙费言辞。

街头散策偶寻句,灯下怀人起远思。

今日登楼谁作赋,微吟我爱采薇诗。

《诗经·小雅》"采薇"云:"采薇采薇,薇亦作止。曰归曰归,岁亦莫止。"予去岁新正,回京小住,今年无公干,上海过年。虽南中侨寓已三十载,仍难免羁客岁暮之感也。

二

含辛茹苦应皆醇,倾盖何辞酒入唇。

江上浮云原过客,天涯芳草好为邻。

少陵茅屋经秋雨,彭泽吾庐远市尘。

风月年来欣淑景,裁诗此夜一灯亲。

三

种得水仙已欲葩,今年乐岁最堪夸。

故人早订寻梅约，颜色先临处士家。
厨下鸡豚宜小酌，案头鱼雁到天涯。
诗函均当宜春帖，元日书红笔有花。

四

世路坎坷悔已迟，小楼颓影照寒帏。
梦残华胥空余稿，误尽浮生岂是诗？
味蔗回甘思妩媚，牵藤补漏记参差。
儿时厂肆犹能说，买得风车当鼓吹。

五

恶梦争如好梦何？京华景物记蹉跎。
岁时俚俗迎神酒，腊月人家送灶歌。
入座投卢呼采采，堆盘欢笑吃饽饽。
胜游排日桩桩定，燕九春风驴背多。

六

依槛看雪怜日晡，晚晴明媚映霜须。
读诗格调堪泥首，论世深沉感切肤。
雁字来时七九去，斗杓转处万家舒。
春盘自应频飞盏，容得高汤数酒徒。

七

梁门立雪几人在?此夜我思瓜蒂庵。
度岁南来欣策杖,访书北去已鸾骖。
南明史籍早传世,两汉图文老复耽。
想象吴门遗墨好,风仪谁不忆清谈。

八

小儒何敢论机枢,闻笛时思旧酒垆。
师友情兼浑似昨,江山无恙景何殊。
暮年辞赋非关遇,除夜诗怀莫厌粗。
最爱沤翁世味句,斯文始信德非孤。

后三首和复旦吴剑岚教授,号沤翁,原唱附后。

附录

壬戌岁暮书怀,录邓云乡老长兄并柬西野先生郢正

世味难同酒味醇,几番坐次怕沾唇。
千林脱尽余残叶,蘖树犹存托比邻。
独立市梢看村社,姑从宅畔仰车尘。
年来忧国堪愁绝,鸥鹭无心分外亲。

睡起迷茫日已晡,慢言霜鬓雪铺须。

从来无地埋忧愤,毕竟劳生痛剥肤。

事业恰如春草阔,山河安得夏霖苏。

凭君莫问闲车马,醵酕还须慎酒徒。

独拥寒炉夜漏迟,黯窗风劲透帘帏。

宵深霜重疑残月,独趺茶清似有诗。

小市浊醪人突兀,孤云社树影参差。

相逢野叟欣相慰,苍陌春风次第吹。

故交久已失绳枢,怕过黄公旧酒垆。

万事青山春树缈,一年光景鬓丝殊。

床头匣剑光微敛,眼底撑枪熘正粗。

今夜举杯生耳热,莫教初断梦痕孤。

破担老沤壬戌除夕前一日

奉蘧常夫子命为拟书法四绝句

经师原自是人师①，又作书师白发时。
正笔正心同此意，群贤莫笑老夫痴。

鹤须垂露八分书，篆隶同参理不殊。
章草溯源先两晋，晴窗依样画葫芦。

书境通时世路通，如何青鬓忽成翁？
一从先哲平章后，八法年时入化工。

草隶使转事非难，依类排衙仔细看。
运腕浑如春试马，和风暖日入毫端。

注:① 蘧丈云:当年蔡元培先生为其写荐函,有"经师人师,
当重用之"之誉。

春日与从周教授访龙华寺和喻蘅兄诗

又见名蓝七宝妆,赤乌旧事早荒唐。

泥沙劫历恒河数,风月人传顾曲郎。

处士诗情已吊古,梓人规矩更筹方。

痴顽不识诸空相,思趁春晴学树桑。

未必闻钟皆饭后,偶然托钵到禅堂。

随缘饱啖黄花菜,入座时看碧眼郎。

佞佛争如礼佛好,出家原比在家忙。

芸芸我亦众生相,好被弥陀笑一场。

吴门挂单竹枝词

一

蓟树秋风起远思,京华小客计归期。
挂单又过金阊道,不唱莲花唱竹枝。

行脚僧小住曰"挂单",余自京师回沪,吴下小住,亦颇似之。

二

喜傍名园小店开,家常风味拟春台。
京师市肆喧阗甚,欲问鱼羹吴下来。

京师酒肆拥挤过甚,苏州园林路有一饭店,家常风味,颇精洁,烧头尾一品,足以佐餐果腹矣。

三

云鬟簪花花布巾,布裙稳称小腰身。
阊门一副红菱担,疑是鸱夷船上人。

苏州市郊农家青年妇女,仍多梳红头绳髻、银簪,自印花布巾包头,蓝布裙,挑担入城卖菱藕鱼虾之属。袅娜多姿,极为美丽。保持吴娃越女之风采,诚不负山水之秀色也。

四

相逢何必问侬家,且约明朝来吃茶。
处处瀹茗皆绝好,秋花更爱紫薇花。

苏州园林处处均有茶室,且座位多,取费低廉,红茶绿茶随意。与友人至虎丘吃茶闲谈,看秋阳中紫薇盛开,意兴绝佳。

五

寒山古寺喜重光,欲问钟声事已荒。
一水静随塘路转,枫桥非复旧沧浪。

寒山寺已修缮一新,惟铁铃关外枫桥下之河水已污浊不堪。昔人云:"沧浪之水清兮,可以濯吾缨;沧浪之水浊兮,可以濯吾足。"其水污浊,上浮土黄色之泡沫,恐濯足亦不堪矣。

吴门之春吟草

一

一浣尘襟绿野开，年年几度畅诗怀。

轻车惯爱江南路，花约酒盟趁兴来。

久住上海，尘嚣困人，一上火车，开出市郊，望见窗外绿野，便觉心旷神怡。苏州王西野、陆天诸老友，客腊即有邓尉看梅之约，因于惊蛰后五日，买车赴苏。

二

风流毕竟俞夫子，小额新题环秀庄。

山石金阊留胜迹，一番妆点墨花香。

下车即同王西野兄往刺绣研究所访所长徐绍青兄。参观新修之环秀山庄、王鏊祠堂等古迹。俞平伯老师前年所题之"环秀山庄"匾已制好，挂在门前。匾黄杨木所制，字法龙藏寺，苍劲而拙，极为高古。按环秀山庄山石，据传为乾隆时堆石名家戈裕良所作。小而精，现保存完好，小假山推为吴下第一。

三

垒石周环见匠心，绮窗小院自深深。

芭蕉种罢还栽竹，夜雨敲诗仔细吟。

徐绍青兄以画家、刺绣专家领导苏州刺绣研究所，辛苦经营，不遗余力，其所经营增建之绣品展览楼，在假山西，完全江南园林式建筑。由建造纽约明轩之工匠承建，楼梯均藏山石中。堆石极佳，近年少见。

四

小园老树紫薇花，几度春风烂若霞。

"诸子""群经"门第在，儒林雅望重俞家。

马医科巷曲园，春在堂、乐知堂两厅已修缮一新，据云"春在堂"、"德清俞太史著书之庐"等匾额，亦将重制悬挂。后面园林部分，亦将考虑重新恢复。旧存花木，尚有一株一百五十余年之老紫薇花，生机仍旺，花时烂若锦绣也。叶老圣陶极关心曲园修复事，几次建议有关领导，谓"曲园不能无园"。因其不只关系苏州园林风景。且关系保存近代学人之古迹，与学术之影响亦甚重要。

五

吴下文华百代馨，美人名士尽秋萤。

春风闲过钮家巷,又见前朝纱帽厅。

苏州是出状元的地方,旧时状元府大多已荒废。近代名状元洪钧故第已改工厂。参观钮家巷乾隆五十八年状元潘世恩故居,宅中"纱帽厅"正在重修,建筑十分特殊、精美。

六

虾肉馄饨共小笼,欢欣座上一时同。
莫嗔入肆喧阗甚,我爱吴中市井风。

玄妙观小肆吃虾肉馄饨极佳。余三十余年前,初到苏州,即爱到玄妙观黄天源、观振兴等肆中吃苏式面点,虽然拥挤,但有地方风土情趣,十分可爱。

七

树树寒香发满枝,我如行脚未来迟。
春情万斛闲斟酌,又被梅花笑我诗。

驱车去邓尉山看梅,香雪海花开正盛,司徒庙前车水马龙,有人满之患,游怀极畅,惜无好诗以纪之也。

八

一曲天池万古清,浮云来去岁时情。

临流几个吴宫女，留得芳容雁亦惊。

为避开香雪海拥挤的看花人，友人等便驱车去天池石屋古寺游览。天地造化，处处均有奇观，天池在石屋山上，乱石中凿为方池，一泓清泉，万古不息，正所谓"半亩方塘一鉴开，天光云影共徘徊"也。

九

石屋残存断首佛，袈裟法相渺山河。
摩崖犹识根源老，吴下留题胜迹多。

石屋佛殿之石佛头，均已不见矣。有石刻联语云："生生菩萨家，世世常出家；心不忘般若，身不离袈裟。"惜乎"身不离袈裟"，而头已离身矣。寺外有李根源先生摩崖题壁，极为苍劲。

十

龙碑断帽谁家墓，石马残躯存旧型。
未必荒烟知姓字，春山一望数峰青。

石屋古寺山路中，有断碑、残缺石人、石马，规模犹在，惜同行友人中均不知为谁氏墓地。惟见周环春山回青，十分可爱。

十 一

扣关萍水班荆坐,叨扰僧家一碗茶。
喜得甘泉清且冽,何时再看牡丹花。

石屋古寺中吃天池水泡茶,极为清冽。庙后老牡丹一丛,已发芽,想象其花时,心甚恋之。

十 二

新屋人家乱石墙,柴门黄犬野梅香。
结庐我欲毗邻住,错惹痴情认故乡。

一路之上,山村人家,均建新屋,乱石砌为虎皮墙,野梅乱发,小犬时出道间,极似吾乡景物,不觉神为之移矣。

八三年南京红会杂诗

迎到阳春送过秋,又来白下说红楼。
龙蟠里外清凉寺,记得词人未白头。

石头城说石头记,红叶路寻红叶诗。
抚罢残碑增感慨,风光可许立移时。

喜逢侉饼出炉香,佳味常夸记药堂。
落拓秦淮休笑我,欲向居人乞醯姜。

尚衣故事栋亭诗,二百余年想像之。
今向西园寻旧址,大观轩槛认依稀。

一曲红楼动莫愁,纻罗女儿好歌喉。
怡红公子正年少,雏凤轻圆老风柔。

小肆留香吃小笼,欢情尽在笑谈中。
姑娘雅意远人重,二两尘缘感小东。

轻车一望大江流,九派风帆孰与俦?
今日最高桥上过,红楼说罢上扬州。

我梦扬州三十年,扬州见我亦堪怜。
故将老绿笼衰柳,迎我红枫黄叶天。

芜城一赋千秋在,白石渔洋似费词。
剩有绿杨诗句好,后人指点细寻思。

临流最爱小河房,古渡苔痕记画舫。
疑乃不闻人笑渡,至今留得柳丝长。

江南名都秋未残,竹西佳处一凭栏。
个园山子好题句,大似词人暂解鞍。

几许闲情问丽华,鸡鸣寺畔有人家。
徘徊古井一凭吊,又见秋阳照菊花。

乙丑元旦书红二律

书红乙丑喜迎牛,皮骨犹存几点油。
美食常思芳草地,甘泉偶记二锅头。
鞭春故事传今古,栏圈曩时梦自由。
闲看好风吹户牖,曲肱吾亦爱吾楼。

牛棚住罢又逢牛,积习难除爱打油。
吃草争能都产乳,蚌钟还可把神酬。
牺牲本是人间物,鸡犬从无天上俦。
阡陌回青春讯作,犁轻泥湿乐悠悠。

　　《乙丑元旦书红二律》写好后,抄呈平伯老师,老师来信云:
"并得读牛年二律均甚佳妙,非泛泛打油,清兴不浅。自宜刊诸
日报,俾众同赏。"后在《新民晚报》"夜光怀"上刊出。

恭贺俞平伯师

恭贺俞师平伯先生从事学术活动六十五周年纪念会召开，并祝八秩晋八华诞大庆。

诗礼本家风，红楼乃余事。
上寿祝期颐，澹泊明吾志。
京华有一老，婆娑人间世。
居近钓鱼台，门外多车骑。
小楼乐自然，高咏多情思。
昔年树桃李，济济称多士。
冉冉阅岁华，谆谆谈六艺。
天乐人亦乐，梦梦谁复记。

寄重梅仁丈

重梅仁丈赐诗，久未奉和，遑遑不安，忽于电视老年书法盛会中见夫子杖履康泰，因呈俚句。

秋窗风雨夕，四十贤人来。
我爱萧夫子，吟诗佐酒杯。
银屏如侍座，光彩容颜开。
好景知康健，奉翁黄菊醅。

梓翁修豫园东园成为一放歌

与可画竹有成竹，梓翁造园解说园。
画意诗情皆俗韵，禅机哲理喜忘言。

袖里乾坤壶中密，叠石引泉皆六艺。
冶园亦以造他师，咫尺山水在得势。

海上旧家少园亭，秦史兵燹几度经。
留得楼台余隙地，指点老树说前明。

喜得白头人犹在，遂使名园容貌改。
舒展回环画中行，顿忘市上人如海。

春申人海蜂排衙，叠屋重床百万家。
蒸湿局促难呼吸，到此或可醉流霞。

少陵高歌哀茅屋，劫火焚余鬼狂哭。
为园续命岂无因，破立遁回几往复。

我为斯园一放歌，更为斯人太息多。
太息放歌同一慨，惟祝康强老婆娑！

水仙花开

丁卯小年夜自京返沪,携归新刊拙著《红楼风俗谭》样书,入室见友人为莳之水仙着花数枝,因得二律,答谢海内外友好,兼祝岁朝。

灾梨祸枣得新刊,一卷归来岁又阑。
谋及稻粱原拙计,耕耘笔砚亦辛酸。
登龙驭气惭无术,献赋抡元事更难。
梦里红楼千劫过,蜗居还自抱毡寒。

京国归来浑似客,春明回首客中家。
斯人南北东西住,世味酸甜苦辣麻。
腊鼓催年除日酒,寒影照窗水仙花。
天涯自是友情重,拱手江乡祝岁华。

移居杂诗

一

岂类并州客，更渡桑干水。

河间三十载，又迁延吉里。

旧林似可恋，依依情未已。

水流心不竞，云在意自喜。

贾岛诗云："客舍并州已十霜，归心日夜忆咸阳。无端更渡桑干水，却望并州是故乡。"予自离京华后，久无故乡之思，来沪卜居于浦西河间路已三十余载矣。十一月底迁居延吉四村六十八号。而家人小辈对旧居仍有依恋之情，直视作故乡矣。此亦我国传统安土重迁，热爱家邦之感情自然流露。

二

今作广厦居，昔为牧猪地。

少陵留好句，寒士情欢喜。

难得太守贤，百废兴次第。

犹有杞人忧，米珠与薪桂。

新居在营口路东侧。忆约三十年前,所在单位养猪场即在此路之北。予曾于其役,每经过之。今则建为居民小区,广厦连云矣。江泽民书记任市长时,曾来视察。上海暨中央电视台均曾广播,因思从古至今,地方官不知多少万千?而能为百姓做好事,如李冰都江堰,白居易白堤,苏轼苏堤,遗爱于人间者,实在太少。现在提倡办实事,受惠者渐多。惟通货膨胀,物价上涨,影响实大。难免杞人之忧耳。

三

借车载家具,破书真不少。
亡者忆良朋,聚者皆友好。
欲弃又拾回,片纸亦堪宝。
同是秦火余,梦魂入怀抱。

前人移居诗云:"借车载家具,家具少于车。"诗颇有名,但非好诗。余则每爱吟司空图"得剑乍如添健仆,忘书久似忆良朋"句。上句则敬谢不敏,下句则深有感受。自"七七事变",乱离以来。几经播迁,家中图书,丧失殆尽。卅余年前客居上海斗室,所余者,断简残编而已。"文革"初抄家者七次查抄,具捆载而去。余每忆李易安《金石录后序》语:"岂人性之所著,死生不能忘之欤。"感慨系之。拨乱反正之后,少数发还,大多散失。十年来又经不断购买及海内外师友赠送。新旧书亦有两千余册分装六个架柜。搬家时,承小友李青帮助,代为借车运送。书与人俱是秦火之余。殊感明时之惠矣。

四

旅食等浮萍,迁居大不易。
诸务实纷繁,求人耻献媚。
世态感炎凉,车稀少入市。
地僻音问难,安得彩凤翼。

　　搬家之事,实在困难多端。分配房屋,收拾装修,户口关系,粮油关系,自来水、煤气、电话迁移。无一不要多次奔跑,求人帮助。遇到态度和善的,还好办事,自应深深感谢。遇到难说话的,则困难重重矣。无权无势又少关系,搬了一趟家深尝当今办事之困难,世态炎凉之况味。实在说不胜说,只能尽在不言中矣。

延吉新居杂诗

草茉莉

结庐远市廛,在城如在野。
种得草茉莉,幽香度长夏。
绿意亦堪怜,何必问真假。
只是畏骄阳,一晒头垂下。

载波电话

家中有电话,病弱似吾妻。
铃响听无声,知其力不支。
最愁风雨夕,强波每来欺。
何时大康复,相对一展眉。

寄狮城海外庐主潘虚之翁

翁有海外庐,我只云在室。
远道问平安,托庇庆延吉。
依槛望浮云,高吟仰诗笔。
李杜古香存,骚音参细律。

乘公车入市

为家欣有车,最怕偶然坏。
排队等座位,原意图其快。
半途废路中,换乘愁年迈。
世事浑如此,说怪亦不怪。

报　纸

眼前一张报,广告整半篇。
大片长文后,几块豆腐干。
想寻可读处,仔细从头翻。
惜哉少珍闻,随手放一边。

颖南兄赠《玄隐庐印存》

风义重世间,谁思玄隐庐。
印存与诗集,珍重故人书。
序跋记因果,梨枣托陶朱。
昔贤遗稿多,可惜饱蠹鱼。

秋雨后看云

突然秋老虎,大热畏祝融。
三日幸转凉,连宵雨挟风。

游子意徘徊,岁月太匆匆。
雨余云犹重,如住万山中。

题钵水《小品妙选》

诗书画三绝,吾爱钵水翁。
小品记妙选,大乘笑鸡虫。
柳边留旧梦,雪虐与悲风。
卯饮不可少,终日醉颜红。

豫园雅集周年诗话

　　去年五月八日豫园雅集，一祝豫园东园工程竣工；二祝陈从周教授古稀初度；三祝新加坡周颖南先生花甲初周。光阴荏苒，瞬已一年。适颖南兄又率团来中国考察，先到北京，再来上海，因先期函约，再在豫园作去岁雅集周年之庆。时间订于四月三十日。以公历计之，一周年欠八天；以农历计之，一周年过二日。惟今年规模较小，沪上友人只二席，另二席为新加坡代表团客人。余去岁有《金缕曲》二章纪事，今日抚今感昔，又成四律。略加注释，说明情况，以"诗话"名之。

一

　　　　豫园雅集已经年，又坐春风列散仙。

　　　　海客蓬瀛思故国，梓翁斤斧役南天。

　　　　莫辞酒价黄金贵，且喜花时白发颠。[①]

　　　　话旧怕闻侯景乱，举杯惟乞太平钱。[②]

　注：① 去年酒席三百元，今年五百元，已涨一大截。且沾染时下"斩"风，乱开花账，酒全是颖南兄带来的，只喝了几瓶饮料，账单却开了二千三百七十七元多。嘉宾前未便罗唆，只好照付。所喜者，与会诸老：八十以上者俞老振飞、顾老起潜、谢公稚柳、苏老渊雷，其他七十以上、六十以上诸公，均身体康健，精神矍铄，亦时代之盛事也。

　　② 话到时事，均忧变乱。梁武帝时，侯景打到建康台城，

乱了七八个月,把梁朝四十来年经营的经济文化,几乎弄个精光。"乞得一文太平钱",黄山谷跋中语。

二

宝马轻裘古人豪,阮囊此日叹吾曹。

诗穷而后真堪噱,贫幸能安兴尚高。

世态犹存三益乐,名园真遇九方皋。①

可怜消息难传递,苦费周章叹二毛。②

注:① "三益"用《论语》:"益者三友"典。正好对下联。"九方皋"指从周教授。

② 颖南兄二十六日到北京,住奥林匹克酒店。无法与之联系。二十九日晚到沪,住华亭宾馆。三十日只在沪一天,五月一日早六时去杭州。我新搬家住延吉四村。三十日下午雅集,东北、西南,虽同在上海,实在无法联系。我搬家后报请原住所电话移机,因无线改办载波,一月二十日已交了钱,拿到新号,而到现在三个多月,仍未装机,市内及过沪朋友,均无法及时联系找我。这次不得不早六时冒雨到学校办公室打电话联系。年老力衰,实在狼狈不堪。而每月还要照交电话费。席间杜宣、马达、孙道临、吴承惠、华国璋、陈从周诸位先生,全国人大代表、市人大代表、市政协代表、包括我最起码的区人民代表,一应俱全,对此都感慨不已,但一筹莫展。因思参政、议政,议议说说,比较容易。一遇具体问题,纵然很小,往往也很难解决。是什么原因呢?值得深思。

三

今年来去太匆匆，万里鹏飞御好风。

缩地长房欣有术，闭关锁国应难通。[①]

壮游花月春江夜，迎客烟云北海松。

我亦鸿泥留旧迹，湖光山色梦魂中。[②]

注:① 《庄子》中鲲鹏想象列子御风而行，《神仙传》"长房缩
地术"想象，至今天世界上，不但都成为事实，而且已远远
超过。地球变"小"了。各国旅客，上午欧洲，下午美洲，
比挤公共汽车上班还容易。因而闭关锁国，今天实在不
行了。只有坚持开放，才是出路。

② 颖南兄五月一日率团去杭州，然后去黄山数日即回新
加坡矣。前传黄山迎客松已枯，现闻无恙。回思在黄山
太平湖拍"黛玉北上"，已五年多矣。湖光山色，难免鸿雪
之思。

国庆四十周年感赋

国庆四十周年将届,连日秋阴,今宵初霁,月华如洗,四顾群楼灯火,遥见浦江桅影,露台凭栏久之,心潮起伏,沉吟得句。

一

月光本是无情物,照到人间始有情。
一洗江天明故国,十分秋色见澄清。
崇楼灯火千家夜,碧海帆樯万里程。
我自卷帘闲眺望,凭栏真欲诉心声。[1]

注:[1]《新民晚报》刊出时,缺这一首,现补入。

二

神州四十年间事,一一心潮涌上来。
盛典开元思昨日[1],八方黎庶望春台。
图成金碧佳山水,记赋长桥亦壮哉。[2]
如今墨玉真瀚海,头白云中马六孩。[3]

注:[1] 一九四九年八月参加前燃料工业部筹备处工作,九月
末为已故陈郁部长准备办公室,连加夜班。开国大典,调
班休息,是日于东单高台阶上偕友人观阅兵式,历历如在
昨日。

② 五十年代中建设宏图方兴,奉调南来。一九五七年春夏间,武汉长江大桥落成,友人马元照兄主持《新闻日报》副刊笔政,约稿,曾两赋"万里长江第一桥",匆匆亦已三十二年矣。

③ 一九四八年春,饥驱我去,乞食大同,古城凋敝,仅八万人,景象凄凉。生女曰"金娃娃",生男曰"背炭猴",下窑背炭,艰苦危险,自不待言,而有限收入,上窑即为烟、赌、娼、酒很快骗光。吸料子(白粉)者比比皆是,惨不可言。解放后,煤矿新生,矿工中涌现劳动模范马六孩,五十年代初在燃料部招待劳模时曾接待之。今见电视,大同年产煤已三千万吨,乌金成海,而马六孩同志亦已垂垂老矣。一斑可见全豹,于此亦可想见祖国各项建设成就及其从业者之辛勤奉献矣。

三

国脉纷纭国步艰,十年拨乱亦空前。

若非旧铸诸般铁,早见明时自在天。①

火树银花城不夜,先忧后乐政清廉。

春申世界繁华地,好景还期方镇贤。②

注:① 十年拨乱反正,改革开放,建筑规模空前,惜旧时三年灾害,十年动乱,市政建设欠账过多,影响速度。不然,成就当更喜人。

② 上海东南重镇,世界名城,整顿经济,廉政建设,未来好景,齐仰望于贤市长矣。

四

少不如人忽已老,书生岁月早蹉跎。

已经曩昔呼牛惯,转觉频年受惠多。①

文字稻粱惭计拙,华车广厦讶巍峨。

还期斗粟三钱日,再唱垅头击壤歌!②

注:① 长期为牛(孺子牛、牛鬼均牛也),忽然已老,近年落实
知识分子政策,受惠良多。

② 基建投资过猛、超前消费、浪费贪污等等,造成资金不
足,通货膨胀,波及工薪阶层,"著书常为稻粱谋",难乎为
继矣。不过通货膨胀,乃战争产物。今和平时期,只要安
定团结,相信不久即可好转。待国庆五十周年,祖国经济
有较大发展时,再献颂歌。

扬州纪事诗

行脚浮云又竹西,虹桥谁记冶春词。

寒梅二月留残蕊,阁部千秋存旧祠。

吊古何能关世运,寻诗仍欲惜花枝。

渔洋去后风流减,绿水斜阳照柳丝。

《红楼梦》笔谈会在扬州开会五天,住西园饭店,其地即康熙南巡时御花园之旧址也。出门右行不远,即清初大诗人王渔洋修禊之虹桥。左行即史阁部可法祠,门前冶春园一带,河房临水,早春天气,梅花尚未全落,柳丝已回黄矣。思古之情,油然而生,惜亦无补于世事,感而赋此。

晴光碧草柳毵毵,乘兴寻春似酒酣。

又见新桥名廿四,最怜秋月梦初三。

迷楼锦缆消沉久,画舫琼花亦旧谈。

如此江山重点染,水程迢递到名蓝。

会后扬州外办邀请代表游览瘦西湖、大明寺诸名胜。余自瘦西湖畔拍摄红楼电视外景后,数年未到此湖矣。是日晴光正好,游兴颇畅,新建景点甚多,"二十四桥"新落成,虽非原址,亦足想象古人,妆点名胜。外办主任丁章华女士介绍,扬州市政当局,正筹建一条游览水路,由御码头上船,经虹桥、瘦西湖等处,可直到蜀冈大明寺、平山堂下。秋间可建成开放，其时当可再现李斗《扬州画舫录》所记之景观矣。

　　　　老蚌含珠味足夸，红楼绮宴竞豪奢。
　　　　胭脂鹅脯寻真味，白雪芹丝赏嫩芽。
　　　　艳说维扬三套鸭，再尝陶令六安茶。
　　　　金陵多少繁华梦，半在曹侯织造家。

　　两年前，扬州名厨随中国红楼梦文化艺术展代表团出访新加坡，于亮阁同乐鱼翅酒家表演"红楼宴"，《联合早报》饮食专栏高级记者黄卓伦先生曾著专文评介，誉满狮城。此次扬州开会，适逢扬州宾馆"红楼厅"开幕。连在西园饭店、扬州宾馆、琼艺苑酒家，品尝三次红楼宴，并专门开会讨论。其"老蚌含珠"、"白雪芹芽"、"胭脂鹅脯"、"三套鸭"等名菜，较之去新加坡时，又有很大程度提高。余因思二百余年前，曹家于金陵、扬州两地，六十余年繁华，南巡接驾，饮馔之精，自可想象。如不囿于《红楼梦》所记菜名，注意研究其他方面，提高烹饪艺术之灶上功夫，定可烹制更精美之"红楼宴"，因建议推出春夏秋冬四季系列"红楼宴"以接待海内外佳宾。

　　　　大观园中多绝韵，争传名菜说茄鲞。
　　　　秋蔬自是有佳味，鸡笋何须论短长。
　　　　阿凤大言欺四座，鸳鸯宣令法三章。
　　　　如牛我愧刘姥姥，弄傻疏狂笑一场。

　　烹饪专家陶文台教授于商专经营之琼艺苑以红楼宴宴客，

菜极丰盛,有"茄鲞"品,风味差近之。细思此菜自是秋蔬佳品,凤姐戏弄刘姥姥,故神其说以欺四座耳。如在秋季,采新茄试制,十余日后出罐佐餐。自能制出风味隽永之茄鲞。定要以茄为主,少加配料,万勿以鸡笋等喧宾夺主也。余席间稍作笑语,惜不如刘姥姥之"食量大如牛"及能豪饮耳。

痛悼平伯老师

李青吾小友，关心老辈事。

噩耗忽来传，惊愕泪已坠。[①]

似在意料中，月前知友至。

谓言探视时，先生神已悴。[②]

期颐寿难期，人天百年寄。

生尚安乐时，老经忧患备。[③]

忆昔列门墙，教诲吾深记。

晚岁鱼雁多，砚席得常侍。[④]

相对时莞尔，四世诚不易。

紫薇或紫荆，念念费情思。[⑤]

北望燕山云，哭师重挥泪。

曲园虽重修，先生长已矣！[⑥]

注：① 十七日晨七时，小友李青同志来电话，谓听广播：俞老
已去世。闻讯愕然，不觉泪下。

② 九月二十七日，新加坡周颖南兄由京来沪，谓在京探望
先生时，先生已昏迷不认识人矣。

③ 数年前春节，写信祝夫子"期颐康乐"。先生回信云：
"距九旬尚远，况期颐耶！而雅意固惓惓也。"俯仰之际，
已人天永隔，悲夫。先生《重圆花烛歌》写少年时云："归
来南国尚承平，吴苑莺花梦不惊。"写老年时云："负载相
依晨夕新，双鱼涸辙自温存。"后二句及此。

④ 一九四六年，在北京大学中文系时，选先生"杜诗研

59

究"、"清真词"等课,听课时情景,历历犹在目前。近十几年间,通讯更多,每次回北京,总去南沙沟看望先生几次。转瞬已成陈迹矣。

⑤ 每次见面,先生总笑着问长问短。一年前我将在上海古籍书店中偶然买到的《曲园课孙草》送给先生。此书是同治初年毗陵所刻,是曲园老人为先生父亲、即曲园老人之孙阶青老先生编的八股文教材,未收入《春在堂全书》中。先生极为乐喜,捧着书让王运天兄照了一张像,来信说:"此书连结寒门四代人。"先生念念曲园修复事,对园中一百年老紫荆树,来信寄语云:"其傍小楼之树,于拆楼时,希注意保护。又此树疑是紫荆,非紫薇,其花时不同。荆在春夏,薇在夏秋,于明岁开花,盼得博物者审谛。"

⑥ 先生早在一九八二年来信云:"修复曲园,应是我晚年最关心的事……盼其慢慢实现耳。"上月二十八日,与周颖南兄去苏州,经王西野兄引导,参观初步修复之曲园,负责同志一一指点,说明修复经过。先生虽然未能亲见,愿望总算实现。可以告慰九泉矣!

秋园观画诗

　　新加坡周颖南兄，去北京参加亚运会开幕式观礼后来沪，参加十月五日在上海举行之国际中国烹饪盛会。海上故人顾起潜、苏渊雷、杜宣、陈从周、王辛笛、冯英子、王西野诸老三十余人于十月二日聚于豫园，作迎秋之会，观诸老为颖南兄新作之画，成小诗四首。

　　其一题从周教授用乾隆石绿所作之《秋庭清课图》卷子：

观画知其人，观人亦似画。
大风高格调，古意任君写。
嘉树荫高轩，趋庭秋叶下。
盈耳读书声，大可昭来者。

　　从周教授为大风堂弟子。此图乃颖南兄纪念其尊人者。
　　其二题渊雷教授水墨梅兰松竹《四友图》卷子：

满纸墨淋漓，酒香何沸沸。
先生是可人，白发多豪气。
松竹映仙姿，梅兰别有味。
大道三杯成，吾又颓然醉。

　　其三题名画家杭青石先生两丈长水墨《闽江千里图》卷子。

十余年前青石兄沿闽江写生,绘一《闽江千里图》,余为携至北京,征题于叶丈圣陶、俞师平伯、萧丈重梅、黄丈君坦诸老。后又作一幅,征题于钱仲联教授,复请顾丈起潜翁为题引首,以赠颖南兄。颖南兄原籍仙游,得此图可卧游故乡山水也。

> 海天思故国,八闽势千里。
> 云意回峦气,帆樯来眼底。
> 人间仲宣怀,胸际佳山水。
> 咫尺画图中,卧游自可喜。

其四题方增先教授为颖南兄所画之与巴金先生《侍座论文图》轴子,此图共二幅,一赠北京现代文学馆,一自藏。在北京时,冰心老人已题过。九月二十七日又请巴金先生在图中签名。巴老签名后以特种编号本《随感录》回赠。时巴老寓中,秋光满院,情韵绝佳。

> 海上有巴老,斯文存史笔。
> 频年随感多,俯仰成巨帙。
> 写入侍座图,神情呼欲出。
> 秋庭日影斜,虫吟正唧唧。

京华行纪

北京五日,得诗四首,略加解说,用代行纪,愿与读者共享其乐。

一

离京两载过,归日感情多,

骨肉常思念,亲朋近若何?

街灯明照眼,广厦讶巍峨,

陋巷仍盘曲,依稀觅"草窝"。

两年半没有回北京,虽在上海工作三十五六年,对北京仍如故乡般思念,两年半觉得很长了。三月廿五日自西安飞京,到时天已较晚,乘车进城,高楼灯火,一路不断,不少均新建者,而南城下斜街、牛街一带,仍狭窄曲折如故。旧城改造任务十分艰巨,甚难改观耳。回到里仁街旧居妹妹处,简陋的平房,似乎真是到家了。江南谚语云:"金窝、银窝,不如自家的茅庵草窝。"予深有此感。

二

油条大又热,只卖九分钱,

烧饼芝麻酱,喷香个个圆。

书生爱此物,岂羡八珍筵。

古语称寒具,今人已不传。

　　北京供应很好,早起买来热油条、芝麻酱烧饼。每只油条九分,烧饼一角,都较上海便宜得多,又热又香,殊堪果腹。因想起陈从周教授思念大饼油条的文章,我亦深有同感。上海家中现在买油条、大饼十分困难了。偶然起早跑大远买到,却不知是什么下脚油炸的,吃起来呛喉咙,后来知难而退,也不再去找这个麻烦了。

三

人传肯德鸡,风味我何知?

偶作京华客,闻香一顾之。

两元加六角,鲜嫩一枝持。

足饱老饕欲,阮囊解莫迟。

　　我于饮食,倒不完全是国粹派,西餐也很爱吃,过去上海西餐比北京又好又方便、便宜。五十年代不用说了,八十年代前期还偶到"红房子"这类名店解解馋,近四五年中,则价格腾贵,阮囊羞涩,不敢问津矣。在北京东四,忽见闻名已久的"肯德鸡",进去看看,只二元六角一枝。想想上海在单位食堂买个电烤鸡腿,还要三元多,便毫不迟疑,买来解馋矣。

四

五日京华客,雪飞整两天。

崇楼银世界,春树玉婵娟。

润泽被郊野,冰凌挂屋檐。

寒窗多暖意,预卜祝丰年。

三月二十五日晚到京,二十六日即下大雪,二十七日雪住,晚间又落,二十八日下了一整天,冒寒到天安门及公主坟看雪景,美丽异常。然冷不可耐,不敢久留。回家取暖,北京各家暖气、炉火,较上海室中清冷,舒服多矣。北国春天,多苦于旱,得此连日雨雪,农作物大受益,春耕宿麦均有利,可卜丰年矣。

一九九一年杨浦公园菊展

三十五年杨浦住，春明游子客中家。
小楼风雨经过后，又向秋园看鞠华。

自一九五六年调来上海，住在杨浦区，匆匆三十五年矣。旧时杨浦区多棚户，谚云："若要苦，杨树浦。"人称"下只角"。今渐高楼轮奂，面貌日改，杨浦公园菊展，亦大见风采，自有其新意义也。

易安憔悴东篱感，把酒何须论瘦肥？
仕女如云芳径里，九花山子绣成围。

"东篱把盏黄昏后，帘卷西风，人比黄花瘦"，为易安少妇闺中时吟菊名句。南渡后老年又有"如今憔悴，风鬟雾鬓"句。青春易逝，古今同此感慨。杨浦菊展，仕女如云，恍似北京中山公园菊花山子。

簪花故事记坡翁，古意今情大不同。
落笔如风爱此老，黄花白发醉颜红。

宋时男人亦簪花，苏东坡老年秋日簪花，其晚辈笑之。然东坡不能饮酒，今同仁中苏老前辈渊雷，嗜酒如命，落笔如风，更胜坡翁一筹也。

> 经营箕畚记从头,喜看芳菲艳晚秋。
> 醉入花丛君莫笑,浮生赢得是风流。

一九五七年秋冬之际,杨浦公园初建,曾来此义务劳动多次。当时并未想到今天在此看菊花展览,坎坷曲折,赢得风流,殊不容易。

看《皇城根儿》有感

你真无可爱,且爱皇城根。
语调赛梨脆,味醇腊酒昏。
胡同随意转,院落几家存。
名医称仁术,朱红八字门。

年来京味电视剧,《渴望》最好,因其不惟情真,且戏中人与观众有共命运之联系感。近播《爱》剧和《皇城根儿》,后者较可看。"萝卜赛梨"的京腔、胡同、四合院等,京味较醇,朱红八字大门使我一下子想起半世纪前西斜街红庙四大名医之一的孔伯华先生家大门。

春明曾作客,久住皇城根,
银幕惊新赏,雪泥记旧痕。
明清宫阙路,内外西华门。
拆去堪回首,重来仔细论。

真想不到"皇城根"会变成电视剧戏名,使我这个在皇城根二十二号住过十三四年,度过青少年时代的江南流浪汉真感到无比亲切。北京明清以来,原有外、内、皇、紫禁四重城。皇城城墙不同于其他城,是宫墙式的,如现存中南海围墙,其四门为北地安、东安、西安、南中华门,明名大明门、清名大清门。象征旧

68

时国门。皇城在近六十年前,袁文钦氏作市长时已拆除。西安门俗称外西华门,解放后已拆除。现北京四重城仅存的只剩下故宫紫禁城了。

再造金丹妙,吾思独角莲。
秘方因世俗,绝艺几人传。
老铺同仁乐,名匾记鹤年。
般般皆史事,广厦又空前。

电视剧以"再造金丹"作引线,使人联想起旧时不少祖传秘方,老铺名店。如西皇城根不远的庄家独角莲膏,就是"传媳不传女"的祖传秘方。同仁堂乐家、严嵩写匾的西鹤年堂,都是足以代表北京民间的古老历史文化,而今天则都要为几十层林立的高楼大厦所代替了。

假戏宜真作,旁观看最清。
窗前疑月色,门外日光明。
活泼青春趣,迷离老态惊。
寒冬聊解闷,不觉近三更。

棚中搭景和外景合拍,是较为经济的。所搭四合院景,情景很好,室中陈设,也是北京大宅门派头。大门内外,镜头剪接,门外是自然光,门内是照明光,用光还不够讲究,有明显夜间感觉,或错误处理,如人站在垂花门前,面对北屋,背后却有很重人影,太阳怎么会跑到正北,岂非滑稽。在演技上金大夫二女儿演时代少女最感纯真自然。有时晚十时播出,看完近旧时所说之三更天矣。

红楼宴新咏

一叶飘然过竹西，重来正是早秋时。
金杯劝盏红楼趣，玉女传歌白雪辞。
阁座调冰驱溽暑，堆盘品味悟禅机。
马肝未必真知味，尝到茄鲞共说奇。

今秋将在扬州举行国际红学研讨会，宾馆又推出新研制之红楼宴，准备接待与会专家。立秋后二日应邀参与品尝鉴定会，实只白吃一顿。《史记》有"食肉不食马肝，不为不知味"语。知味与否，当如是观，茄鲞恐亦曹公故弄之奇文。

称觞祝嘏各排场，饮宴红楼四季张。
香稻虾圆公子馔，鸡皮酸笋女儿汤。
艳雪寒梅烧鹿脯，黄花紫蟹吟无肠。
世人徒羡繁华好，社火村姑内府装。

《红楼梦》中有御宴、寿宴、家宴、便宴等。吃螃蟹、烧鹿肉，场合季节，排场菜馔各异，岂能统以红楼宴概之？至于宝玉、芳官怡红院便饭风光旖旎，菜肴精美，又非一般人能想象，因而世间所谓"红楼宴"恐怕连婢学夫人都够不上。只是社火村姑着内家妆束耳。

古意难知今日事，今人渐失古时风。

烹鲜响绝郇厨秘，问鼎谁传候火功。

灵柏熏猪来异域，鲟鳇熊鹿出关东。

可卿雅爱琼糜好，美誉诗夸初白翁。

　　乌庄头账单所列山珍海味，都是干货，水发到出菜，工序繁多，各有秘招，师傅操作，徒弟旁观偷艺，重在灶口火候调味功夫刹那间。现大多已失传。秦可卿吃枣泥山药糕。康熙诗人查初白在《人海记》说山药"真琼糜也"。普通材料制作亦极讲究。

京师肴馔赞维扬，盐署当年供上皇。

传馐无非天下养，搜奇何惜世间荒？

梨园法部调新乐，尚食珍馐倾玉浆。

故事南巡载说部，红楼梦寐总茫茫。

　　淮扬菜早已名著京师，康熙、乾隆南巡，盐署是必到之地。红楼之谜，半在康熙死后，雍正即位。迫害其政敌与诸王子羽翼斗争中，但政治秘密，史证难求，所以茫茫耳。

海天诗柬

大雅中原少,高吟海外传。

襟怀彭泽后,裁句雪冰前。

绝学知谁继,临流叹逝川。

寒云仍漠漠,思绪入遥天。

元月初,威斯康辛大学周策纵教授赐寄《大雪独居二首》新什,格调高古,意境深远,有"荒古傥绝学,欲继机已微……素心自如雪,偶存未全非"句,讽诵高咏,感慨系之,因和短章。

万里诗情在,江天共雪飞。

我惭无好句,翁喜有新词。

红叶真妩媚,苍松志岁时,

如何将此意,说与会心知。

周策纵教授偕夫人吴南华女士双款自陌地生遥寄贺岁词柬《浣溪沙》小令,起句云:"红叶凋残白雪埋,小园藤葛待安排。"极感清新妩媚。去腊上海亦大雪连宵,楼外雪松清冷可观,惜寒不可耐,妻子卧病,忙乱家事,吟兴尽废矣。

太上殊难问,寄情发浩吟。

岂惟儿女念,亦系故园心。

四纪浑如梦,一年腊又临。
锦城期再到,重抚柏森森。

台湾大学王叔岷教授,原北大前辈学长,祖籍成都,离乡已四十余年矣。去夏赐寄手写影印诗集《寄情吟》,卷首"小引"云:"昔陶渊明之诗,几乎篇篇有酒,惟萧统知其意不在酒。乃寄酒为迹者也。我之诗,多吟儿女情……姑寄于情以自解邪。"腊中又奉赐书,因呈短章志谢。

阳回新气象,元日巧逢春。
海上浮槎客,天涯梦远人。
睽违思絮果,邂逅亦兰因。
尺素存音问,高谊至可珍。

今年夏历元日,巧逢立春。自元旦至春节期间,海外师友赐函纷纷,有近年见面者,亦有睽违数十年尚未见面者,高谊可珍,思念未已也。

奉和《梦迢迢》新剧上演佳什呈杜宣学长

一

半纪风云思未停，先生何事苦沉吟。

欲将院本董狐笔，细写华清纵与擒。

二

江天好景又清秋，昔日孩提也白头。

有梦不知家远近，依声我亦似诗囚。

西安事变时，余只十二岁，奉和此诗搔首不胜岁月流逝之感。"擒"字韵险，推敲得之，亦诗囚也。

三

旧话津门姊妹花，绮年弦管五侯家。

将军昆仲云天渺，修阻人间水一涯。

八年前在京，偶与陈从周教授应约聚于朱桂老哲嗣海北先生家，汉卿将军胞弟张学铭先生在座。席间北海先生夫人话六十余年前,在天津与赵四小姐及朱府各小姐同学中西女塾旧事,听之恍如隔世。今学铭先生作古亦数年矣,海天修阻,能不慨叹。

四

鼙鼓渔阳记战场,看云抚剑两情伤。

故园早报敌氛靖,浩气千秋滞异乡。

题《水流云在杂稿》

水流心不竞,云在意俱迟。

世味苦犹恋,禅机妙未知。

著书原拙计,问道更谁师。

吾爱杜陵老,江干野望时。

未申元宵看《杂稿》校样未竟,忽奉海外友人寄来禅意新什,感赋小诗,题于卷首。

并州吟

诗唱唐风好,并州似故乡。
白云浮垅亩,绿树见村庄。
三月秋先至,两回归梦长。
太行山万叠,千古意茫茫。

太原古名并州,唐贾岛名句:"无端更渡桑干水,却望并州是故乡。"余原籍山西,但数十年未去过太原,今年六月初、九月末两次去并,飞机下望,太行山重重叠叠,太原近郊阡陌村庄,风景如画。惜古人无法见此景,今人又无古人诗思,至为感慨耳。

断流汾水上,暖日古城头。
隐隐青山近,离离黍稷秋。
闾阎欣万户,车毂入平畴。
货殖雄三晋,于今再运筹。

汉武帝《秋风辞》:"泛楼船兮济汾河",当年汾河水,一定很大。现北方各河流上游都修水库,许多名河,都断流成为干河。国庆去平遥,下午参观古城墙,秋光大好,放眼四眺,十分畅观。平遥、祁县、太谷等县过去多在京、津、内蒙、东北、沪、汉等地开银号者,资金雄厚。现祝其再展宏图。

轻车寻古寺,斜照映双林。

黄叶纷飞际,唐槐树影深。

庄严瞻法相,名塑说辽金。

还讶替身妙,衣衫笑左襟。

平遥归途,游览双林古寺,寺有唐槐,十分葱茂,其菩萨塑像,极为著名。入一偏殿,恍见一人立于身后,不免吃惊,回头细一看,原来是当年礼佛还愿的泥塑真人大小的供奉替身,开像极好,笑嘻嘻真像活人一样,立在门背后,吓我一跳,左右都有,另外靠窗面佛的台上,还有不少尺把高小的,再看衣衫,不少左大襟。我忽然想起《论语》上"吾将披发左衽"的话语。元、明之际,大概不少少数民族都是左大襟。于此亦可见风俗之一斑。

"头脑"殊难吃,傅山当日传。

"拨鱼"原是面,"猫耳"仗汤鲜。

乡味浑不惯,远人大可怜。

清晨小米粥,潇洒坐街前。

友人请吃早餐"头脑",乃羊肉、山药、藕等所煮之甜品,据传傅山所制,但是吃不惯。"拨鱼"、"猫耳朵"都是面,乡味虽可爱,然余久居上海,已不惯多吃面点。一日清晨,街头摊上喝小米粥汤,吃新炸热麻叶、油饼等,十分香美,新加坡友人汪文华兄连喝小米粥三大碗,可见其潇洒之态矣。

访台诗选抄

白云谁醒千秋梦,碧海遥连万里心。

不信人间成久别,凭栏到此一沉吟。

香港起飞,云海中一小时余即到台北桃园机场,下机后凭栏口占。

阳明远接青城巅,月色娟娟别梦寒。

老去画师成白髯,犹挥彩笔写家山。

游阳明山故宫博物院,见大千居士《青城山图》,归途又经居士故居。忆童年见居士长髯飘拂,已近一甲子矣。

一盏浑忘浊世情,茶烟烛影话平生。

主人意趣明如镜,坐对禅心香益清。

承台大刘广定教授、中大康来新教授等好友邀往清香斋茶艺馆品茗。女主人乃谈禅者。

天天洒扫作生涯,少时戎马老无家。

乡音头白犹难改,笑问故园早稻花。

客房每日上午收拾房间，有一六十左右老人，系退役士兵，苏北人，口音未改，闲谈知其尚未结婚，问讯今年苏北农村夏收情况。

　　红颜不驻秋娘老，一曲闲听古调歌。
　　白头人尽强欢笑，枕上今宵旧梦多。

友人约往听歌，女歌星皆中年人，所唱皆四五十年代老歌，而听客甚多，捧场多白头人。

　　基隆本是旧鸡笼，山海如环气势雄。
　　渺渺烟波难唤渡，披襟天末起秋风。

基隆原名鸡笼，台湾北方良港，参观时见其形势。如直航客货轮一日夜可到吴淞口。

　　细论宫商真绝唱，荧屏爱听李维康。
　　几人探母欣圆梦，到处相逢说故乡。

在台适逢李维康女士访台演出，在电视台讲京戏《坐宫探母》。年来海峡两岸探亲者纷纷，相逢都说家乡情况。

　　长安故事开元梦，七夕家家儿女情。
　　此日遗风夸盛节，双星海誓更山盟。

农历七月七日本唐代流传之乞巧节，因牛郎织女故事，台湾

定此日为情人节,中视、华视、台视三台均有特别节目祝贺情侣,
并报道海峡两岸情侣仍有未团圆者。未免遗憾。

去时犯暑罗湖关,挥汗提囊大是难。
归路扶摇只半日,虹桥在望已心宽。

看中央电视台《三国》连续剧试放

君是艺坛大手笔,图成宝黛又关张,
三分故事开长卷,肝胆英雄女儿肠。

王扶林导演,十年前春在甪直开机拍名著《红楼梦》,今又完成八十集电视连续剧《三国演义》。日前应邀在东方电视台看样片。

诸葛千秋智慧身,隆中一对定君臣。
传神阿堵如何是?且看今人扮古人。

"三个臭皮匠,顶一个诸葛亮。"唐宋以来,成为我国智慧化身,人人心目中有个活诸葛亮,且看演员如何表现?

小乔夫婿觅封侯,顾曲周郎第一俦。
今日东床谁入选?纵然优孟也风流。

昔人过邯郸诗云:"公是公来侯是侯,纵然是梦也风流……"小乔夫婿,顾曲周郎,是三国中第一风流人物。

结义桃园未可师,百年争战祸黔黎。
算来还是民主好,毕竟新时胜旧时。

小时看《三国》，就不大喜欢桃园结义，只讲义气，不问是非，感情冲动，导致华容道、失荆州、走麦城、火烧连营等一系列失误，战争危害百姓。而后世流毒甚广，直至今日"哥们弟兄"，与民主、法治似大相径庭。

　　　　京昆好戏凤仪亭，法曲当年几度听。
　　　　海上重逢思夜话，貂蝉袅娜上荧屏。

一九四九年解放初在北京三庆戏园听叶盛兰、陈永玲《吕布戏貂蝉》，历历如昨日。三年前，扶林导演来沪，深夜见访，说到拍《三国》凤仪亭情节，要作重头戏处理，不知比京昆如何？

　　　　青梅煮酒说曹刘，更有江南孙仲谋。
　　　　一火居然成鼎立，可怜横槊吟船头。

"天下英雄，惟使君与操耳。"刘备听了，大吃一惊，怕曹操杀他，借辞掩饰。实际当时尚有江南孙权，稼轩词所谓："生子当如孙仲谋"也。赤壁一火，奠定三国基础。电视在无锡兴建水寨，拍此场景，耗资千万。

　　　　都人日日广和楼，三国连台说未休。
　　　　收入荧屏新画面，古今艺事各千秋。

三国故事，在清代对社会影响极广。同光之后，三国戏连台，由桃园结义、捉放曹、三战吕布、连环计、凤仪亭、让徐州、白门楼、走单骑、挂印封金、博望坡、古城会、长坂坡、荐诸葛、三顾茅庐、马踏青苗、龙凤呈祥、借东风、火烧战船、回荆州、华容道、截江夺斗、芦花荡、气周瑜、柴桑口、定军山、失荆州、走麦城、火烧连营、白帝城、七擒孟获、六出祁山、失街亭、空城计、斩马谡、五丈原,直到哭祖庙,可以把一部《三国》由头到尾演完,生旦净末丑都有传世名角,艳说至今。

　　枕上观书到五更,山村寒夜一灯红。
　　乡人爱说闲书事,六十年来梦寐中。

　　六十年前,在山乡读书,乡人谓看《三国》是看闲书,所谓"老不看《三国》,少不看《水浒》"。一因其专讲机谋、一因其专讲好汉,予第一部闲书,即是《三国》,放在枕边,枕上就煤油灯读之,初看不懂,转瞬即入梦境。后来渐渐看懂,越看越有味,忘户外寒风不觉至五更矣,时十岁不到。学会看书,实自《三国》始。

海盐纪行

随缘偶作客,来宿夜普陀。
滨海云生岫,临湖鹰有窠。
观音参拜后,居士醉颜酡。
一觉天明亮,迎风发浩歌。

海盐是好地方,滨海而有山有湖,山名鹰窠顶,前观海,后观湖,有寺名云岫庵。南宋时建,所奉观音,俗传系由普陀浮海而来,白天在普陀接受香火,夜间到云岫庵接受香火,故名夜普陀。民间传说,十分有趣,让观音加夜班,干第二职业,实际也因历史原因,一是明末倭寇,二是清初海禁。不过海边山中住一夜,实在太好了。

记得绿云好,重来看古藤,
红楼怜旧梦,白发怯攀登。
闲绕曾经路,摩挲湖石棱。
岁时君莫问,青史恐难凭。

八年前在绮园拍《红楼梦》电视宝钗拍蝶、滴翠亭小红私语等镜头。最爱园中一株古藤,比苏州拙政园文徵明手植藤大得多,没有架,藤蔓绕群树而生,半个多园子在它荫覆之下。绮园是同治年所盖,并不太古。而这株古藤起码在明代以前就有了,说不定是南宋旧物，真是故国乔木了。

> 名园微雨后，万绿照人妍。
>
> 小厦轩窗好，美人不记年。
>
> 登楼多雅趣，博古任留连。
>
> 难得成嘉会，题诗大有缘。

　　园中雨后，于前面名"美人照镜"之太湖石畔照像，又登泥香阁参观博物馆藏品，十分丰富。应主人之命，为写一大对联："泥香古韵，乔木名园"八字。苏渊雷丈、田遨兄等位均有题诗。

> 大石传家法，重逢女画师，
>
> 挥毫存古意，点染出新姿。
>
> 不尽沧桑感，难忘侍砚时。
>
> 藤花随意绪，为君醉题诗。

　　同行有唐云先生女弟子吴玉梅画师，数年前曾一同游千岛湖、淳安石林等处，今唐老已作古人矣。行间述及旧游，亦多感慨，据云将为绮园画古藤图，属为题诗。末句及之，实既未喝酒，亦未题诗，只是空头支票耳，一笑。

第七届豫园雅集感赋

一年一度豫园会,七度欣逢桂子妍。
何必流觞思曲水,还将咏兴共婵娟。
举杯尽得朋交乐,话旧时珍翰墨缘。
万里归槎人喜健,十分秋色月常圆。

豫园雅集自一九八八年春夏间举办以来,一年一度,今年为第七届,日期不固定,视新加坡友人周颖南兄来沪日期而定。今年适逢中秋节后四日,人月常圆,翰墨缘深,信可乐也。

书生意气海天思,岁岁周郎付酒资。
世上金钱非俗物,人间裘马有高谊。
莼鲈故事凭君记,禾黍情怀故国辞。
江北江南秋万里,旧时明月看新时。

豫园雅集费用,均颖南兄提供。颖南兄七、八、九月间三次回国,七月北京、涿鹿、河南、海南,八月厦门,九月昆山、成都、上海,饱览神州故国秋色及种种新变化。

市隐尘嚣老大难,开门件件费周全。
米珠已见升三级,薄俸行看短半千。
妻病每愁生意减,客来忽讶古稀年。

名园又坐秋光里,还记春花对杜鹃。

因妻子生病,堵门数月,米价数涨,菜价更贵,生活琐事,件件烦人。八月末,忽有叩门声,工会同志送来生日蛋糕,余甚惊讶,已忘却该日为阳历七十初度生日矣。回忆第一届豫园雅集,为陈从周兄七十、颖南兄六十祝嘏,苏州园林局送来盛开西洋杜鹃四盆,情景浑如昨日。

长夏炎炎七十天,秋风乍起反茫然。
新凉暗送流光转,暑气还催老病添。
白发逢迎多旧话,黄花节令笑华颠。
还期更约重阳会,策杖同登红叶山。

今年炎炎长夏,大热七十余日,九月四日,高温尚杀回马枪,至三十五度,余前列腺亦不适。秋风送爽,一年又去,转觉茫然。豫园座多高龄长者,又约重阳之会矣。末字"山"在十一删,与一先错韵,不易改,或能通押,仍之。

悼亡诗话

妻子于九月二十九日晚间突然去世了,我痛定思痛,一个人在家,忽然想到悼亡诗……

妻子的病已经很久了,今年九月中旬,我接到新加坡友人周颖南兄的电话,说是十七日来昆山、再去成都,二十三日到上海,二十四日举行第七届豫园雅集。首届豫园雅集是一九八八年春天为了祝贺著名古建筑专家、同济大学教授陈从周兄改建豫园东园落成,从周兄古稀初度,周颖南兄花甲初周而举办的。当时参加的人很多,文化艺术界老人,如俞振飞、苏步青、朱屺瞻等位都来了,来祝贺的还有前市长汪道涵先生。晚间八桌,妻子这次也参加了,经费是周颖南兄提供的,而活动是由我主办的。自此后,一年一次,均由颖南兄提供经费,由我发请柬,邀集新老朋友聚会一次,名之曰"豫园雅集"。惟日期不固定,看颖南来沪日期而定,当然也都是春秋两季。今年就预订在九月二十四日,而且我在九月二十二日就预先写了四首律诗,题作《第七届豫园雅集感赋》,发表在十月四日《新民晚报》上,写诗时,雅集时,妻子还在家中病榻上,接氧气,接两三个钟头,还可起来坐一两个钟头,一切都清楚,只是人极为虚弱,没有力气而已。诗的第三首,我谈到自己生活情况,想到妻子缠绵病榻,自己糊里糊涂已七十岁,而且因一天到晚为妻子久病发愁,已忘了自己生日,是学校工会同志忽然按门铃送蛋糕才想起的,因而有一联道:"妻病每愁生意尽,客来忽讶古稀年。""生意尽"本是普通古语,来自《世说新语》殷仲文说老槐树："此树婆娑，无复生意"句。"生意尽"也只是说老态、衰朽到极点，不过还并不意味着死亡。但是我写后心中忽然一动，感到不妥，便改为"生意减"，心想"减"字还有余数，或能再稍延时日，不想此诗写后四日她就去世，一字竟成诗谶了，我心中十分悲哀。

妻子去世后就赶紧办丧事，九月三十日大殓，接着是国庆假期，孩子们都在家，伤感之余，不觉得寂寞。自六日大家都去上班后，家中只剩我一人，孑然一身，对着接回来供在桌上的骨灰箱、遗容、多半房间的尚未枯萎的花篮，日影冉冉，不觉凄凉寂寞，生死之感油然而生，思前想后，多少旧事如在目前，难以排遣伤感，便想起"悼亡诗"这一形式来，想到一两句，便可凑成一律，一共写了四首。可以排列成一组，但写时是想到什么，忽然得到一个好句子，便推敲起来，连成全首，即鲁迅写给郁达夫的"偷得半联，凑成一律"也。但想到的好句子，不见得马上就能完成，要反复思维。这样几首写成后，再重新排列一下，使之成为客观顺序，这样后面的也许是先写好的，前面的也许是最后写成的了。

妻子蔡时言是浙江武康人，而我原籍是山西灵丘，从小又在北京生活长大，解放后南调华东区工作时，已二十八岁足，尚是单身。我们在上海认识，两人家都不在上海，其时她家在杭州，有母亲、嫂子、侄子等，我家在北京，有父亲、弟弟等。我当时还在南京工作，居然在杭州定情，在上海登记，在南京结婚，冥冥之中，真所谓千里姻缘一线牵了。谚语说："真姻缘棒打不散。"说明我们也是真姻缘了。因为在此以前她和我都有过异性朋友，有些人关系条件都很好，但都未结为婚姻，迄今想起也感到无缘，所以古人诗说"各有因缘莫羡人"，似乎真是如此。但她原来身体很好，而结婚后几个月，去无锡旅游，就因肠粘连住院动

90

大手术,随着我调来上海,五年后她又作胃切除手术,几十年来,疾病不断,所以我不禁想到"真姻缘是苦姻缘"这句诗了。但久思未成,后来想到她去世前不到一小时说:"我恐怕过不了今天晚上了……"又想她近年来越来越瘦、病骨支离的形象,这样由最初延续到最终,便写下这样一首诗:

> 真姻缘是苦姻缘,南北红绳一线牵。
> 记得定情春月夜,难忘密誓断桥边。
> 六桥本应神仙侣,四纪偏多疾病缠。
> 病骨支离浑见惯,痛心一语隔人天。

　　第二首是接她骨灰箱回家供奉时我想到的,由结婚日算起,还差七个月四十年,而这四十年中,除近十数年中,生活安定较为宽裕外,以前二十多年的患难生活,自是笔难尽述。她又是岳母最小的女儿,都呼她为"小妹"。而结婚时年龄已大,这样便又有了第二首:

> 蔡家小妹婚期误,嫁与黔黎患难多。
> 牛鬼生涯贫亦乐,风云世事老犹歌。
> 最怜蔗味回甘处,已是桑榆暮境过。
> 灵座晴窗常伴我,孤魂不必泣山阿。

　　去年三月二十七日连日阴雨,楼顶积水排不下,房管所人将下水道顶盖漏斗打开,水太急,来不及排,六楼以下阳台下水口反而涌出,水柱一米多高,全流入厅中,妻子正在阳台上取物,大吃一惊,当天开门开窗排水,忙乱一天,吃惊受凉,老病大发,肺气肿哮喘,发高烧,送医院住院,已报病危。后经治疗,平安出院,回家疗养,自然身体衰弱,日甚一日。今年夏天,天气虽热,而西瓜甚好,每天吃西瓜,又吃中药,一夏平安度过,我只担心她冬天要大发,不料在中秋后秋高气爽的时候,送医院住院治疗时,在急诊间就心脏停止跳动,我思想上原是送她去治疗,使之拖延时日,而忽然死亡,感到太突然,一下子痛哭失声了。五天后大殓火葬。这样写了第三首诗:

去春犹记传危讯,今夏翻欣娱晚晴。
药石原期延岁月,秋凉孰料梦魂惊。
死归生寄寻常事,忽地来临痛失声。
涕泪何能回性命,瓣香烈火送卿行。

去年她养病期间,八、九、十三个月中,去台北、北京三次出差,每次离家,均妥善作了安排,每次归来,她在病中都展开笑容。死别之后,回忆生离情景,真不胜凄惨。现家中放大的都是生活照,亲友们送了许多花篮,近日菊花仍开得很好,她遗照在花丛中,宛如生前情景。这样我写了第四首:

于役京华魂梦思,那堪死别记生离。
缠绵病榻年时事,赋到悼亡肠断辞。
又是秋风吹木叶,依稀斜照映东篱。
音容宛在黄花里,顾我归来笑展眉。

历史上最有名的悼亡诗是晋潘岳的悼亡诗三首,而律诗中最感人的则是唐元稹的三首,所谓"闲坐悲君亦自悲","死老长已矣,生者如之何?"死者什么都不知道,悼亡诗也只是抒发、排遣生者的伤感悲痛情怀而已。十月十日吾妻蔡时言去世二七祭日写于浦西延吉水流云在新屋雨窗下。

满目青山夕照明

——叶帅百岁诞辰纪念诗

去年看电视新闻,中央开会纪念叶剑英元帅诞辰一百周年,最近又看电视将有叶帅文献片播出。我忽然想起叶帅的两句诗:"老夫喜作黄昏颂,满目青山夕照明!"凭记忆引用,是七律的结句,全诗记不得了。一时也无处查考。这诗记得是七十年代末、八十年代初报上发表的。我特别感到这两句诗的感情和气度无比深厚,把打倒"四人帮"之后,老帅的内心充分表现了出来,而且充满了乐观的自信,今天的现实,更印证了这诗的预见性,也只有老帅那样的身份,吟诵出这样的诗句,才那样充分显示抱负,显示中国传统文化、诗风的儒雅之气,换作另外的人就不可以。或无其身份,或无其气度抱负,或无其文学修养、诗风诗才。所以是不可多得的名句!

中央各位老帅,叶帅我在解放前就见过。抗战胜利后,军调部时期,叶帅是驻平代表,住在景山东街路东一所房子中,我正在北大上学,经过景山东街,下午四五时之间,常见叶帅在景山外松林边散步,中等身材,着一身藏青华达呢中山装,白净脸有一抹很黑的小胡子,十分威严。解放后则没有机会再见到,只在电影中、报纸上见照片罢了。打倒"四人帮",报纸上有一次发表叶帅好多首诗,其中还有《远望》诗,读后不觉心动,便和了四首,抄在本子上。原题及诗是:

读叶副主席诸诗作,敬步《远望》一诗原韵,用伸仰慕之忱,兼代学习心得。

元戎雅望亦诗翁,大笔光焰照碧空。
闲步东山非啸傲,遥瞻北海识形踪。
岂容指鹿皆为马,会看除蛟更制龙。
毕竟经纶医国手,高棋一着便成功。

一心忧道白头翁,太息红旗没远空。
不废江河流万古,永师典则蹑高踪。
强弓先射害群马,法眼能分变色龙。
世路风云千载事,于今方奠百年功。

砥柱人间一寿翁,襟怀海阔又天空。
燕云此日开新霁,延水曩时记旧踪。
健饭更能盘劲马,画图本自好真龙。
钦承遗志丘山重,太华还依辅弼功。

宇内齐瞻夔铄翁,平生壮志欲凌空,
五湖四海成勋业,万水千山留迹踪。
诗教诲人多雨露,机锋下笔走蛇龙,
风流绝代歌今日,再唱神州大治功。

当时写了,抄在簿子上,从来没有给任何人看过。叶帅作古已数年,现逢百年诞辰,抄了发表,当作一个普通百姓对老帅的纪念吧!

雪诗四十四韵

　　丙辰腊初，大雪数日，为乔寓春申二十余年所仅见。寒氛凛冽，客舍如冰。长夜无眠，时吟断句。晨起补缀，居然成篇，得五言四十四韵，盖思寒重春前，宜驱百病。雪飞腊日，必兆双歧，威除虫豸，泽惠农桑。且岁聿云残，阳和有待。睹团团之飞絮，欲待穿帘之燕；对片片之琼花，恍听出谷之莺。兴会所因，歌吟遂发。丰年在望，篇什初成，难免陈言，敢效因风之句；唯期大有，高歌丰稔之年。虽先韵共寒删互押，或有惭于细律，顾游踪与兴会纷陈，实情寄于明时云尔。是为序。

壮岁匆匆过，老来少睡眠。
夏秋粗可耐，冬夜实艰难。
昨夜彤云密，中宵衾枕寒。
窥窗疑月色，梦渡怯冰川。
谁起刘琨舞，我惭祖逖鞭。
朝来启户牖，大雪满江天。
集霰初盈院，垂冰已挂檐。
楼台银世界，市井玉人寰。
气象雄如此，郊原定可观。
游怀顾仍在，远足已云艰。
复念童年事，此时情最欢。
高呼唤伙伴，奔跑上峰峦。

没胫冷何惧,冲寒雪滚团。
山村开画卷,林木写清妍。
绿蚁新开醅,黄粱早备餐。
此情成记忆,常在梦魂间。
忽作江南客,胜游亦有缘。
台城经过处,玄武雪中看。
钟阜绝飞鸟,莫愁隐钓船。
幽氛固眷眷,凛意实忏忏。
踏雪金阊道,常怜水竹边。
寒山寻古寺,冷巷听哀弦。
韵事武林好,断桥天下传。
寒梅开未否? 客里几登攀?
为爱山川秀,每将冰雪怜。
会当寻旧地,再费买山钱。
无邮囊时意,事过情已迁。
鸿飞空有迹,人事总如烟。
雪固无今古,事何传万千!
立程如断简,破蔡亦陈言。
争似洛阳道,黔黎念昔贤。
九衢车马过,高卧隐袁安。
此意凭谁问,萧疏如坐禅。
无炉度雪夜,驱冻赖重绵。
顾念坚冰至,斗回岁已阑。
阳和消息动,指日看春还。
腊雪当时令,霏霏春讯前。

桃花三月水，消融下千山。
润垅舒棉麦，引流入陌阡。
威先除蟊蜮，泽更惠桑田。
飞絮疑吹眼，飘花欲拂颜。
临窗知有待，珍重布吟笺。
敢续因风句，唯期大有年。
区区炳烛意，呵冻不成篇。

春柳词

　　寓楼前有病柳数株,每届春时,亦多摇曳之态。虽非陶令风流,难免桓公意绪,岁月不居,徒伤老大。篇什偶寄,聊写闲情。因成春柳词四律,以志感会云尔。

　　　　日日凭栏对尔时,年年珍重寄相思。
　　　　经来雪虐全无恙,待到阳和会有期。
　　　　青鬟笼烟每怅望,朱楼隔雾总参差。
　　　　谁家院落笙歌起,一曲阳关万缕丝。

　　　　故弄阴晴是早春,江南二月可怜人。
　　　　三分料峭天涯梦,一样凄清驿路尘。
　　　　张绪容华岂绝代,屯田曲调总怆神。
　　　　前身未是灵和种,莫放临风若有因。

　　　　小园芳讯尚遥遥,禁受清寒是柳条。
　　　　欲约黄昏空待月,曾经紫陌记闻萧。
　　　　平章未许金城价,摇曳何堪楚国腰。
　　　　寄语行人休折取,好留翠缕认虹桥。

　　　　泥人天气酒旗风,百代荣华一瞬中。
　　　　憔悴汉南如此树,缠绵白下去来鸿。

敢将仪态惊词客,休教芳容误画工。

惹起千秋游子梦,回黄转绿莫匆匆。

寄二弟

二弟由渝调陕,携眷经成都、长安而抵澄城,并在长安游览,因寄诗以壮之。

> 倦看三巴水与山,又来渭上看秦川。
> 汉唐故事余多少,蜀道行程路几千。
> 嬴政空传失鹿地,杜陵诗好丽人天。
> 流连景物怀今古,兴废从来指顾间。

> 六年举室三迁处,一望潼关四扇开。
> 晓日彤彤迎面照,大河滚滚自天来。
> 分清泾渭苍茫际,秀出华峰金碧堆。
> 已富平川饶黍麦,还勘地脉发乌煤。

二弟原在晋,后调渝,今又入秦,六年中三迁焉。

> 浮生叹息似参商,但得安身即故乡。
> 卜宅纵嫌廛市远,添厨且喜有鸡香。
> 迎秋蒸栗堪充餐,入夏浮瓜得饱尝。
> 儿女读书欣有望,暇多旧雨话家常。

秦中乡间,鸡极价廉,不及都中三之一也。其来信云,该处多阳泉故人。

廿年我亦客吴天，眼稍昏花鬓未斑。
举直错枉新事业，寻章觅句旧诗篇。
思亲每坠云山泪，忆弟难成白日眠。
梅熟江南风物好，喜尔书到报平安。

旧钞夜雨巴山句，今隔江云渭树天。
剪烛西窗劳梦想，飘蓬北客又经年。
连床每忆坡公句，有弟还思工部篇。
读罢来书增感慨，聊将俚句托邮传。

弟居蜀时曾抄寄玉溪生夜雨之句。

来书报向长安游，可到曲江古渡头？
剥落碑林凭雨洗，孤高塔势与云浮。
题名人尽泥沙去，绕郭水犹朝夕流。
剩有文章称李杜，微吟谁与遣闲愁！

丙辰岁末则夫兄银川归来诗以慰之

银川沪渎路几千,风雪载途又一年。
照影君真成塞雁,抱寒我亦似僵蚕。
滔滔惯看人间世,碌碌难参法外禅。
万事何如杯在手,喜看儿女闹灯前。

已是浮生感百端,况兼岁暮冻云寒。
少年惯读无家别,老去闲吟行路难。
剪雪裁冰成好句,思梅忆竹报平安。
忽然一夜茫茫雪,顿觉人间道路宽。

时大雪连朝,为乔寓沪上二十年所仅见。

诲余兄书来抄寄都门诸老新作因呈四律

人间端得有斯文，日下飞来五色云。
剪雪裁冰成绝唱，高山流水仰清芬。
诗朋散尽应惭我，胜友偏多总羡君。
俱是香山座上客，京华淑景正氤氲。

江云渭树起遥思，感谢书遗锦绣诗。
晓月长桥惆怅处，望江楼阁寂寥时。
襟怀我爱风吹句，景物谁和雨细辞。
不尽嘤鸣求友意，敢将俚句答相知。

看云海上几经年，望断京华故国烟。
细诵新诗增感慨，欲追游迹惹缠绵。
留连景物风流地，冶铸诗情日丽天。
今夜容我曲肱卧，好寻归梦到陶然。

灵性本无强学诗，抱残守缺畏人知。
苦心刻鹄成何事，更慕屠龙大是痴。
境界还须参韵味，骊黄而外有天机。
合向诗翁低首拜，婆娑九老尽吾师。

读重丈题雪涛老人画牡丹诗感赋长句寄呈二老并乞小幅牵牛

窗前喜读萧翁诗，如见先生松鹤姿。
犹抱倾葵向日意，精神矍铄写胭脂。
花因诗情花更好，东风雨露春来早。
妆点明时成璧珠，京华艺苑夸双老。
我今倾倒读诗时，浮动眼花心已摧。
落月屋梁思国色，如何再得见花枝。
先生忆昔树桃李，我亦门墙称弟子。
堪叹庸庸枥木村，只今碌碌风尘里。
钝根不解事丹青，更学为诗羞煞人。
稍识诗情与画趣，犹思教诲记谆谆。
再陈一事应难说，四十年前记一诺。
欲寄鹅溪托去鸿，敢请文采施颜色。
都门花事四时中，万紫千红动画工。
我爱牵牛风韵好，披离犹记白石翁。
如何写得秋盈架，更着秋虫鸣叶下。
不情之请望莫嗔，书陈二老供闲话。
春明沪渎路三千，望日看云思渺然。
报子街头经过处，清词记谱鹧鸪天。①
噫嘻吁，
往事悠悠已四纪，岁月不居抛人去。

惟祝二翁寿而康,霜毫濡染歌大治。

注:① 雪老旧寓报子街《鹧鸪天》词有"辜负良辰一病身"之句。

奉和重梅老人丁巳中元后一日游颐和园原韵

诗翁健杖履,散策陟峻嶒。
心在众香国,法传智慧灯。
步苔怜竹静,得句待松应。
会上排云殿,雕栏再一凭。

中元西苑路,风物正宜人。
莫负湖山约,喜逢康健身。
楼台皆故旧,鱼鸟亦情亲。
游侣二三子,闲吟秋水湄。

快游喜暑去,咏兴逐秋波。
欲约题红叶,先期赋碧荷。
未闻款乃曲,总忆采莲歌。
凤阙照银汉,如云仕女多。

天当乞巧日,人在晚晴时。
山钝来佳气,湖平胜浃陂。
但能煎玉蕊,何用泛金卮。
七碗添豪兴,风生句未迟。

昔人论西山,着一钝字,尽得雕龙三昧。

再用重梅老人原韵柬暑中
湖漘消夏诸老用记快游

名园多气势,夷险记崚嶒。
山色容千变,佛香惟一灯。

苔深思鹿卧,松静听蝉应。
幽绝后山路,危桥几度凭。

京国频年别,江湖万里人。
不堪芳草梦,总是转蓬身。

谊重芝兰臭,交同骨肉亲。
昆明随杖履,又得坐湖漘。

故旧相逢处,年华感逝波。
婆娑怜老树,红翠看新荷。

辇路饶车迹,龙舟记棹歌。
小归如过客,得句笑愁多。

苑囿新天地,楼台忘岁时。
晴光遥带水,夜雨半浮陂。

但愿人常健,何辞酒满卮。
诗翁有好句,愧我报书迟。

丁巳秋以旧存朵云轩小笺数札分寄都门诸老并系五绝句

十竹名笺出样新,当年玩物事如尘。
朵云留得终何用,赠与锦囊觅句人。

张髯当年惯写生,诗婢家纸重龟城。
画师去后风流尽,记取蛮笺不胜情。

厂肆更谁来访笺,版阳名字迅翁传。
海王村畔秋阳淡,风景依稀似昔年。

小幅应宜题小诗,休将簿纸笑情痴。
垂青但得诸公顾,便是花间绝妙词。

小品花枝识古香,视同拱璧每深藏。
生涯措大原堪笑,说与诗人道短长。

附和作

步韵奉和云乡先生七绝五首

张篷舟

诗词书画重清新,不少珍藏散作尘。

五首七言劳远寄，惊雷震起梦中人。

山月三天为写生，^①大千一画值连城。^②
天涯海角飘零客，念到江楼应有情。

几度重编薛涛诗，多年如醉复如痴。
髯翁一唱添佳话，玉楼春调谱新词。^③

感君惠我朵云笺，深红小样恨无传。
羡煞浣花溪畔纸，文房驰誉已千年。

名园枉自品茶香，埋没诗才竟蕴藏。
再聚须当抒妙句，莫负槐阴夏日长。

注:① 原注:一九四三年关山月以三日时间在望江楼为予绘
《吟诗楼图》。

② 原注:一九四七年张大千出其《薛涛制笺图》见贻,画
为六尺立像,工笔描金彩绘,且用明纸明墨,允称精品。
两帧原画予于一九五六年均捐献国家矣。山月现在广
州,大千侨居海外,难得见焉。

③ 原注:解放前予四次刊行薛涛诗,近作薛涛笺甲乙两
笺,冲寒冒暑,亦已脱稿。又大千在原画上有《玉楼春》词
一阕云:"长眉曲袖鬓蛾碧,桂发容华飘蜀国。翠筵芳酒
酡朱颜,滞醉不知将钿合。浣花笺纸桃花色,帘外东风以
象十,离诗书就泪痕干,早结同心胜绾结。"

附和作

云乡诗家寄赠花笺奉寄六绝以谢

潘渊若

十幅花笺写楚辞,哀情和墨落乌丝。

空山独解幽兰意，翠袖天寒唱竹枝。

披拂花笺赋旧愁，已无豪句纪狂游。
老来犹有登山意，梦绕烟云睨九州。

病妪哀翁共一楼，不知红叶已深秋。
看花忆踏长安道，斗酒年年与妇谋。

香山山色晚苍苍，渲染枫林一半霜。
石径停车人去后，至今红叶玉华庄。

白首吟诗同调少，黄泉有梦故人多。
披蓑荷笠逢今雨，万里云罗一雁过。

京华倦客不知还，辜负江南碧水湾。
聊赠一枝应有意，带将春色绚燕山。

渊若诗翁惠寄和章六绝句再依韵呈正

松鹤清姿冰雪辞,新镌小印拟朱丝。
我惭奉酬无佳句,只合巴腔唱竹枝。

欲说还休一种愁,昔年风物旧时游。
京畿自古繁华地,早悔买车向别州。

寒烟暝色入江楼,风送潮声柳送秋。
笔砚年来成底事,雕虫难作稻粱谋。

炼句何时到老苍,年华空教鬓侵霜。
先生尽得风人意,惠我新词丽且庄。

声气相求意若何? 雅言海内已无多。
今年京国承诗教,安得归车岁岁过!

秋云汾上雁飞还,春水江南绿作湾。
楚春越吟同恋树,人间谁不念家山!

再寄京华诸老

前寄京华诸老朵云轩小笺并附呈五绝句,经先后奉到篷舟、渊若、柏森诸老和作,因再用前韵奉寄,时在丁巳深秋。

一派秋山霜叶新,游车辗破软红尘。
登临正值重阳近,羡煞倚楼望远人。

倾盖相知感此生,怎堪寥赖卧江城。
书遗在远劳音问,快读新诗不胜情。

诗情书韵满云笺,一种风流自有传。
我愧野狐难入律,闭门觅句笑年年。

千载谁能说破诗,少陵髭断亦情痴。
感君同调此心醉,更待书传红叶词。

缘结京华翰墨香,瑶章奉到已珍藏。
高谊再作投桃报,目送秋空雁阵长。

亡　书

遗簪坠履事堪伤,况此琴书手泽香。

秦火焚来无玉石,楚弓亡处记丹黄。

当年相对如朋友,去日思量似故乡。

莫问前人金石序,飘零聚散本寻常。

呈雪涛老师

丁巳夏日返京看望雪涛老师,观画雪梅乳莺,相别已四十年矣,因赋二律呈正。

来作先生座上客,兰因应是有前缘。

归车风送三千里,感旧情深四十年。

妙法从来参造化,襟怀本自出天然。

乳莺解报春消息,一种清思到笔间。

秉烛闲谈淡入诗,[①]都门喜近嫩凉时。

双槐院落无关锁,[②]四纪长安似弈棋。

胸际丹青除俗虑,笔端鱼鸟亦天机。

人间自爱晚晴好,老干梅花无丑枝。

注:① 一日夜间去看望时,适逢停电,秉烛闲谈。

　　② 先生门前二龙爪槐。

奉和柏森兄丁巳重九登江亭云绘惠寄之作

宣南胜事记清游,每过陶然咏兴酣。
似镜波平时映日,如云柳老好迎秋。
未惊促织鸣阶下,犹听玄蝉唱树头。
绰楔经幢无觅处,苍桑闲话水边楼。

夏日坐云绘楼，闻园中人谈慈悲庵辽代经幢及园中二牌坊均于乱中毁弃失去

快读华章是卧游，高吟此日属君猷。
会将象管生花笔，写出江亭落叶秋。
翰墨有光辉倦眼，湖山无恙记从头。
可怜煮鹤焚琴后，又见新妆云绘楼。

附原唱

丁巳重九登江亭云绘楼寄云乡诗家

吴柏森

平居乐事是清游，况值佳辰兴更猷。
芦荻已添燕地景，枫林犹认蓟门秋。
休教白发侵双鬓，且把黄花插满头。
谁念天涯怀远客，临风独上仲宣楼。

丁巳冬祝重丈八三寿辰,用自寿诗原韵

治世多人端,诗翁享大年。
秋山欣有句,[①]春酒寿无边。
时蜡阮公屐,何须安道船。
京畿名胜地,风物助吟鞭。

精舍结何处? 白云坛宇浮。
秋高祈谷殿,人寿读书楼。
虫唱龙潭路,雁来燕蓟州。
此情何所寄? 咏兴落沧洲。

骚坛推宿将,酒国称雄兵。
细律八叉得,清谈四座惊。
鹤貌尊前辈,龙头属老成。
齐介先生寿,流觞动凤城。

诗名传宇内,早岁过金阊。
酒酌葡萄绿,果陈橘柚黄。
高风歌义士,故事说真娘。
虎埠山塘路,轻舟记晚凉。

境界回甘味,期颐乐有余。
瀹茗过紫竹,酬唱到芙蕖。[②]
闲看云间鹤,静观濠上鱼。

诗盟与酒会，相约胜趁墟。

颐乐都门好，秋郊锦绣铺。
卜居傍魏阙，闲卧亦江湖。
旧雨多无恙，新知实有徒。
清游杖履健，朋辈时相呼。

闲中饶兴味，浩气养无涯。
容我曲肱卧，任人插版衙。
词章早命世，笔阵已传家。
玉树芝兰秀，时扶长者车。③

平生万里志，老未废登临。
久惯江湖阔，还知世路深。
人期松柏寿，诗抱岁寒心。
红树香山道，停车发浩吟。

祝嘏人争羡，论诗道更难。
寿过陆务观，雄让魏曹瞒。
雅颂关风教，起居享善闲。
举杯歌大治，座上尽弹冠。

襟怀何所似，春意过芳原。
隶法书名重，骚音古意存。
未能亲绛帐，岂敢望程门。
祝嘏思颜色，霜红入远村。

放眼量风物，悠游度岁年。
光阴付笔砚，礼让到闾廛。

儒雅在京国,慨慷慕冀燕。

鸠杖留连处,兴会总无前。

乐寿歌松茂,时和庆竹苞。

枝柯欣本固,水乳合相交。

欲献豳风颂,不为花月嘲。

典章今日好,家给胜封茅。

注:① 翁近有西山看江叶之作。

② 丁巳夏有紫竹院荷花唱和诗。

③ 先生女孙九岁学书,十三岁已知名,能左右手书。

谢重丈

重丈惠寄墨宝二纸,一书五绝二首,一书五律,均近作。前已承可佳为书小幅,今又承惠赐,何墨缘之深耶!遥领清芬敬呈四绝句谢之。

一奉华章喜不禁,先生古道更情深。
人间自有墨缘重,两幅澄心抵万金。

诗情书韵两相彰,如此风流是古香。
龙马精神今照我,新来蓬筚有辉光。

魏阙江湖总是诗,杖乡杖国两忘之。
悠游合称神仙侣,落笔都成白雪辞。

暖日趋庭承笑颜,女孙清誉已空前。
艺林治世多佳话,又领清芬翰墨缘。

奉答柏森兄

柏森书来问及南中取暖事，并录绿蚁新醅酒诗以寄意，时正窗外微有雪意，因以奉答。

昏鸦在树暮云低，又是江天酿雪时。
绿蚁每惭无度量，红泥真欲说相思。
书怜范叔寒中计，情寄香山炉畔诗。
何必更营薪炭事，春风今已到南枝。

一冬晴光喜暖再寄柏森兄

今年真个小阳春，歇浦冬来日日晴。
北客胡床多暖趣，南窗斗室大光明。
人间何用乘风志，乡曲深知献曝情。
此意近时新会得，欠伸俯仰喜难名。

丁巳除夜辞岁

每从此夜怯流年,稍整杯盘数品全。

欲向诗乡忘岁月,难凭酒国问因缘。

人间得失鸡虫事,故旧情谊鱼雁篇。

道是明辰元日好,一杯微醉便怡然。

故事于今件件无,聊将浊酒话屠苏。

已惭月俸黄州肉,更喜登盘浙水鱼。[①]

有弟常怜关塞隔,浮家又见岁华除。

寒窗清供少梅竹,惟有春风入我庐。

注:① 友人从浙来馈佳鱼。

长句寄振杰兄

戊午正月初四寒云密布,晨起赴驿站为大丽托运自由车,归途雨雪霏霏矣。小愿得偿颇为欣慰,向晚密雪敲窗似与故人细语,微有感会因成长句寄振杰兄。

东皇亦似解人意,只布彤云未作雨。
小愿于今欣得偿,应胜忍过事堪喜。
元日初过未破五,春风得意驰千里。
微物也得乘风行,应教老夫喜不止。
回首寒云望玉畿,不辞归来雨雪霏。
窗外雪声如细语,似将此意说依依。
故人叹息隔关山,三十年来一寒毡。
净业湖边雪漫天,应把杯酒仔细看。
人间万事谁会得,雪泥鸿爪总因缘。
今将此意向君说,万事纷纭同一辙。
门外骄车十丈尘,楼上幽人自清绝。

戊午上元夜奉怀都门潘老

客里常惊岁序新,感时爱物更怀人。
长安此夜花如锦,吴下来朝草似茵。
一种情通师友意,三分月接燕莺春。
念公风义忘年顾,文字相交合有神。

振杰兄书来云百炼钢化为
绕指柔因以奉答

甘苦人间绕指柔,何堪岁月去悠悠。
贾生鹏鸟非空赋,王粲登楼叹左谋。
天地为炉成代谢,诗书无用自春秋。
莺声又报春华信,待向琼阴问旧游。

寄 人

鸡肋嚼来事可知,个中况味说权宜。

季鹰洛下思归日,刘蒉长安下第时。

舐犊每怀游子意,依门常念寸心诗。

塞翁得失寻常事,喜见鹪鹩得一枝。

戊午上元夜喜晴

此夜风光剧可怜,负它三五好晴天。

村灯社鼓谁家梦,官柳野梅何处缘。

客久豪情与日减,一年皓月只今圆。

诗怀谁续孟元录,对尔清辉争下帘。^①

注:① 帘字出韵,因当时实录,未易改也。

戊午正月奉和柏森兄丁巳岁杪寄怀之作

暖日冬来绽早梅,百花犹待好风催。
待从濠上知鱼乐,先看云间旅雁回。
激荡千秋缘古会,澄清万代只今开。
诗人兴致增春意,潋滟浮香动玉罍。

戊午春日偶成

土绽苔青春渐分,宵来暖意散氤氲。
遥看草色有无绿,应许莺声次第闻。
但得林花霑雨露,何关富贵是浮云。
砚田累岁荒芜甚,好趁晴光着力耘。

戊午春游杂诗

天涯无客不思家，坐此藤阴爱紫霞。
坐久不知春意绪，微风吹落雨三花。

偶惹乡情忆饼家，紫藤时节味宜夸。
自怜食指防人笑，羞解青囊拾落花。

日暖藤肥大可观，幽思满架画图难。
游人不解垂垂意，只向篱边论牡丹。

紫陌纷纷拂面尘，如云仕女趁芳辰。
龙华看罢桃千树，谁是当年门内人。

千古玄都说到今，刘郎当日欠沉吟。
菜花更胜桃花好，一染春光万点金。

谁种桃林树百行？年年取次挹芬芳。
人间喜得春常在，每向红蹊吊国殇。

漫将桃李夸颜色，应许迎春斗烂黄。
会看百花开次第，蜂衙蝶阵为花忙。

阡陌弯弯入小村，人家晒物敞蓬门。
路边买得香莴笋，归付中厨代晚飧。

谷雨风轻似酒醇，郊坰晓日绿云新。

游人齐赴龙华会，探取芳林第二春。

胜日龙华会，迎春烂缦天。
绿茵如昨日，红雨已经年。

塔势依云古，池清照水妍。
不辞郊路远，又得小留连。

寿浦东黄兄六十

重周甲子看风华,歇浦潮声识故家。
已见沧桑开海国,何妨肺腑沐烟霞。
春江揉绿波成酒,秋圃飞红叶亦花。
自是人生期老寿,白头岁月任婆娑。

归途口占

戊午春夜访田遨兄于沪西,盖一别已十三年矣,归途口占寄呈。

思君流水意,一别十三年。
又作高斋客,敢期翰墨缘。
观棋柯已烂,献赋梦成烟。
春风当此夜,相逢剩华颠。

曩时朱剑老,倾倒谢宣城。
交契芝兰臭,诗怀冰雪清。
不堪俯仰际,已是古今情。
相对浑如昨,云天念故人。

附和作

江城避面十三年,万事侵寻雪满颠。
一自风雷驱积雾,终将诗酒续前缘。
每谈亡友悲遗稿,幸得新知喜弄弦。
欲问红楼闲掌故,几时清话当新笺。

奉寄西野兄

与西野老兄夜谭甚快,别时月色颇佳,归来率成一律奉寄。

一几一榻结行庵,诗律茶经仔细参。
倚枕看云能有几,举杯邀月便成三。
襟怀应许先生淡,气味还容我辈甘。
漫说人间书万卷,沧桑此夕古今谭。

附和作

云乡先生夜过小楼赠我新诗索画藤花
指涩腕弱未有以应赋此奉答

门外跫然响足音,长街踏月肯相寻。
排愁快读惊人句,投老初偿求友心。
落落清谈酽苦茗,荒荒夜气注烦襟。
抽毫欲写藤花报,指腕酸顽奈不禁。

蝴蝶会分韵

戊午夏返京师,七夕前一日于天坛蝴蝶会,重丈雅令,分韵得诗数首。

得风字

（以少陵"凉风起天末,君子意如何? 鸿雁几时到,江湖秋水多"分韵,与会者二十人。）

倾盖成佳会,披襟当好风。
华林生白露,玉殿入苍穹。
座上人皆健,杯中酒不空。
悠悠千载梦,兴废古今同。

得江字（代人作）

胜日多豪兴,放怀唱大江。
有诗皆细律,无调不新腔。
看月怜疏槛,迎凉待水窗。
浮云河汉上,牛女应成双。

132

得秋字（代人作）

夜雨招凉好个秋，天高祀殿与云浮。
相逢但得倾怀抱，拈韵何妨代酒筹。
最喜朋交来北国，不输风月在南楼。
长廊策杖行吟处，漫指银河认女牛。

得水字（代人作）

好雨生凉秋乍起，风清银汉淡如水。
白头人对白云飞，共此诗怀二三子。
古殿老槐忘岁时，举杯欲问前朝史。
树无声兮殿无言，千载茫茫斜照里。
座间济济皆吾侣，一壶一碟随缘喜。
壶中风光天地宽，觉来忘物亦忘己。
明朝便是鹊桥期，际此谁思鲈鲙美。

奉题篷舟先生洪度集笺注乙编

华阳山水孕奇女，前有文君后花蕊。
回文织锦谁当行？浣花溪畔洪度子。
遭逢正值大历时，大历才子尽低眉。
元相为驻碧油车，白傅闲赋白雪辞。
绿云梳就宫样妆，红豆吟成南国字。
文彩风流第一章，赢得洛阳蜀纸贵。
美人自古伤迟暮，老向碧鸡坊中住。
泪染蛮笺天下传，深红小样胭脂秀。
千秋韵事去悠悠，蜀山自青蜀水流。
万里桥边留古井，曾照当年瑇画楼。
无波古井自年年，谁为西昆作郑笺？
剩有人间情种在，瓣香一点奉婵娟。
我亦痴心如舍利，劫火虽猛犹未坠。
读翁细字百感生，似识白头炳烛意。
欲将杯酒酬灵气，今夕梦向锦官去。
醒来不见李唐人，惟觉凉风天末起。

奉答京师友好问讯

秋去冬来意寂寥,负它红叶晚萧萧。
眼前流水云还在,望里蓬山路转遥。
青鸟知传日下信,汀鸥犹怯海门潮。
诗怀一似曩时好,总把离骚代酒瓢。

寿田遨兄六十整寿并步自寿原韵

霜林人爱晚秋红,送尽重阳落帽风。
文字因缘师共友,辞翰格调我怜公。
名山阅后襟怀阔,甲子周来岁月匆。
喜抱诗怀忘老至,五弦挥罢看飞鸿。

寿日正值重阳之后,客岁曾有黄山天台之游。

附原唱

依旧楼头夕照红,十年簸荡雨兼风。
尚留老眼看今日,深览鬓毛负乃公。
肮脏才情人落落,萧条书剑意匆匆。
忽然长路愁腰脚,独倚南天望断鸿。

和作

飞下蛮笺小印红,新诗读罢久临风。
未能免俗思南阮,差可存愚效北公。①
闲话红楼听亹亹,缅怀白社感匆匆。
几时人到京华去,莫遣音书误断鸿。②

注:① 原注:陆诗北公余力可移山。
② 时余有去之意。

戊午残腊国桢西野二老虞山访书因呈俚句致意

日暖江乡草色青,不辞残腊过郊坰。
待从劫后秦灰际,细问焚余鲁壁经。
安石偏饶湖海气,虞山喜看老人星。
归车一路好风送,但觉情怀似醴醽。

答西野兄

西野兄为画凌霄花立幅并题句云,平生飞动凌云志,直上元龙百尺楼。念半生碌碌,一事无成,岁暮天寒,百感猬集,因成四韵,用答壮语。

更无飞动凌云志,又送浮生似水年。
求剑刻舟皆左计,种瓜得豆亦偶然。
问心每愧师朋讯,凡骨难通兜率天。
惟愿春来腰脚健,花明柳暗过前川。

送别国桢夫子

　　国桢夫子客腊访书虞山,己未新正初五命驾返京,因呈二律送别。

　　　　　　晒宋千元梦已残,焚余典籍更谁看。
　　　　　　传薪著述存如是,金石飘零说易安。
　　　　　　老去诗书容漫卷,新来天地为翁宽。
　　　　　　游踪踏遍江南路,还向虞山认旧刊。

　　　　　　杖策寻书到岁残,白头豪兴未阑珊。
　　　　　　蜀椠建刻从容展,浙水吴山仔细看。
　　　　　　添寿京庐簪彩胜,归筵人日荐春盘。
　　　　　　行囊喜得新诗句,竹纸花青界小栏。

　　先生整理陈寅恪大师《柳如是传》已付梓,先生于客岁深秋南来访书讲学,有访书纪事诗。

戊午除夜己未元日送旧迎新得诗

搔残短发是闲吟，百事阑珊百感侵。
客里为家除夜酒，年时归梦故园砧。
漫将文字酬风月，羞向人前道古今。
岁月不堪流水去，怀书剩有忆朋心。

光阴露电更何期，又是迎年对酒时。
莫问淮王鸡犬事，且占来岁吉羊辞。
消融雨雪人偏健，珍重阳和喜上眉。
宜春帖子书红意，收拾闲愁付小诗。

奉和咏曹雪芹原韵并柬端木曹公

建安风骨世相承,几见沧桑谷与陵。
黄叶西山归远梦,红楼断简有传灯。
白头细律诗千首,绿蚁豪情酒十升。
愧我识韩殊太晚,宣南阻雨望层云。

余绪风流君亦承,滨江归路过清陵。
云浮异代春婆梦,雪漫边城秋士灯。
考索千回皆掌故,丹还九转见飞升。
闲情万斛凭谁问? 世间行人隔一层。

骥若丈书来偶感

经过方知世味酸,赋情容易写愁难。
寸心早醒衣冠梦,斗室犹思天地宽。
人海藏身蚕抱茧,临风噪晚蜩承丸。
聊将文字闲排遣,窗外浮云枕上看。

济南红会寄诗二绝句

无情难说红楼梦,有兴来游海右亭。
若向泉城寻故事,当年漱玉叹伶仃。

历下秋风记昔时,渔洋神韵几人知!
曹公若与分轩轾,一样骚音两样痴。

游瘦西湖

壬申乞巧日重阳后为红楼事两度赴扬州游瘦西湖纪以小诗。

初秋转瞬又深秋,两度扬州水上游。
未老垂杨留绿意,远来嘉客醉红楼。
波平莫道湖光疲,且暖还忻塔影浮。
不识渔洋修禊处,且寻监署吊曹侯。

奉和邓尉探梅诗

但弃禅心意便坚,相逢随喜到梅边。

万花似雪成殊相,古柏如人莫问年。

越女腰肢关社稷,吴王粉黛启华筵。

风流尽逐鸥鹭去,我辈豪情剩一编。

附原唱

辛酉二月初十,寒病乍疗,风日晴美,满子、仲华夫妇偕云乡、绳武,自海上来访,因邀仲联丈、承丙、秉权等诸子探梅邓尉。翌日,满子等至松鹤楼赏饭,云乡索诗,赋此以记游事。

王西野

扶病游山愿尚坚,惯撩诗思到鸥边。

翻径佛阁陪残衲,^①侧帽花间怅暮年。

后约还期梅结子,将离犹共酒当筵。

他时食史烦君记,喜进槎头缩项鳊。^②

注:① 柏园院僧融宗出示圣恩寺旧藏血书《华严经》。

② 席上进鳊鱼重二斤许。

正定道中

　　八月二十八日,旧历七月十三日,晨三时乘车去正定看新建"荣国府"工程,并参观隆兴寺(俗名大佛寺),观隋龙藏寺碑。下午回京,新雨初霁,秋容大好,遥望太行隐隐,淡若初洗,情不能已,车中吟成二律。

　　　　古道秋情大业风,高槐绿入白云中。
　　　　隋碑漫漶摩挲认,辽塔巍峨气象雄。
　　　　感慨劫余残石在,闲参旧殿法轮工。
　　　　如来岂是知人意,千载茫茫色相空。

　　昔康南海氏批梁任公诗稿云,何不学龙藏寺。按龙藏寺碑乃唐楷正宗,河南、率更之先声,盖于开皇大业间已形成矣。此碑乃国宝之一,现仍在正定隆兴寺,尚完好。

　　　　青山一派展容光,绿树如荠秋数行。
　　　　燕冀天高云变幻,滹沱流急势飞扬。
　　　　征人淡作银河月,客鬓新迎玉露凉。
　　　　禾黍离离情几许,故园故道是他乡。

　　滹沱上游为唐河,古名滱水。余唐河上游人也。浪迹江南已数十年矣。车过滹沱,雨后流急。望太行山色,感慨系之。

题甪直斗鸭池

斗鸭池存记昔贤,葱葱银杏入云天。
小楼人记叶夫子,流水光阴六十年。

病中得诗

病中得柏森兄春柳诗和章,时春阴未开,疏雨时作,深有辜负芳情之感也。

一春风雨费思量,辜负桃芬与李芳。
小病兼旬书作枕,闲愁千古醉为乡。
晴光未破余言重,暮色迟回画影长。
喜得故人新唱好,诗来便是愈头方。

初游甪直小诗

一出葑门绣作围,菜花照眼麦云低。
金鸡湖上开明镜,点点风帆尽鸥鹈。

轻车一路渺风烟,水暖犹思脚划船。
得以乌篷艇子好,当年文苑记名篇。

人家处处起新房,无限风光在水乡。
营造犹传扁担式,白云绿水小门墙。

水镇名蓝枕碧流,寺门正对石桥头。
惠之一塑真千古,应胜人门万户侯。

甪直纪游诗

斜塘道中

及春好出游,吾爱葑门路。
既过金鸡湖,斜塘锦绣处。
水泽开明镜,云浮没远树。
菜花灿若金,新麦笼轻雾。
娇红紫云英,点点乱田亩。
造化秉彩笔,江山成纨素。
时见墟落间,门户映清渚。
柳下浣衣女,水边绿头凫。
丁壮作秧田,挑肥多农妇。
老屋几处新,服饰犹存古。
高髻红绒绳,短裙蓝花布。
不羡吴王宫,惟念溪头纻。
江村景物新,悠悠千载去。
临风欲放歌,杖策欣拾句。
归车诗未成,又喜得新雨。

保圣寺观唐塑

人传杨惠之,今来问唐塑。

小镇街枕河，一桥通幽路。
寺门静无哗，门畔井亭古。
叩关入禅院，新箓照殿宇。
法式存旧制，溯源知梁武。
礼拜阿罗汉，降龙与伏虎。
丰腴若不足，清癯亦栩栩。
历历恒河劫，幸未遭斤斧。
端赖有心人，代代勤持护。
经幢记李唐，残碑元人署。
史称保圣寺，白莲亦有故。
巨钟不知年，苔花且摩抚。
抚尔感慨多，顾我伤迟暮。
悠然看行云，苍苍见大树。

陆龟蒙墓

吴郡有名镇，千秋传甫里。
昔贤迹尚存，地邻保圣寺。
祠宇虽倾颓，高风足仰止。
残石伤墓门，丰碑见新立。
涟漪寻旧地，花鸭浮绿水。
护坟乔木多，银杏凌云势。
白云时往还，苍狗变未已。
剩有弦歌声，庠序近古意。
顾盼意徘徊，遐想多佳思。
乘兴登肆楼，食鱼味真美。

我非弹铗儿,多谢茶禅子。①

注:① 同行王西野兄号茶禅,破钞赏饭,小肆烹鱼极美。

壬戌(一九八二)谷雨日吴门归后作

贺　诗

癸亥重阳后,水流云在轩南窗谨书俚句恭贺江南诗词学会成立。

佳节重阳过,江南秋正好。
金焦揽形胜,嘉会聚诸老。
大江日夜流,浩浩连昏晓。
爱我华夏地,顾盼抒怀抱。
宗邦德泽长,诗骚传雅教。
李杜秉光焰,苏黄承妖娆。
降至板荡时,气节耀青昊。
或为正气歌,或作南冠草。
古人大可思,来者期同调。
蜂腰如可继,抱残事岂小。
风月一沉吟,江山待文藻。
日新有盘铭,此意足颠倒。
相逢素心人,倾盖同欢笑。
出门望浮云,披襟思长啸。

赠豫园主人

冯其庸先生来沪公干,春申友人相约聚于豫园作饮茶吃饼之会,因书小诗奉赠豫园主人。

五月繁花照石榴,豫园宾主梦红楼。

饮茶吃饼成嘉会,笑看花枝似酒筹。

书赠豫园绿波饼家

豫园五月看新荷,更有饼家号绿波。

为甚酥成夸技艺,香饽饽与爱窝窝。①

注:① 为甚酥,宋人语;香饽饽,红楼语;爱窝窝,京师名点也。

甪直拍红楼赠人小诗

假假真真入画时,传神全仗手中机。
江南二月春风里,梦入红楼比翼飞。

古塑依稀莫问年,真真假假亦前缘。
扮成士隐从容甚,好了歌声镜里看。

依样葫芦落魄时,一朝伞轿趁时飞。
得意便忘失意事,村言假语耐寻思。

不解英莲是应怜,演来雅气自天然。
童心它日重回顾,已是芳华志学年。

扬州三绝句

烟波莫认楼船夜,细雨江天古渡头。
城郭已无春又至,绿杨一路是扬州。

塔影浮云二月时,广陵烟雨总霏霏。
花期细数无多日,待唱冶春古调词。

欲试春衫怯早寒,湖边小坐听关关。
幽禽静处知多少,渡水飞来落树间。

赠　诗

一九八三年岁逢甲子初春,中国电视中心、中央电视台同志聚于吴下拍《红楼梦》连续剧第一集,与王扶林导演,马玉芳、李耀宗二同志趋车采景郊垌,偶到天池古迹,管理人闵大宝同志嘱题,因书小诗留念。

偶然行脚到天池,为梦红楼巧拾诗。
顽石收来皆入镜,人间处处有天机。

风雨瓜洲口占

丙寅春拍红楼电视于维扬,风雨中瓜洲过江游金、焦二山,口占小诗。

波涛经过处,金焦谈笑中。
红楼问古渡,烟雨一江风。

152

题赠扬州富春茶社补壁

多谢富春滋味长,维扬名点有余芳。

三丁未入画舫录,拍入红楼说梦乡。

(一九八六年四月)

赠陈丽女士

陈丽女士演唱《红楼梦》电视剧主题歌《枉凝眉》,一九八五年国庆同来灌县拍外景,索书,奉题小诗,用博一笑。

婉转歌喉苦未休,清商一曲梦红楼。

凭栏几度凝眉处,唱到多情也泪流。

赠振国先生

　　振国先生精研曹雪芹氏南鹞北鸢考工记,以数年之功,制成不足方寸之彩燕风筝,成为世界之最。慧心独具,巧夺天工。乙丑初秋,拜观于京师大观园秋爽斋庑下,奉题俚句,以志艺缘。

　　　　须弥芥子拟化工,青云莺鹞巧玲珑。
　　　　鹍鹏争识寸心趣,一样扶摇在掌中。

晨起口占

　　韩冰先生嘱书。昨晚归来,见桃花已发。今早淡云微雨,钉饾春光。晨起口占二十八字(壬戌三月)。

　　　　昨见夭桃已着花,今晨微雨小窗纱,
　　　　春情次第知多少,短发搔残犹忆她。

　　　　暖云微雨小楼头,点点春光尽客愁。
　　　　忽念昨宵桥下路,桃花已映柳绿柔。

重梅老伯九秩晋一志庆

京华有一老，颐乐东南隅。
幸福堪名里，诗骚乐遂初。
地连祈谷殿，秋满龙潭湖。
散策时闲步，临窗作素书。
悬针欣腕健，得句亦欢呼。
喜讯万里外，儿孙展宏图。
称觞风物好，呼厨烹鲤鱼。
预庆双甲子，风月在吾庐。

题俞丈平伯师《重圆花烛歌》卷子

前辈珠玉在,着笔吾何敢。

细读锦绣章,泥首亦浩叹。

吴下升平际,莺花梦不惊。

青梅竹马来,深巷喜逢迎。

古槐婉约词,亭轩秋拍曲。

旧梦清华园,夜阑几秉烛。

天上神仙侣,人间伉俪情。

沧桑到白发,患难记生平。

我昔承师教,夹道嵩公府。

悠悠四十载,思之同太古。

劫数初历尽,可怜华发萌。

重来趋绛帐,惭愧老门生。

诗书继世长,忠厚传家久。

题罢复沉吟,惟祝期颐寿!

都江堰纪游

人功仿佛是神功,千载涛声日夜同。
雪浪浮云来玉垒,飞桥架索走苍龙。
平畴早熟千家给,古木奇观大禹风。
崇庙犹尊贤父子,秋山烟树意茏葱。

成都客馆小诗

山水缘兼翰墨缘,留题惭愧在西川。
蜀州想像陆通判,耄画依稀是沈园。

新制蛮笺价不资,阮囊相对每迟疑。
清晨小巷秋容艳,且费青钱买菊枝。

高汤一钵号三鲜,名馔锦城非浪传。
玉版飘香浮翠菜,山家清供记坡仙。

乙丑重阳因病旅居成都游王建墓

不知老渐至，偶病忽添愁。

沪上无音问，蜀中正好秋。

地邻王建墓，信步且闲游。

莫问宫词事，锦江万古流。

看菊偶感

锦城逢九日，闲坐抚琴台。

古调沉埋久，黄花应候开。

秋容怜病客，修竹隐莓苔。

相赏数枝好，满篱何用栽。

壬申七月苏州园林博物馆成立

乔木思千古,名园聚一堂。

姑苏锦绣地,史志记文昌。

废殿存吴越,幽亭说宋唐。

客来如揽胜,一一细平章。

苏州园林题句

春分时节雨中趣,陌上花枝欲展眉。

几处名园深巷里,画堂可有燕来归!

霏霏冷雨锁春寒,旧日吴门雾里看。

得似少时豪兴好,情怀异国梦江南。

茶艺会题句

茶艺如觞政，我惭愧未能。

只知喝大碗，入口快如蒸。

辨味尝甘苦，清谭聚友朋。

昔贤高咏在，雅韵仰传灯。

感事二律

教学传言是下流，不谈国事说红楼。

身无彩翼难成凤，人有华冠可沐猴。

九九归元道非道，三三见九头碰头。

算来不值卌斤肉，衣带宽时几许愁？

领到凭单号四联，求神还要赶三关。

倒爷有术通天易，书匠无知盖印难。

已惯平生遭白眼，每逢入市叹途艰。

有权不用过期废，忙煞人间大小官。

（一九八八年九月二十一日）

苏州郊区所见

浣纱日日过溪头,易浣啼痕怎浣愁。
对镜簪花非昔日,可怜照眼发红榴。

石壁山村雪梅香,梅花万树绕花墙。
谁家青瓦小门户,昨日迎归新嫁娘。

小　诗

无涯智慧海,有味读书灯。
此灯传万代,永放大光明。

赠北大袁行霈教授

闻声已感友谊重,话旧更思教益深。
两度相寻怅未遇,荷塘老柳见秋心。

山西杨栋先生端阳寄书小诗答之

江南节令端阳好,北国山村更可思。
绿树麦秋小院里,堆盘角黍读书时。

寄西野兄八秩华诞

黄花野趣悟诗禅,忠厚存心便是贤。
泼墨芭蕉留梦里,胭脂梅竹小楼边。
家藏书史浑忘老,室有芝兰不羡仙。
万语难穷忧患感,期颐德泽自绵绵。

江南冬雨初霁

寒云渐散夜风吹,弓月婵娟念柳丝。
记约黄昏常有待,未成曲调漫寻诗。
羊头莫许封侯烂,鸡肋轻尝况味滋。
每怯江乡冬日雨,明朝且喜是晴时。

自　况

随缘日日念弥陀,有口无心不解佛。

纵使法师千棒喝,痴顽依旧笑呵呵。

为人题句

红楼梦醒念弥陀,秋士春婆奈老何?

鹤发鸡皮林黛玉,婆娑来看宝哥哥。

一老妪过少年窗下,少年问是何人?自云林妹妹。少年云:林妹妹青春貌美。妪云:林妹妹活到现在,不早已鸡皮鹤发了吗?语虽诙,可警世也。

赠日本书家永保秋光教授

言语未通心愫通,嘤鸣浪迹与君逢。
江天正待梅寒季,翰墨犹存魏晋风。
一水蓬壶衣带阔,千秋文字古今同。
灯前闻道归帆讯,未赋临歧意有忡。

无题三首

梦无新旧总凄迷,书若有情笑我痴。
文字真为忧患始? 生涯惯续乱离诗。

焚残秦火今余几,得失楚弓更问谁?
岁月悠悠流水去,胸怀坦荡自忘机。

席间调笑看红唇,灶上惭无问鼎人。
吃在苏州何处觅,厨娘故事尽成尘。

题戴春帆先生印谱

春公治律如治印,公平心地存天问。
春公治印似执法,金石痕深心不折。[①]
金石律法两相兼,秦汉徽浙仔细参。
宦情已倦金石寿,又向窗下苦钻研。
执刀仍如执法时,汉泥秦篆养天机。
天机长存胸臆间,金石人间千万年。
愿君常如金石坚,再治佳石万万千。
吁噫呼,再治佳石万万千!

注:① 春帆兄曾任区法院院长。

答费在山兄

寄来明信片,要我贺年诗。
每日团团转,不知答甚词?
聊书几句话,报与良朋知。
清晨忙到晚,浑忘岁与时。

忆大同

昔时塞上住,小邑亦风华。
院落青砖瓦,高台认外家。
端阳吃粽子,裹粥买麻花。
巷口逛云岗,红缨小骡车。

谢瓜小诗

继平先生约写文介绍文坛前辈书法,久未报命,近始写成,
已炎暑挥汗矣,取稿时馈西瓜一枚,因写小诗为报。

偶谭妙墨记前贤,更谢西瓜大且甜。
难得暑中多雅兴,涂鸦满纸亦因缘。

南游杂诗

如何曲水尽流觞，石径小园花自香。
微雨池塘春寂寂，幽窗客梦意遑遑。

问年石畔乾嘉树，绕屋藤牵薜荔墙。
偷得浮生闲半日，尘襟暂浣对沧浪。

喔喔鸡声又一啼，双悬日月显朝曦。
人间自有风流在，红是精神绿是诗。

闻道岭南冬日好，招人最是木棉花。
两冬喜作炎方客，托钵随缘向哪家？

钟鼓楼前日影斜，古城枯树满归鸦。
古都故事繁华梦，剩有寒冰照雪花。

友情半落天涯外，思致常留笔砚间。
岁暮纷纷收贺柬，临窗坐对水中仙。

坐看窗前日影移，闲中趣味自寻思。
一花今日先春放，喜报连朝换水时。

答谢巨锁先生

丁丑春暮病中远奉巨锁先生赐寄沉泥砚二方,乡梓情深,小诗报之。

渑水南峰旧梦遥,江南春晚雨萧萧。
谢公远赐桑梓报,石砚沉泥世德高。

吟北京旧宅

田妃旧宅今犹在,静寂帘栊似昔时。
四百年间楸树老,悠悠往事白云知。

曲槛回廊小院幽,圆圆何处问妆楼。
将军一怒空千古,老树鸣蝉又早秋。

一九九一年六月新加坡国立大学 汉学会期间留题小诗

书赠大会立轴

汉学开新纪,谊联五大洲。
光前更耀后,此会足千秋。

两度访新均逢端五

礼仪尊上国,风俗似家乡。
两度逢重午,堆盘角黍香。

再到牛车水

碧海寻新梦,红楼续旧缘。
牛车水再到,应学吃榴莲。

忆黄遵宪诗

又作炎方客,常思前辈贤。
黄公诗句好,桃菊映红莲。

赠颖南兄

肥马轻裘意,杯盘同乐心。
居停谢壕景,亮图再登临。

赠辅仁老友

倾盖他乡遇,京华思故人。
诸翁几健在,白发更相亲。

八八年红楼展友人多未及见

红楼惭识小,异国感知音。
盛会相逢后,匆匆何处寻。

新国大汉学会

先秦纪典籍,汉宋汇川源。
学术传薪火,德功兼立言。

赠王润华教授夫人淡莹女诗人

诗品见心声,新词仔细评。
几生修得到,清照与明诚。

八八年红楼展有老人赠胡姬花

赠我胡姬花,老人忘姓名。
重来每挂念,小诗寄深情。

濠景酒店高楼主人何公

崇楼宜远眺,万里仰高风。
湖海胸怀阔,雅望说何公。

读海外庐诗

大雅中原少,心仪海外庐。
同光传后劲,细读先生书。

赠异国诗友

云天何广阔,风月自朦胧。
言语殊方异,诗心情愫通。

大光明山禅寺

菩提有宝树,顶礼大光明。
佛国春常在,瓣香记此行。

《联合早报》介绍予"红楼研究化硬为软"

常思化硬语,风俗古今殊。
别后今重到,宏文愧不如。

重到贵都饭店

一饭吾犹记,贵都食有鱼。
三年欣再到,问讯近何如?

谢金冠楼主人汪文华兄

何处酒家好,重登金冠楼。
主人偏好客,题诗代酒筹。

忆山镇二首

故园何处是？一水走唐河。
三月桃花水，九秋禾黍坡。
题糕看雁过，倚枕听鸡呵。
小户穷乡乐，击壤亦堪歌。

溾水中分处，南梁望北梁。
杏花开烂缦，是吾旧家乡。
丰岁足禾黍，高秋见雁行。
酒香骡驮过，铃响入斜阳。

题赠台北"中研院"友人

草木永嘉后，诗心魏晋前。
已经秦岁月，莫问汉山川。

红粉江湖老，青娥玉宇寒。
妆成每自顾，鬓佩惜年年。

识荆忻此日，华胥梦从前。
黎庶愁风雨，哲人感逝川。

生涯履薄惯，意态后凋寒。
故国多忧患，回首已百年。

一九九三年访台杂诗

鸡犬未仙去，人间觅食忙。
年华随逝水，莫问旧淮王。

绣罢鸳鸯好，金针渡有缘。
获麟添吉庆，齐唱太平年。

闻鸡思祖逖，破浪念刘琨。
休说少年事，几人劫后存。

归来老画师，犹记丰台路。
芍药近如何？相思朝复暮。

毕竟红楼好，遥联万里情。
春风来次第，谊重感嘤鸣。

托钵千门过，十敲九不开。
不如草庵卧，浊酒醉春台。

千秋如一日，一日似千秋。
世事周复始，笑他苦运筹。

银汉星空渺，鹊桥尘梦多。
暌违半纪后，今夕应高歌。

红颜难久驻，一曲感如何。

176

座上诸宾客,今夕白头多。

无事作神仙,看烟袅袅燃。
洞中方七日,世上已千年。

盈盈一水间,渺渺愁难渡。
岁月感无情,红颜不得驻。

铁铸谁家错,诗成没奈何。
春风吹户牖,天际白云多。

红楼旧梦真,绿水新愁继。
无那忒多情,难挽抛家磐。

风雨一相失,帆樯乱纵横。
烟波何处是,天外晚霞明。

怕向人前去,愿闻笑语传。
隔院笙歌里,灯火未阑珊。

离乱少恩仇,饥驱老未休。
书生无一用,愁作稻粱谋。

留命抱丛残,惯经文字狱。
白云时往还,浮荡我胸际。

一九九六年夏与为峰同去苏州

暑蒸苦两月，堵门似楚囚。
秋风忻送爽，连袂作郊游。
远客正年少，故人已白头。
路忆曾经处，金阊小巷幽。

水巷转幽独，深居认户门。
草茂秋情绿，松青古意存。
相逢如旧雨，文心待细论。
昔贤今不见，几回入梦魂。

鸡声茅店月，尽改旧时观。
地接虎丘近，趁车觅莉兰。
卢生今夜梦，何必说邯郸。
入室欣汤热，曲肱便可安。

怀壶因老人

　　为峰吾兄于丙子中秋自福州来沪出壶因老人竹石诗稿卷子嘱题,余幼年客京华玉苍尚书苏园十三载,于申江又识壶因老人,于八闽似有宿缘也。丙寅岁首,年已九十,题"新开虎步;再展鸿图"联赐寄,是年末即下世矣。今睹遗墨,想象音容,为题二绝句以示景仰。

　　　　八闽风流记昔缘,苏园留梦十三年。
　　　　申江又遇壶因老,同话京华感旧篇。

　　　　遗文遗墨想容音,展卷重睹感不禁。
　　　　记得虎年题虎步,老成凋谢贵如金。

读书杂吟

读书写作是生涯，兴至还涂日暮鸦。
不解家庄何梦蝶，如来一步一莲花。

书话何如梦话痴，亡书留梦两迷离。
醒来睡眼蒙眬里，似读儿时夜课诗。

楼外闲云自转舒，春风又见入吾庐。
不知灯市花多少，且读焚余未烬书。

香山曹雪芹纪念馆

瓜棚井架仰曹侯,老树鸣蝉入早秋。
如此山光容不老,应将好梦到红楼。

寄陈巨锁先生

端阳节近麦风凉,奉到来书墨有光。
愧我班门时弄斧,不知大雅在家乡。

病　中

不知老至贫能乐,渐觉心衰疾病多。
四月看花留榻上,一年好景又蹉跎。

无题二绝句

年年春讯盼迟迟,冷雨敲窗望欲迷。
看不分明寒未去,微吟思旧感怀诗。

葱葱夏木尽孙枝,隐隐南山似旧时。
故国飘零皆梦里,江天春雨夜凄迷。

新加坡吟坛前辈潘公受虚之学长赐寄红楼杂诗依韵奉和并乞郢正

红楼旧梦想依然,世事于今大变迁。
读罢翁诗增感慨,狮城分袂又经年。

繁华六十年中事,梦入红楼夜色昏。
深巷尚衣留故宅,潇湘竹上满涕痕。

焦大惊人愤世语,可怜纨绔不知惭。
著书黄叶村何意,真假难分说梦酣。

曹公应谢高兰墅,翰苑旧家两丈夫。
断烂若非成完璧,金陵难觅美人图。

当空红日愁风雨,我少青中且坐关。
情浅情深禅自解,春来望月待秋圆。

世态纷纷喜猎奇,乾嘉而后说分歧。
红楼似在迷楼里,南北大观又入时。

书来南溟传音问,宝黛奇文异域论。
不是红楼能醉客,只缘情爱满乾坤。

难觅人间多病身,潇湘只是绛仙人。
曹侯妙笔真千古,绝代写成一欠伸。

宝公原是过来人,说梦钟情在一身。
优孟衣冠谁得似,难将膺鼎证前尘。

大梦也曾长夜醒,痴人白日梦迷时。
谁痴谁梦皆多醉,半部红楼万种痴。

汉学于今三绝著,敦煌甲骨与红楼。
会看寰宇开新记,文采风流通五洲。

无　题

浣罢春衫理鬓丝，临流对影见花枝。
裙钗自是乡间女，争画鹅黄宫样眉。

石版清泉夜捣衣，月明千里漾清辉。
良人尺素传双鲤，遮莫今宵踏月归。

浣纱日日傍溪头，易浣啼痕怎浣愁。
老尽莺声绿尽柳，柳阴何日系归舟。

惯绣鸳鸯十指尖，铺金斗彩玉纤纤。
停机待看团圞月，暗簇双娥怯卷帘。

云髻簪花花布巾，布裙稳称小腰身。
阊门一担桃花鳜，疑是鸱夷船上人。

以诗代贺年片

家贫未办贺年片,自写宜春祝岁时。
海上浮云多旧侣,天涯芳草有新知。
草书素食南朝事,红豆莼鲈故国思。
喜得今年冬意暖,瓶中黄菊抱残枝。

贺满子尊兄仲华大姐八秩双庆

诗翁八秩有高唱,艺苑风和笑口开。
白首双星齐举案,华灯对酒共倾杯。
生涯福寿岂关数?心地平安否泰来。
乱世群魔成粪土,严冬过尽乐春回。

天地不仁谁主宰?皮囊幸未作牺牲。
几经俯首称牛鬼,转瞬白头笑后生。
自得吟坛多酒趣,何妨丝竹乐清明。
称觞抛尽江山梦,放眼春花大有情!

寄柳存仁教授

红会后自扬州回沪,澳洲柳存仁教授忽来访,家中只一蟹,草草待客,诗以致歉。

破家去国两忘忧,闲看浮云逐水流。
岁月无情增白发,江天有味说红楼。
三秋难得迎履杖,一蟹何堪奉酒筹。
师友风义当谅我,还书歉意托洪邮。

一九九六秋稷园雅集来今雨轩

旧雨重逢新雨来,秋情黄菊笑开怀。
稷园风月年年在,白发红颜共举杯。

京华旧事白头知,茶座如云惹梦思。
六十余年弹指去,辽槐古柏又秋时。

痴钝难除不解禅,浮沉塞北又江南。
酸甜苦辣都尝遍,喜结佛缘共世缘。

186

丙子岁暮七律

大陆龙蛇又一时,天涯岁暮起遥思。
百年世乱疑初定,数载乡情老更知。
回首烟尘真噩梦,幸余残命感流离。
云天万里欣翁健,拜读承平华胥诗。

要监汉事误苍生,八载狂雾血肉横。
惨胜冰山倾片刻,偷安岛国老残兵。
于今举世难秦帝,曩日中原厌楚争。
多少书生输性命,百年青史倩谁评。

玉碎难为苟瓦全,破家几纪话年年。
饥驱我去贫能乐? 少不如人莫问天。
患难频经思骨肉,谋生无术剩青毡。
新来幸得晚晴好,又早斜阳白发添。

游湖州小诗

重九无风雨,秀州秋最佳。
南湖老树在,葱茂问年华。

曾记沪杭路,夜车风雨楼。
如何五十载,独少斯人游。

国道江乡过,平畴一望遥。
黄云间绿水,秋意接天高。

难得有佳人,远来名古屋。
相偕一出游,说笑解孤独。

寐叟老夫子,今谁念昔人。
犹存老屋在,坊巷问芳邻。

唐塔今犹在,登临四望空。
陆羽不可见,晴日仰高风。

老树晴空里,婆娑古意多。
不知塔岁月,相伴旧山河。

二沈旧知名,师承思半纪。
留题墨妙亭,白头说故事。

188

一九九七年北京国际红学会题诗

红楼有梦迷离入，青史无边汗漫寻。
二百余年谁会得，秋窗掩卷一沉吟。

痴情儿女小无猜，白发回头笑口开。
自是天涯多雅兴，京华盛会又归来。

和友人

北大百年校庆和友人句，时寓红楼附近翠园。

读罢君诗感慨深，重来难觅少年心。
白云紫禁槐安梦，绿树红楼杖策吟。
景物不殊思德塞，师承有自念遗箴。
未名湖畔开新纪，风月人间古变今。

欢聚有感

　　北大百年校庆,柳存仁等先生自海外归来,先欢晤于香山,又欢聚于海上酒家,因呈二律为寿。

　　　　海上浮云远不辞,归飞四月正相宜。
　　　　迎人郊坰皆新绿,入目西山似旧时。
　　　　门户于今谁正统? 江山异代各成棋。
　　　　百年闲阅人间世,阖座华堂献寿词!

　　　　酒家小聚寻常乐,难得白头说少时。
　　　　万里归来今日事,百年回首古人思。
　　　　稗官戏语夸炉灶,百姓伤残死乱离。
　　　　剩有书生余性命,敢将文字问天机?

萍萍女士来访

戊寅暑中,晨风吹拂,萍萍女士由其外子扶持来访,坐谈甚乐,小诗记之。

消受晨风一片凉,百年几许好时光。

相逢便是随缘乐,闲话文心论短长。

题赠红楼学术会兼贺玉言先生八秩华诞

京华旧梦吾能说,一入红楼便欲迷。

世事过来真亦假,繁华回首是全非。

荣宁寂寞回王谢,宝黛排场似弈棋。

为祝周翁康而寿,先浮卮酒贺期颐!

戊寅中秋前偕湜华过吴门寓草桥宾馆游大公园口占

一

红花绿树两相宜,照映秋光似旧时。
如此草桥我亦醉,重头不胜故人思。

二

秋云秋水满秋光,疑似遥山映绿波。
毕竟吴中风物好,大公园内赏秋荷。

三

绿满荷塘夕照红,秋云扑面似山中。
森然老树前朝梦,难得此园号大公。

贺婚诗

渊雷教授女弟子沈诗醒女士将于戊寅九月十九日在吴江宾馆与台湾向子平先生结婚，以嵌字格小诗贺之。

君子好逑妙句裁，平平仄仄觅诗来。
吴江酒醒秋花艳，喜结良缘世纪开。

滴翠亭诗

今年四月中旬,与《红楼梦》电视剧王扶林导演去杭州花港、海盐绮园选景。其时桃李争艳,花事正好。及五月中旬重来拍宝钗拍蝶时,已绿肥红瘦,春意阑珊,一派初夏风光矣。爱惜流光,感而赋此。

年年辛苦为红楼,岁岁韶华笑白头。
花事阑珊春历历,槐阴斑斓夏悠悠。
亭名滴翠浑疑古,蝶恋残红岂梦周。
蘅芜倩谁摹得似,痴情儿女各千秋。

旧家亭子护雕栏,小小窗棂整日闲。
私语渐闻飞蝶外,机锋常在落花间。
灵犀暗结香罗帕,青鸟能传红豆笺。
一样情怀难排遣,干卿底事惹尘缘。

纪事诗一首

幽窗日日傍园居,鸳瓦粉墙画不如。
我爱浮云绿树好,暮蝉声里梦回初。

沁芳拾趣

沁芳亭子细安排,七日红莲并蒂开。
巧日最怜微雨后,断虹影里出楼台。

冀中之行

青山一派展容光,绿树如荠秋数行。
燕冀天高云变纪,滹沱流急势水扬。
征人淡作银河月,客鬓新沾玉露凉。
禾黍离离情几许,故园回首是他乡。

沪成列车所见

驿前灯火静迷濛,谁识当年起卧龙。

异代情怀难想像,秋星遥夜入长空。

应富春经理之嘱,为店中题诗一首

多谢富春滋味长,维扬名点有余芳。

噙香未记画舫录,宜入红楼说梦乡。

诗后跋云:"一九八六年四月随中央电视台《红楼》剧组来
扬州拍戏,吃干丝包子后,书小诗为富春茶社补壁。"

宣南四合院内咏秋

炎暑几日蒸，一雨新凉乍。
劳人时梦达，听雨宣南夜。
朝来天似洗，清风盈庭厦。
隔帘两三花，牵牛娇如画。
散策陋巷行，墙枣已满挂。
居近南西门，胜地人曾写。
古寺龙爪槐，酒家余芳舍。
稍近枣花寺，千年过年马。
俯仰迹皆陈，于今知者寡。
东市起高楼，西巷余断瓦。
倚杖立巷茫，街景亦潇洒。
顾盼感流光，蝉鸣又一夏。
安得逢耦叟，相与说禾稼。

忆藤萝饼

偶惹乡情忆饼家，紫藤时节味宜夸。
自怜食指防人笑，羞解青囊拾落花。

京华竹枝词

东篱采菊未须夸，欲遣春情向酒家。
何事桃红柳绿日，嘉鱼偏自号黄花？

京华嚼得菜根香，秋去晚菘韵味长。
玉米蒸粮堪果腹，麻油调尔作羹汤。

甪直诗话奉答叶老

　　二月间在京时,叶老圣陶询问苏州去甪直的公路情况,当时我因未曾去过甪直,不能详细回答。谷雨前三日,有机会同友人坐长途汽车到甪直畅游了一天,因就途中所见,咏成篇什,遥寄京华,并略述情况如后:

　　甪直在苏州正东,地邻昆山,为吴郡名镇,有保圣寺,内有古代罗汉像,据传为唐代杨惠之所塑,是国家一级文物保护单位。寺旁有唐代诗人陆龟蒙墓,也是著名古迹。六十年前,叶老在镇上小学堂教书,一九九七年五月间重来时,赋诗曾有"重来愿酬逾半纪"之语。老人对这一江南水乡名镇的乡土之情是极深的。叶老著名的作品《稻草人》、《倪焕之》等,都是在保圣寺旁小学的小楼上写成的。对中国现代文学史来说,甪直镇也是一个极有意义的地方。但是这个地方过去交通不十分便利,只有水路,没有公路。叶老当年去镇上教书时,是坐"脚划船"去的,曾写过极美丽的散文。后来通了小火轮,按时开苏州或昆山,公路是近一两年才修通的。叶老另一首重到甪直诗中还写着"五十五年复此程,淞波卅六一轮轻"。所以叶老特别关心甪直的交通情况,因知我常去苏州,顺便询问,我记在心里,这次特别走了一趟,用实践的结果来回答问题。

　　苏州去甪直的公路,长途汽车开一个小时,沿着金鸡湖沿、斜塘、塘浦等去甪直的水路边上行,真可以说是一条锦天绣地、极为美丽的水乡公路,况且这次去时正是谷雨节边,田中菜花开得正好,金黄的菜花,碧绿的麦浪,粉红的星星点点的紫云英,镜子般的水面,水中的白鸭、花头鸭,似乎还是陆龟蒙当年斗鸭池的风光。色彩明丽,这已经是天然图画了,再加社员们在田中正忙着做秧田,撒种莳秧,还有的人在插茭白秧,一派江南水乡在谷雨前后农田中的繁忙景象,就更充实了这一美丽画面的现实生活内容。自党的农村政策落实以来,社员经济情况大大好转,在这一带小小江村中,盖起了不少新房,而且具有传统的民族形式的特点:三间朝南,锅底灰粉刷成的青色墙,屋瓦粼粼,屋脊左右翘起,掩映在绿水白云、柳风麦浪之间,真是妩媚绝伦。这种建筑式样,当地人叫作"扁担式"。再看妇女的衣着,扎粉红头绳发根,梳圆髻,阴丹士林蓝布紧身窄袖,大襟长袄,腰系短布裙,包头巾及短裙大都是自印蓝花布。她们显得健壮而袅娜,都是农事的好手。一路所见的美好风景,正如前人说的,有应接不暇之感。我知道叶老极为关心这些,他老人家可能在时时思念着甪直的春天,因而我就用拙劣的笔写了一首诗,来答复叶老的提问。

及春好出游,吾爱蒹门路。

既过金鸡湖,斜塘锦绣处。

水泽开明镜,云浮没远树。

菜花灿若金,新麦笼轻雾。

嫩红紫云英,点点乱田亩。

造化秉彩笔,江山成纨素。

时见墟落间,门户映清渚。

柳下浣衣女,水边绿头鹜。

丁壮作秧田,挑肥多农妇。

老屋几处新,服饰尤存古。

高髻红绒绳,短裙蓝花布。

不羡吴王宫,惟恋溪头纻。

江村景物新,悠悠千载去,

临风欲放歌,策杖欣得句。

归车诗未成,又喜得新雨。

今年江南春天雨水不多。甪直归途遇雨,十分及时,喜雨也,故末句及之。一九八二年谷雨日。

古城拾诗自话

上海有句土语,叫"自说自话",我很爱这句话,它既不同于"自言自语",又不同于"自吹自擂""自卖自夸",是有其独特意思的。就是自己说自己的话,不管别人反应如何。从处世之道来衡量,自然要不得;然如从艺术境界来说,却也是有其可取处,正所谓"如人饮水,冷暖自知",是真实的客观存在。如用北京话对照,则"自拉自唱",庶几近之。去了一趟西安,写了不少小诗。诗人的诗,照例是不加解说的。越是朦胧,越是让人看不懂,越好。我不是诗人,只是凡人,到了生疏的地方,所闻所见,感到新鲜,兴会很多,写文章纪录不方便,便随时以韵语代之。以存一时泥鸿之迹。归来逐首稍加解说,用代行纪。自说自话解说自己的小诗,如老牛之反刍,自有其乐趣。别人看了,也容易明白你说的是什么,不致引起误会。因作《古城拾诗自话》。

一

转瞬三千里,驱车入古城。
高楼夹道路,不是旧西京。

上海去西安,火车要二十四五个小时,我坐飞机去,下午五时半起飞,七时二十分已到西安,驱车入城,高楼连云,灯光辉煌,都是近年新建的。迥非旧日西京古貌矣。

二

秦人燔六典,楚火炬阿房。

劫后余城廓,朱明事亦荒。

我国历史战争频繁,破坏太多,读史每增感叹。各处名城,数十年中,亦拆除殆尽。西安明代修建的城墙,幸而保存下来,近年修缮,十分完好。可以登览游赏,为古城添一景观。

三

丝绸有古道,万里感沉吟。

西望车如水,今已少驼铃。

乘车出玉祥门,正是丝绸之路起点。马路广阔,大小汽车奔驰如水。再也听不到沉重的驼铃了。而一组巨型驼队石雕,昂首西望,卧松林中,十分壮观,引人想象。

四

驱车咸阳道,遥瞻尽古原。

青青荠麦秀,泾渭日潺湲。

车过咸阳,渡渭水,一派黄流,人言"泾渭分明",即泾水是清水河,渭水是浑泥沙的黄水河。两岸麦田长势甚好。北望远处如土城墙,联绵不断,就是著名的黄土高原。唐诗中读到"原"字,往往不加想象,随口带过。目睹实景,才感到这个字的分量。

五

马嵬坡下路,罗袜委泥沙。
妃子今何见,一树小桃花。

读白居易《长恨歌》常常想马嵬坡离开长安很远,而现在坐汽车,过了咸阳,一会儿就到了兴平马嵬坡贵妃墓了。传说杨贵妃未死,墓中只埋了一只罗袜。即所谓"马嵬坡下泥土中,不见玉颜空死处"也。下马凭吊,一丘黄土。有唐妆仕女石像,头部高髻及大朵簪花,比例失调,好像顶着一个磨盘,给人以沉重不堪感觉,毫无美态,粗劣可叹。出门时,一树野桃,着花正好,稍可点缀春情,想象史事。

六

法门倾半塔,权宦演梨园。
今讶唐文物,光芒动客魂。

京剧《法门寺》,演明代太监刘瑾为孙玉姣冤案平反事,十分著名。刘瑾即陕西兴平人。据说刘瑾一生做坏事,只做了这一件好事。法门寺案是真事,只是太后一角,实际是他母亲。法门寺是汉唐古寺,以供奉释迦指骨著称,唐木塔明代倒毁,改建砖塔。一九八一年明塔自顶至基中间裂开,倒了半边。一半巍然斜立,成为奇观。五年前,重建明塔,发现塔基地宫,有大量唐咸通十五年珍宝文物。释迦指骨镂金银匣,共七层,内数层均纯金镶宝石,精美异常,其他宝物亦多,可见雄厚之财力物力,工艺水平。

七

毕竟秦川好,菜花二月黄。

汉唐鼎盛事,今日费思量。

由法门寺归途去汉武帝茂陵参观,车行迅速,路旁菜花灿然。由思秦川八水环绕,土地肥腴,气候温和,汉、唐鼎盛时,至此建都,自有其自然条件。史事俱在,风光似旧,殊耐人思量也。

八

骊麓青如黛,府东胜府西。

新丰思美酒,桃李满花枝。

明、清以来,西安府谚语,有"府东胜府西"之说。即西面高寒,土地较薄,东面温暖,土地肥腴,气候季节均有明显差异。车去临潼,高速公路甚便,望骊山苍翠,春色如黛,桃李花一路大开,秦兵马俑博物馆附近,更是老树繁花,锦绣照眼。

九

风吹双耳俊,尘起四蹄轻。

膘健鬈毛动，如闻战鼓声。

　　五年前夏天过西安，去参观秦兵马俑，适逢雷阵雨，我汽车也没有下。这次天气好，我进去仔细观赏，对马俑比人俑还感到生动。赛金花评马名言，说是那耳朵像冬笋一样挺，形容的真是传神。我在坑房仔细看那些马俑，耳朵造型极俊，最能传马的神，像是在凝神倾听号令战鼓。肌肉部分都能表现出来，符合现代解剖学，显示膘肥体壮样子，而且个子都不大，不同于现代的阿拉伯马种，是纯中国马，鬃毛、马尾都梳剪、扎绑十分整齐，足见周秦御马实况。

十

童年知驷马，老眼看高车。
技艺真千古，嬴秦事何如？

　　看完兵马俑，我又仔细看秦陵出土彩绘铜车马。高车驷马，小时读书就知道。但驷马如何驾车，却只是想象。看此二分之一比例的秦铜马车，制作之精，殊难想象。三十六条上圆下扁之车辐，用卡尺量，误差不足二丝，可知其各部件之精确度。其精美程度，足可超越现代英国女皇外出时所乘之四轮马车，以此为例，则秦代社会文化、生产工艺、经济风俗等具体历史情况，大有可研究者。

十　一

千秋天宝事，青史费思量。

又见唐宫殿,海棠妃子汤。

　　五年前在华清池,杨贵妃沐浴之海棠汤及其他太子汤、尚食汤等浴池初出土,现均已修好仿唐宫殿。游人足以想象天宝史事。

十　二

塞云浮雁塔,芍药簇新芽。
想象慈恩寺,春风满院花。

　　唐代长安花事最盛,看花最著名是城南大雁塔、慈恩寺、曲江一带。张籍诗:"曲江院里题名处……杏花零落寺门前";唐彦谦《曲江春望》诗:"杏艳桃花夺晚霞。"说的都是这里。唐代进士得中,都在大雁塔题名,慈恩寺游赏看花。现大雁塔仍唐代故物,曲江已难寻。慈恩寺犹存旧址,现在旧址上修一"春晓园",遍种芍药、牡丹,增一有历史情趣之看花景点。

十　三

戎装殊可敬,五尺堂堂躯。
禁烟浑不见,坐吐淡巴菇。

　　在西安坐了两次公共汽车,一次车上售票员和两个小青年居然吞云吐雾,大吸其香烟。临行在机场候机室,一位三道金、一枚星的军官坐在大红字中英文对照的"禁止吸烟"的牌子下,大吸香烟,我以为他没有看到,特地提醒了一句。他斜着白了我一眼,照吸不误,我自感无趣,默默走开了。

十　四

两度秦川客,入耳爱土音。
滑稽太史传,世事感良箴。

有一西北大学化学系教师,以西安方言土音说笑话,上电视,出了大名,这次在西安,外出车中老司机老放他的录音带。听来土音浓重,词句流畅,讽刺均入木三分,几可入太史公《滑稽列传》,较了装腔作势,无聊庸俗之某些相声有益世道人心多矣。

十　五

吾爱王摩诘,五言味最真。
西来饶兴致,也作效颦人。

读唐诗,甚爱王摩诘五言律诗、绝句,脱口而出,淳真自然。今偶一效颦,不自量力之处,难免为方家所笑了。然自说自话,亦多是真话,或无伤大雅乎?

搬家诗话

去年十一月,我搬了家,现在新居已住了三个多月。十分好,但也怀念旧居,因写文志感。题曰:《搬家诗话》。

我五年前,住处十分狭小,只有六平方米的小屋,放了书桌书架之后,就不能再放床了。把床便吊在屋顶上,上海人叫做阁楼,晚上爬上去睡觉,白天下来。这样睡觉自然很不方便而且难受。但是没有办法,只好对付着,叫作苟且偷生吧,想想总比睏弄堂好。当然,最坏的事,也能说出好处,比方说不用折被子,一年三百六十五天,早上怎么爬出来,晚上怎么爬进去,十分省事。朋友来了,正坐在床板下,看不见上面,还说我小房间很干净,以"室雅何须大"夸我,这真是饱汉不知饿汉饥了。

其间最苦是夏天,三十六七度,阁楼密不透风,没有办法睡,下来躺在地板上。不开门,仍旧没有风。而开了门,正对邻居房门,不但不雅观,而且邻居小朋友在门口往痰盂中小便,"哗哗"似乎浇在我头上,于是我怒而发牢骚,便形诸咏吟,写了一首《阁楼吟》:

> 吾居室大不足日人之三叠席,置书架者四、藤木椅凳者三、几一、桌一、雪柜一,更无隙地置床矣。奈何奈何! 权效绳床之制,悬之屋顶。美其名曰"阁楼",实同"梁上君子"也。室在三楼,距地球约两丈,阁楼又距三楼之地板五尺余。为此、又何得而登乎? 虽马齿徒增,已难驰骋;幸螳臂

尚便，犹可攀援。是以日夜踏凳、几、窗棂而登，蜷曲以卧焉。未敢羡鱼，日须缘木；情同抱茧，状类鸡栖。众鸟欣有托，吾自爱吾阁，连日蒸热难眠，忽而闲吟得句，似意识流之徘徊，非蒙太奇之创作，先为小引，拜上看官；万勿误会，幸甚幸甚！

人生天地间，殊愧草与木。
草能风露饮，树可雪霜宿。
有巢氏多事，教民构梁屋。
从此入牢笼，累身有家室。
谋生惭我拙，无计营三窟。
只合住阁楼，日踞而夜伏。
阁楼空中悬，动如荡湖船。
友人来寻觅，笑我燕栖檐。
坦腹元龙卧，上床足酣眠。
不作大槐梦，为待黄粱餐。
春秋差尚可，冬夏愁煞我。
寒夜冷凝冰，如厕起踌躇。
伏中汗若浆，溽暑难成寐。
依枕意朦胧，暝中漫思索。
昔贤如可亲，一一供闲话。
堪笑少陵翁，茅屋思广厦。
达哉陋巷居，箪食瓢饮者。
悠悠万古情，尘埃与野马。
曲肱闲看云，日日阁楼下。
云亦忒纷纭，意态殊难画。

聊为阁楼吟，宇宙一传舍。

人是有喜怒哀乐的动物，在心为志，发言为诗。感到难受，书生伎俩，不能骂山门，只能形诸咏吟了。《离骚》不也就是屈原的牢骚吗？自己写了这样的诗，而且有"序"，似乎得到解除，反而自我欣赏起来，便想寄给一位当编辑的朋友发表。不料寄出去，又寄了回来，因为这诗不但满篇牢骚，而且登在报上，有伸手要房的嫌疑。

不忘过去，我想这应该是人类美德。记得当时还写过另外一首律诗：

老大方知世味酸，赋情容易赋愁难。
寸心早醒衣冠梦，斗室犹思天地宽。
人海藏身蚕抱茧，风林噪晚蜩承丸。
聊将文字闲排遣，窗外浮云枕上看。

上面一首律诗是躺在阁楼上，闲适的时候写的。阁楼上也睡了十几年，自然不可能老是烦恼怨恨。阿Q躺在土地庙里，不是也曾悠悠然吗？人在任何时候，都渴望舒展和自由，此即所谓"犹思天地宽"。

毕竟居住条件得到改善了，先是原住所改建，扩大了不少，还加了阳台，内人在阳台上居然种了牵牛花，摇曳窗外，浑忘是在三楼上，还以为是在北京的小四合院中呢！阁楼还保留着，作了仓库。

转瞬两年，又调整了今天的新房。但可喜时，也有悲者。就在我迁入新居的不多几天，在旧屋共了几十年患难的内姐与世长辞了,生死大事,能不悲夫!

迁入延吉路新居,我写了四首《移居杂诗》,从《阁楼吟》、躺在阁楼上的律诗到《移居杂诗》,这是一个居住条件不断改善的过程。自然这中间事务上的麻烦也多,可是有什么办法呢?——抛开烦恼,还是想诗吧!

蜀中旧游诗话

枕边日夜听涛声,翠竹丛丛屋数楹。
寂寞小桥连大路,终朝不见有人行。

住在灌县,夜间都江水如海涛声。支流甚多,每日经过一小支流旁,隔水一人家,双扉紧闭,一小桥架水上,宅旁均丛竹,十分茂密,而从未见人出入。经过时,总隔河观赏片刻。总不知里面住的是什么人家。

二郎庙外有绳桥,万古涛声慰寂寥。
午夜寻幽桥上望,雪山隐隐月轮高。

在二郎庙拍夜戏,午夜出庙先回住处,等车时与一胡姓女演员到庙边绳桥观赏,时万籁俱寂,隐约见雪山白光,并半轮残月高挂星空。绳桥摇动,下望奔腾都江波涛,两腿不由发软矣。

黄牛好肉挂芝麻,什锦汤圆说赖家。
鸭子墨芋夸四座,清汤更喜少油花。

住成都休息,在春熙街闲逛,买灯影牛肉,离几家门面,都闻到香味,均切成小条,卤汁淋漓,沾满芝麻,看着实在惹馋,但一入口便麻辣不堪,连忙吐出,已涕泪交流矣。"赖汤圆"什锦汤圆甚好，"魔芋豆腐"乃四川人用山间植物磨成者，以之烧鸭子，是四川名菜。但我吃来总不如烤鸭、黄焖鸭块、八宝、香脆等下江做法好吃。但川菜清汤是绝对好，香醇可口，一点油花也没有。

梦醒红楼汗漫游，锦城晴好草堂秋。

杜陵不赏缘何事？树树海棠照水幽。

住在成都王建墓边民族饭店，已是农历九月中下旬，每天早四时左右，下一阵雨，上午却十分晴好，去杜甫草堂游玩，水边海棠星星点点，虽没有春天繁花，但嫩红照眼，仍很可爱。杜甫诗中，没有吟海棠者，昔人常常引为憾事，但迄今也说不出原因。

杭州茶事竹枝诗话

惯饮双薰茉莉花,少年生长在京华。
一从南作武林婿,始解煮泉泡绿茶。

震钧,清末民初旗下人,但久在江南,写《天咫偶闻》,说北京
人不懂饮茶,自是实情。北京讲究吃花茶香片,最重茉莉双薰,
即江南来的芽茶,在茶局子倒入大缸中,加鲜茉莉花朵入内,封
口,俟开封取茶时,花香已入茶中,花已枯黄。此时茶香与花香
已浑然一体矣。茶叶铺零售时,再随秤重量,随加若干朵鲜茉莉
花在内,或装桶,或分小包,十六两秤每两分五包,每包二钱。均
加鲜茉莉花在内。谓之"双薰"。茶馆,公园茶座或人家,均以小
包计算,多少钱一包。"七七"战前,一般只几大枚一包。如公园
来今雨轩等高级茶座,一角一包小叶茉莉双薰,便为五角一两,
八元一斤之高级茶,平常人家,很少饮用矣。五十年代中,余与
亡妻蔡时言夫人初结婚,在杭州岳家小住,始改饮绿茶,以旗枪
为主,很少饮龙井。更不喜碧罗春,以其太嫩,味太淡,近年亦饮
屯绿炒青,及高山茶。但均讲究新茶。北京人吃香片、茉莉双
薰,则无所谓新矣。

井水京华问苦甜,山居是处有甘泉。
杭城天落檐前水,旧梦如烟不计年。

北京在没有自来水之前,都吃井水,井水有苦甜之分,有不少甜水井,迄今仍是地名。本世纪前期,有了自来水,引琉璃河水,但仍不普遍。我在灵丘老家时,也吃井水,有时去山中亲戚家,后门山涧有泉,极为甘冽。南来岳家,泡茶吃天落水。杭州人过去都习惯吃天落水,檐前几个大缸,雨天檐间水都流入缸中,江南多雨,缸中水很少有吃干的时候。随时加明矾少许,竹竿一搅,自然澄清。煮水泡茶,极为可口。北京吃花茶,要用滚开的水沏,而且要在壶中闷一会儿,才能喝,有时要沏第二遍开水才能喝出醇厚的味道。所以新编京戏《沙家浜》阿庆嫂说:"这茶吃到这会儿才吃出味儿来……"在台词中一语双关,但在饮茶风俗中完全是北京习惯,常说的语言。如说"茶沏上啦,闷一会儿再喝……","这茶不错,沏两遍才出色……",茶房照例把小包茶叶纸卷一个尖角塞在茶壶嘴上,表示是多少钱一包的,不骗客人。江南喝绿茶,叶嫩,不能用太滚的水沏。只能用停汤的开水泡,不用茶壶,只用盖碗、茶杯。至于台湾人用小壶小杯吃冻顶乌龙,加许多茶叶,那只是摆样子,雅的已俗不可耐矣。我不喜欢这样饮茶,苦而且涩,也吃不惯。

城站遥连清泰街,冷清金碧旧繁华。
九芝买得焦桃片,羊坝头边认岳家。

杭州火车站俗名城站,出站向西即为通衢,经清泰街、清河坊等处,二三十年代以来,均极繁华,金店、首饰银楼、绸缎店崇楼美奂、金箔肆招,栉比鳞次,解放后社会改变,生意均一落千丈。四十余年前,予经过时,均已歇业,或改宅用。惟旧金箔招牌,因均系真金,尚灼灼耀眼。旧茶食店九芝斋、颐香斋尚在。

九芝斋焦桃片是我平生所吃过的最好的焦桃片,糕蒸熟裹山核桃肉,入模子压长方条,并切成极薄的片,又烘干,以梅红纸包好。吃时每片核桃肉分布在雪白糕片上,极为均匀,透白微黄如珊瑚,焦香酥松,甜度正好。在岳家与岳母闲谈,边吃茶、边吃焦桃片,如入太古。当时尚有不少高手师傅。可惜为时不久,一两年后,九芝斋就关门了。一边吃茶,一边吃点点心,或茶食,如焦桃片,南瓜子之类,如果以西式饼干佐茶,那就要英国式的红茶或奶茶,绿茶便无风味矣。岳家系德清上柏人,习惯吃枨子、洪青豆、芝麻泡茶,认为风味绝佳,好像仍是宋人遗韵。可是我吃不来,与妻蔡时言患难生活近四十年,却吃不来枨子茶,枉作上柏人女婿矣。平坝头南宋地名,迄今未变,出入只看这三个字,就会令人想起《梦粱录》等书所写情景。

盐引茶纲富贵家,窗明几净供幽花。
可怜历劫十年后,尽作樵苏空怨嗟。

历史上盐商、茶商,均是大生意,宋代福建进贡皇帝茶叶大龙团、小龙团的船谓之花纲。扬州天津一带经营官盐专利权的范围,凭证叫盐引。因为大生意就十分富有,结交权贵,讲求文化艺术,居室陈设、书画花木,都讲求高雅,到本世纪中叶,仍未改变。北京过去大栅栏大茶叶庄:张一元、吴德泰、东鸿记、西鸿记,过去都是金碧辉煌的门面,门窗玻璃一年四季擦得雪亮,店堂内大柜台外面,左右两头,都是花梨螺填八仙桌、太师椅,墙上大红木框子名家书画,姚茫父、陈师曾、齐白石、张伯英。大红木架细瓷花盆,自春至冬,鲜花随时更换盛开的:迎春、山茶、碧桃、建兰、栀子、茉莉、盆桂、菊花、蜡梅、红梅,都是大盆栽。比公园唐花坞的鲜花还及时,还鲜艳。江南茶商也是一样,都讲究店堂陈设高雅考究,而且还特别干净,真是洁无纤尘。家中也十分讲究干净。一位在杭州经营茶厂的亲戚,虽公私合营后,月入工资收入大减,自然灾害时,到城隍山脚下他家中做客,室中仍成堂高级红木家具,所嵌大理石都是上谱的。院中大丛古腊梅、南天竹,正在烂漫着花,满院甜香,连灶间碗厨都是黄杨宁式家具,牙子雕刻极细,可惜"文革"抄家,全部破坏无遗,不堪重问矣。

> 四十年前健步时,迎风晓日六桥西。
> 登山直入双峰里,为看茶娘袅娜姿。

年轻时,能睡懒觉,也能早起,住在羊坝头岳家,早上五时就起来了,游湖欢喜走路,一大早出门,穿青年会、旗下到湖滨,沿南山路,走苏堤,到岳坟不过八点钟,吃早饭,饭后向双峰插云等处高山走去。春夏之间,到处是茶山,到处是采茶姑娘。外地人大多不懂茶,一张口就是西湖龙井。其实梅家坞龙井村四至很小,一年产不了多少茶,所以真正的龙井茶是不多的。而西湖西面山场很大,往西一直连接天目,远接安徽,所有山上,都是茶叶、毛竹、杉木,就是西湖周围,灵隐、韬光等处,也到处都是茶山、茶园,春夏之间,到处都是采茶的姑娘。当时五十年代中晚期,采茶姑娘、娘子大多都穿的是自家缝制的花布衫,包头、围裙、一个尺多高的圆筒形竹篮,挂在胸前。采茶时两手同时动作,左右手交替采、交替往篮子里扔,动作极为迅速。我曾经写文章形容她们像鸡啄米一样,我看了极为赞赏,不只一次地特地去看。后来在安徽、四川以及在电视上看湖北等处姑娘采茶的镜头,似乎都不如她们快。当年上午看完茶山姑娘采茶,赶回孤山下太和园、楼外楼吃便饭，也不过十二点多钟，一恍已是四十年前的事了。

偶经村路韬光下，列灶松烟正炒茶。

巧手当炉齐运掌，晴光排絮细分芽。

　　第一次看到茶坊炒茶，是在去北高峰下山路上，经过韬光寺，这一带路上，有些山村，穿村而过。街上临街房屋，多是排门板，平时门板排着，沿街而过，不大注意。有一次经过时，看见一家有六七间门面，排门板都拆下来，房顶上烟囱冒烟，走近一看，原来是一排灶头，每个灶口嵌一铁锅，灶台高约二尺，火口向里，每灶二人，一妇女在里面向火口添松枝柴烧火，一男师傅坐外面，面向锅炒茶，全用手，无工具，用手掌在锅底将茶不断压扁，随翻随压，动作很快，我想铁锅下面烧着松枝火，一定很热，用手掌直接压茶叶，虽有一层茶叶垫着，但一定也很烫，这些师傅手掌的功夫一定是很深的。可能是从小练的，手掌有不怕烫的老茧。不知现在还有没有这种手工炒茶，也可能全被机器代替了。在这爿茶坊门前，则是架着许多木板，如八仙桌，许多中年妇女正在把一堆堆炒好的茶像捡米中沙粒一样，分拾茶梗、碎叶，或分出档次。当时还未公私合营，大概这些茶坊都是私人的。这些熟练的师傅想来都已成为七八十岁的老人了。

四照湖光望欲迷，六公园近亦相宜。

茶烟浮动寒云里，正是苏堤作雪时。

　　苏杭一带，大小城镇过去茶馆很多，有的历史久远，十分有名,如苏州吴苑、杭州三雅园,在《俞曲园日记》中记到过。吴苑五十年代中期还开着,我曾去过多次。杭州三雅园我没有去过,以为早已没有了。曾在《读曲园日记》一文中感慨过。后读《西湖》杂志,见有人写文章提到说解放初还在,深悔当年没到涌金门一带寻访一下。我过去久住北京,养成在公园坐茶座的习惯。茶馆、茶座二者是迥不相同的。杭州风景名胜区的茶座,近似北京公园茶座,但坐直背小藤椅,没有北京大藤椅舒服。在杭州我没有去过茶馆,但六公园和西泠印社上面四照阁,则常去喝茶。六公园贪图近,风光自然是四照阁更好,只是地方小些。北京公园茶座,过去一般都带买点心,如包子、汤面、炒面,甚至炒菜酒席,杭州则没有,只是喝茶。茶不论绿茶、红茶、菊花,当时都是千元(即后一毛钱)一杯,可以吃瓜子等零食。有一次冬天,在四照阁吃茶,窗外冻云欲雪,风景极美,突然闯进几位扛着大摄影机的东北朋友,一进来爬上爬下,大拍其照,口中狂叫:"太美了,太美了,最好马上下场大雪……"迄今情景历历如在眼前。

灵隐冷泉树万章,卖茶躺椅代行床。

游春人尽如仙客,一觉黑甜映夕阳。

杭州旧时风景区茶馆,都是直靠背小藤椅,坐久十分吃力。不像北京,公园、北海都是大藤椅,可以斜身后靠打盹小憩。但也有例外,就是灵隐飞来峰下的大片茶座,并不是一人经营,但大片连结在一起,全是藤躺椅,且有白靠枕,由冷泉亭下来,老樟树阴下,起码有近百副桌子,二三百个座位。当时外地游客,以上海来杭的最多,城站出来,分北山路、南山路,大多三轮车,一车二人,南山路二万八千,北山路包车三万六千元(即三元六

220

角），经昭庆寺、断桥、中山公园、岳坟、玉泉，至灵隐，差不多十二时已过，或先休息再游览，或先游览再休息。三轮车均依次停在右侧，吃点干粮，喝点水，自在车上呼呼大睡矣。游客男女年轻者游山，中老年则均在茶座上休息，茶资二千（两角），喝茶吃点心，或饭后只喝茶，茶烟浮动，睡意朦胧，便可在躺椅上一觉黑甜矣。山梦醒来，早的三点多，晚的四点多，便找自己包的车，赋归途矣。来时上坡路，边走边看。归途下坡路，不过半小时，可至湖滨，如晚车回沪，便送至城站，如住一夜，或清泰旅馆，或西湖旅馆，三万六千元（三元六角）便可开带浴室的房间。

云楼竹径照人寒，重过九溪爱急湍。
汲水烹茶且小憩，卅年尘梦去如烟。

南山路较平坦，近游只柳浪闻莺、净寺、花港观鱼。花港有吃茶处，包三轮车南山路到此即止，所以便宜。如去远处，则虎跑寺、凤凰山、六和塔、云楼、九溪十八涧，均南山路胜处，不过较远。虎跑吃茶最有名，因为虎跑寺泉水好。右转山径可至龙井村，所以"龙井春芽虎跑水"，便是西湖吃茶之最了。全国各地慕名来此吃茶的人不知有多少。不过地方较小，匆匆吃一盏，吃过就走，正所谓"人一走，茶就凉"，多为不知茶味者，亦只是慕名而已，我去过几次，并未留下深刻印象。过六和塔游云楼，全是毛竹林，游人入渐深，林渐密，寒碧照人，发鬓皆绿，回忆四十年前四月间，与妻子初游竹径时，寻林间出土新笋，鲜翠欲滴，如昨日事。自云楼又转入九溪十八涧，沿溪行，清流湍急，声泠泠然，直至溪欲尽时，有饭店曰溪中溪，吃西湖醋鱼，味极美，此予第一次吃西湖鱼。饭后在溪中溪饮茶小憩，所饮即溪中水，甘美不亚于虎跑也。休息后沿溪而出，公路边乘公车至湖滨，余回所住之远东饭店，妻子回羊坝头岳家。时尚未举行婚礼也。今吾妻去世已周年矣。回首前尘，真不胜人生如梦之感也。

丙子归京竹枝词话

入眠燕云展碧空,去来几度乘长风。
借光不作无车叹,驰过郊原万绿丛。

我自从一九五三年秋调离北京,久住上海,而四十多年中,因公因私回京不下百数十次。过去都是坐火车,五六十年代,自费回家探亲,不但是坐火车,而且是坐硬座,连个硬卧都买不起,舍不得。火车不误点还可,一遇特殊情况,火车开上三十来点钟,又热又挤,又慢又臭,那个罪真叫人够受的,当时虽年轻,不在乎,但现在回想起来,还像昨天的事一样……而且就这样,有时还发愁买不到票。自八十年代后,回京次数增多,为了拍电视,最多一年往返过九趟,这时不再坐硬座了,全是火车卧铺,而且是软卧。自八十年代后期,有时为赶时间,有时为买票便利,就改乘飞机了。九十年代开始,回京次数少了,但每次都坐飞机,也习惯了。火车站在市区,下车没人接也方便,飞机场在郊区,预先函电联系,总有人来接。自一九九三年冬拍《夕阳红》节目后,两年未回北京。五月下旬,因事回京,小侄子邓晶借其董事长车来接,"借光",北京俗语,借别人之光也。酒仙桥机场去城高速公路,两旁均绿树丛丛,急驶而过。与上海虹桥机场路上感觉完全不同。

回廊抱厦记前缘,碧草苍松荫假山。

俯仰昔贤今不见,我来下榻喜留连。

　　承友人盛情,已订好王府井东厂胡同翠园的房间,飞机场出
来,驱车直奔住处。由前门进来,登记好到后面一看:真是大喜
过望,不但是四合院平房,而且是来过多少次的老地方,过去名
人住宅。东厂胡同,明代锦衣卫东厂故事就不必多说了。清代
末年这是荣禄的府第(自然现在这只是最小的一部分),民国后
这是黎元洪总统的私宅,后来卖给日本文化委员会,包括现在科
学图书馆这些地方。抗战胜利之后,胡适之先生回来做北大校
长,就住在这里,一九四八年冬就是由这里走的。早在一九四六
年春夏间,我就到这里来过,当时接收日本文化委员会图书,有
两位熟同学临时到这里来编目,就在这五间大花厅中工作。八
十年代初,这一部分花园院落,改作办公室,在翠花胡同开门。
我来看过两三次朋友,走的都是翠花胡同的门。那时五间花厅
连抱厦已隔成几间,大概是胡校长居住时,就改过了。这次院中
加了走廊,而松树、假山还是原物,花厅抱厦和其他房子,都隔成
房间,室中均现代装修,浴室、空调、电视、电话一应俱全。下榻
十天,享受庭院生活,实在难得。回思过去,不胜今昔之感,似亦
有缘也。

初到春明访外家,白头兄弟说年华。
东堂惠我今犹昔,似见背书上学娃。

　　六十多年前,我随父母到了北京,住进苏园后,第一次随母
亲去拜访的人家,就是二舅父家,住在骑河楼马圈胡同内小椿树
胡同,只有三个门牌,三幢同样的小四合,他家住第一幢。表弟

刚上小学,是八面槽惠我小学,天主教的学校。六十多年后,他来我临时住处看我,已半头白发,自民政局领导的位置上退下来,离休好几年了。但谈起来,依然兴高采烈,不知老之将至云尔。生长在本世纪中,是要有点这样的精神,才能存在下来。早上六点不到,我离开住处,出来访问惠我小学。东厂胡同外,首先映入眼帘的是基督教救世军的大楼,过去这幢灰砖三层楼,中间还有方形高塔,上有十字架。当年一过灯市口就看到了,殊有鹤立鸡群之势。如今则破敝不堪,十字架早没有了,"救世军"自救之不暇,又何能救世呢? 再往南蹓跶,过了灯市口,原惠我小学的地址到了,门口挂的是"王府井天主堂"的牌子,还有一方"东堂"的嵌壁石刻,这就是六十多年前表弟就读的惠我小学,门口的高台阶,换成斜坡,便于汽车出入了。里面整修一新,高高的磨砖教堂,尖端十字架直指蓝天,还是明代建筑呢。后面还有学校,孩子们正背着小书包陆续进来。

> 百载东安事已陈,连云杰阁几番新。
> 颓垣一角映朝日,福寿堂边异代人。

本世纪开始,朱桂辛先生创议在原吴三桂赐第,后被没收,废弃为旗人养马圈之金鱼胡同西口路南,改建市场,招商经营,开办东安市场,虽迭经火灾,但旧有火烧旺地之说,生意越来越兴旺,鼎盛时期,铺商、摊商有七八百家之多。我家住西城,小时候去的次数不多。四十年代后期,在沙滩上学,五十年代,在东单二条、灯市口朝阳胡同住家,东安市场便成为每日必到的地方了。开始是到吉祥听韩世昌的蹭戏,到会贤球房打台球。或是到南花园国强咖啡馆喝咖啡,吃烩通心粉。后来则是每天晚饭后到市场逛书摊，每天必循行一遍。一条长街，两边铺子，中间摆摊。铺子不进去，只看摊，这边看过去，那边看回来，再出来看墙外的一溜摊子，每天总有新发现，每天总有看不完的书，但是一个月不见得买一次……离开北京，最思念的就是这里。"文革"后久未回京，后来回去一看，东安市场拆了，改建成东风市场，面积大，通风不好，时有缺氧感觉，进去一会儿，有点头昏，就出来了。这次回去一看，全部拆了重建，杰阁连云，不知何日完工？北门对面，也全部拆成一片瓦砾了，当年车水马龙的福寿堂，只剩下半截破墙，不久，又将为新楼所代替了。

此地曾为公主府，十年无恙小沧桑。
高轩一路殊惭我，儒雅将军悼国殇。

东皇城根近东华门大街处，有一所大宅子，过去还有世纪初的老式洋楼，这是清末裕庚贝子的府邸。著名的德龄郡主（《御香缥渺录》的作者）、容龄郡主都是裕庚女儿，裕庚做过出使英、法大臣，德龄、容龄小时在欧洲读书，后来做了西太后的女官，其府邸盖的也是小洋楼，这在北京过去是不多的。八十年代初，这座考究的贝子府邸，作为一个机关的办公楼，前面盖了新式的红砖宿舍楼，我承许宝骙仁丈的盛情，闲住在这幢宿舍的地下室中，宽大的几间地下室都空着，十分凉爽。我独居一室，潇洒地住了一个来月，当时有几位老先生，都是军政界有地位的老领导，有意办一个诗词刊物，让我规划筹备，先要去见一位军事科学院老首长，电话与他秘书联系，说第二天一早派车来接我，我心想上午去见老先生，下午回来，可用半天车，我打起小算盘来。不想第二天一早来接我的是老先生的座车大红旗，真使我受宠若惊,不知如何是好,这是我生平第一次坐这种车,宽大的车厢,硬木扶手等特殊装饰不用说了,而走在长安街上,警察认车不认人,红灯一律改绿灯,直驰而过……可惜回程时半路线路烧坏了……我一早正蹓弯又走到这里,不禁想起这一幕,可惜约见我的那位老将军去年已作古了!

老树长街大可观,晓风吹拂胜轻纨。
闲行六十年前路,瓦砾崇楼一例看。

初夏的王府井早上五六点钟之间,实在是美,美就美在两行老槐树,由北口华侨大厦,绿阴阴地一直荫覆到东长安街,直接连上过马路的台基厂,新绿如云,照人染黛……几乎令人油然想起大唐盛世的长安宫槐、"槐花黄,举子忙"的情景,只是树下驰奔的是大小汽车,而非黄金勒口的大宛汗血马了。虢国夫人如果生在今天,自然坐的也是"宝马"车,而非平明骑马入宫门了。我住在东厂胡同,五点多钟起来,到美术馆对面坐公车,两站地到百货大楼下车,沿马路树阴下散步,直到长安街过马路台基厂北口绕一圈,慢慢由东侧回到公车站,乘一站,到灯市口下车走回来,其感受是极为潇洒的,只有北京王府井有这样清晨的感受,融汇古今的感受,在上海南京路、淮海路、香港金钟广场一带、九龙弥敦道、新加坡乌节路一带,是绝对感受不到的。在晨光中王府井南口四望,路南西面纺织部、东面外贸部都是新楼了。只有原煤炭部的红楼依然如故,四十五年前盖楼时情景历历如在眼前,我那个摆办公桌的窗口还是老样子。东北一望,直到东单,一片瓦砾。一老头向我发牢骚道:"这就是王宝森那档子……他们只顾捞啦!两年多了,没人管了……"想想:两年只是历史一刹那耳！

时流肴馔分新老，吴下厨娘笑无鱼。
喜得京华烹饪美，红烧茄子有缘居。

一月前与深圳友人夫妇、上海外甥夫妻同开车逛苏州，晚间深圳友人请客，邀苏州老友王西野祖孙三代，到一装潢十分精美酒家晚餐，我点一最普通的江南菜"红烧划水"，穿黑绸裙衫、涂鲜艳玫瑰色唇膏的领班小姐（或是老板娘）笑嘻嘻地说："现在已经没有人吃这种老菜了……没有这种鱼，也不烧这种菜……"边上亦有人为之帮腔。结果点来的菜，都是不能吃的，只能感慨系之了。回到北京，住处不错，但发愁还是吃的，贵的吃不起，据小侄子说，有四万多元一桌的酒席，也没有什么好吃的。但自然也有摆小摊的，十分便宜，但电视经常曝光，卫生条件太差，难得逛回北京，又非小伙子，也不敢乱吃，岂非贵的吃不起，便宜的不敢吃，要"冠盖满京华，斯人独挨饿"乎？无意中走入招待所食堂，一看有"红烧茄子"、"家常豆腐"、"酱爆鸡丁"等老菜，还有"面包虾仁"；早上有泡菜、白粥、新炸的热油饼，还加白煮蛋，不过五元，以平均二十倍比一与五六十年代比，也合二角五分。仍感稍高。但物价涨幅，倍数最高者是食物与吃馆子，此亦客观事实也。住有缘，食亦"有缘"。六十年前，二龙坑有小馆名"有缘居"，每日上学必经之路，今顺手牵来，以叶小诗之韵也。

双扉紧闭树阴间，掩映初阳大改观。
宅第王侯今昔变，风云谁更记从前。

228

灯市口西口对着奶子府东口，原来路北有个大红门，三开间，就是明代奶子府旧址，今天里面都盖了大楼，只是这个残破的大门仍在。至于路南，则全是新盖的高低不齐的楼房，有小饭店，有银行。虽都是新建，尽改旧观，但较之对面灯市口的新楼假日酒店、天伦王朝酒店，就寒伦多了。在东口路北，正在建一座十几层大广场，架子很高，将来完工后更要改观了。杜甫诗道："王侯第宅皆新主"，如今不但新主，都是洋楼了。一天，与三弟乘车经过这里，在胡同中间偏西路北，还有一所大门关得紧紧的四合院，三弟忽然问我："记得这里吗？"我回头一看，忽然想起，哦——这不是罗隆基的家吗？现在青中年朋友不晓得了。这在四十年前的夏秋之际，"反右"中可是位大名人。这位美国哥伦比亚的高材生博士、新月派的健将，三四十年代又写文、又办报、又当教授的罗努生……当时已当了林业部长，却据说还想出掌"外交"，岂非不可思议？当时方寸大铅字登头条新闻的人，现在也成为无人知晓的反面教员了，真是历史无情！不过在四周都是新建的洋楼中，这所四合院还留着，也是够突出的了。奶子府还是比不上灯市口繁华。

> 少小春明念故乡，老来江国两相忘。
> 夏初又作东华客，五世宣南笑满堂。

六十多年前刚离开山乡老家，客居北平时，学习写作文，还写过怀念故乡的文字。四十多年前，工作调到华东，在上海安家，每年一般都回北京过暑假，探望父亲、弟、妹等人，上海、北京，随来随去，已没有什么故乡、他乡之感了。改革开放之后，因各种工作、开会等等，京沪来往更加频繁。五十年代，我调离北京时,原单位还讲政策、讲人情,给我父亲、弟、妹等家人,还留个住处,几度搬迁,搬到右安门里里仁街,右安门清代俗名南西门,出去大路可至丰台,是著名的花乡,有不少名胜,是春日看花的地方,不少名人诗文中都写到过。后来北京单位不讲理,欺侮外调人员家属,不让我父亲住,我只好回京将我父亲搬出来,而我妹妹因为户口在那里,当时是小学教员,仍然住到那里,直到现在。这是一九五二年盖的平房宿舍,中间引路,两旁大院子。七十年代末,我妹妹每年暑假带孩子去张家口,我每年暑假回京,住一个月,十分潇洒。这次在京妹妹让小弟全家、外甥女以及小孩都回里仁街聚会,大小十八九口子,欢笑一堂。如回想到父亲生前,五世人都与宣南联系在一起了。"东华客"者,我临时住在东华附近也。

> 深深庭院已无门,四合嵌墙石尚存。
> 最爱亭亭绿树好,核桃大叶映朝暾。

东厂胡同北京东城大胡同,东口王府井,西口东皇城根,北面翠花胡同,南面黄土岗、关东店、大、小草厂、口袋胡同、丰盛胡同等许多胡同过去都走不通。但这一带明、清以来都是邻近东华门的重要地方,有王府、贝子府以及达官巨宅,所以过去都是十分整齐的大四合,多少进院子连在一起的大宅子。现在这一大片范围内,东厂胡同东口南面盖了大面积十几层酒店,后面也盖了不少六层宿舍楼。据传黄土岗这一带老房子都批租出去,要盖更多的新楼了。这样一拆建,原来走不通的胡同,现在都走得通了。早晨五六点,我由住处出去,穿胡同由新楼和旧大院山墙、后墙夹缝中穿来穿去,看到这一带老房子过去格局真是考究,不少破大门外面墙上还嵌着"四合院"的石刻,是八十年代初北京市政府立的,但似乎也无法管,有的在高大的大房边上都盖着杂乱的小红砖房,晾着破鞋、破花盆,说不清是什么院了。有一个大门没有了,但院中未盖小房,四株桃树却长得甚好,一位居民起早正在浇花,我随意进去,又随便走出,闲聊两句,也无人管。附近也有修理一新,红油大门,警卫森严的院子。但咫尺之间,便是山一样的新楼。"四合院"均在谷底了。

长巷古槐莫问年,翻书似在永嘉前。

烧酒胡同关帝庙,谁知待漏说前贤。

上海很可怜,没有几株古树,淮海路、衡山路一带的法国梧桐,前若干年不知为什么都"剃光头"了。北京古树多,不少用铁栏干围起来,还标上年代,加以保护,见乔木而思故国。一大早起来,在东皇城根,王府井之间的胡同中蹓跶,一路往南,不知不觉,就走到邻近东华门大街的锡拉胡同。在老槐阴旁,却架着高高的塔吊,地下挖着有一二十米深的大坑,正作基础工程,修地下车库。这车库可真够大的,与近在咫尺的东华门,正是古与今的鲜明对照了。近代第一位发现甲骨文的王懿荣家就住在锡拉胡同,九十六年前庚子时在这里投井殉国的。还有袁世凯的家也住在锡拉胡同,坐马车经过东华门大街三义茶馆被炸时,好像还住在锡拉胡同,等总统坐稳时,才搬进中南海居住。锡拉胡同东西很长,我由西口走到东口,两面都是洋楼和工地,已经没有四合院老房子。出去往北不远,又转入烧酒胡同,现叫韶九胡同。这在清代比锡拉胡同还出名,这里有一个关帝庙,是二三百年中外省督抚晋京朝见皇帝,为了五更天入东华门上朝方便,必要下榻的地方。林则徐道光十八年十一月初十晚上就住在这里，第二天卯刻第一起觐见，就开始了中国近代史的第一笔，于今只有古槐见过了。

> 小巷何从觅旧居，眼前耀眼尽崇楼。
> 繁华灯市兴亡梦，屈指悠悠五百秋。

东厂胡同离灯市口极近，四十年前我南调上海后，北京的家由东单二条移居灯市口西口路北朝阳胡同，住了两三年，这是一条很短的死胡同，胡同内只有三个门牌，走到底的大门，和路西的大门，是一所连着的院子，有三四个大院子，只一个标准大四合，一个有五间大花厅的后院，其他都是小院群房，我家住临胡同一溜东房。路东一个小院，却是有名的地方："《文汇报》驻京办事处。"当时正是名文"或策划于秘室，或点火于基层"发表之后，"反右"火焰正烈的时候，这小院和它当时的负责人，真是名闻世界，成了关注的目标。今天我在晨光中重来寻访，左侧是十层的美国假日酒店，右侧是十层的一座新楼房，后面是什么艺术公司。一辆旅游大巴，正停在门前，一群碧眼黄发老头儿老太太正陆续上车……我记忆中的朝阳胡同一点也没有，都埋在十层高楼和整洁的柏油路下面了……想想真是早知今日，何必当初呢？朝阳胡同全长不过三十米，而陈宗蕃名著《燕都丛考》中都有记载。至于灯市口，那是自明代以来，就以繁华著称，各书均有记载，悠悠五百来年，经过多少变化呢？告诉读者：这就是历史！

祝明旸法师为大熙和尚传法

> 我本在家人,不懂佛道理。
> 有缘来听法,合掌且随喜。
> 君是出家人,自懂佛道理。
> 一灯传万灯,渡人兼渡己。
> 慧根在前因,宏业传后世。
> 万卷法华轻,一苇渡江易。
> 莫问赤乌年,谁知梁武帝?
> 江上麦风凉,龙华有古寺!

六月六日,农历五月初二,上海佛教协会会长明旸法师在龙华寺为浦东长仁禅寺当家和尚大熙禅师传法,柬约去参加观礼,大熙并让我给他写首诗。我非诗人,又不懂佛法,只是一个世俗的愚人,写不出好诗,只老老实实写了上面一些话,用毛笔抄在三张小宣纸上,去观礼时送给他,只表示一点祝贺的意思而已。

我过去没有出家人的朋友,只认识几位居士,过去家岳母是一个虔诚的佛教居士,出外朝山,在家拜佛。而我自己,却没有灵性慧根,不懂佛法,也没有礼过佛。今有幸结了佛缘,和大熙和尚成了朋友,十分可喜。去年九十月间,我应他之约,同去北京,介绍他拜见了几位懂得佛学的老学者。去广济寺拜见了佛教会周绍良居士,去北苑拜见了顾老廷龙夫子,去北大未名湖畔拜见了梵文学专家季羡林教授、金克木教授,又去拜见了禅学专

233

家张中行老学长、故宫博物院文物老专家朱家溍老学长、许宝骙老学长、王利器老学长、谢兴尧老学长,以上各位都是九十岁以上或近九十高龄的老学人,对年轻好学的僧人大熙和尚十分器重,会见谈话都十分融洽。临回上海时,还由大熙禅师做主人,在中山公园来今雨轩邀请各位老学人作了一个小小聚会,秋光大好,普结善缘,十分尽兴。自此之后,我便有了一个年轻的方外友人。

这次明旸法师为他传法,场面仪式十分隆重,我是第一次参加这种典礼,首次见到这种庄严而肃穆的仪式,感到宗教气氛极为浓郁,我虽然不懂,也感一种民间宗教信仰自由的宽松环境多么可珍。

那天观礼的各方名人、施主甚多,限于篇幅,不一一介绍,惟合掌敬礼,高喧佛号,谨献俚句,做一个俗人的祝贺了。

祝贺张中行先生米寿

八月六日去北京开会,未去之前,即听说北京友人要在湖广会馆唱堂会戏,为张中行先生庆"米寿",即八十八岁生日。同时还有日本东京大学教授刈间文俊、东大名誉教授渡边守章等日本友人来参加。由现在东京讲学、号称"中日祖传票友、两京盛世闲人"的靳飞先生主办。邀我参加,而具体日期不知道。回京之后,先忙于在北京饭店开《红楼梦》国际研讨会。五天会议结束,搬到民盟中央翠园招待所,遇到徐城北、叶稚珊夫妇等友人,才知会期是八月二十六日。第二天本来要一同去看望张中行先生。而靳飞先生已知道我到来,正好第二堂会戏票友响排,便邀请张老和我及其他友人先到湖广会馆小聚,先看响排,然后便宴,这样就一同去了,大家见面,并认识了靳飞先生日本夫人波多野女士,她要在堂会上唱《女起解》。又认识了深圳女声男歌星胡文阁,他要唱《贵妃醉酒》,学梅兰芳。我本想二十日前回沪,但各位好友一再挽留,只好留下为张老祝贺"米寿"了。那一天堂会十分成功,会后张老又在晋阳饭庄赐宴,我不好白听戏,白吃酒,敬献贺诗二律:

其 一

东华雨后有新凉,盛会宣南共举觞。
舞袖梅程岂绝响? 霓裳丝竹见歌郎。

235

嘉宾座上尊人瑞,法曲梁间爱古腔。

预卜期颐他日聚,高吟岁岁庆重阳。

其 二

"碎影流年"记岁时①,京华故事有翁知。

古藤细说阅微事②,"竹叶"还呈祝嘏辞。

桃李盈门称北学③,诗书继世庆门楣。④

晋阳名馔多佳味,好会喜逢酒不辞!

注:① 张中行先生新出版五十万字回忆录《流年碎影》。

② 晋阳饭庄乃乾隆时纪晓岚阅微草堂旧址,有古藤、海棠。

③ 张中行先生原籍河北香河,一九三五年北京大学毕业,一生服务教育界。

④ 张老女儿、女婿均学有所成。

其 三

新诗人写诗,有"外几首"之说。不敢冒诗人之名,也学点摩登样子。二十八日回到上海,答谢北京友好,秀才人情,又是一首,拖个尾巴,抄在后面,故有"其三"。诗曰:

翠园又小住,惜别感高谊。

杯酒平生语,金秋送暑时。

人间欣遇合,世事看围棋。

难得友朋乐,江湖万里思。

楼外楼秋吟纪事

　　一九九七年十一月一日应邀参加西湖楼外楼与《杭州日报》联合举办之"西湖与饮食文化笔会",住里西湖秋水山庄五日,饱览湖山秋色,饱餐西湖醋鱼,明年春为楼外楼创建一百五十周年,余将为文以贺之。而此数日中,亦难免抚今感昔,偶得小诗,略加解说,汇为《楼外楼秋吟纪事》,以纪一时之兴会云尔。

　　　　山外青山楼外楼,西湖歌舞无时休。
　　　　画船风月开新纪,锦绣钱塘第一州。

　　"楼外楼"得名,是因南宋林升《题临安邸》诗:"山外青山楼外楼,西湖歌舞几时休。暖风熏得游人醉,直把杭州作汴州。"当时宋朝北方沦陷,偏安临安(南宋以杭州为都城),不思收复失地,朝廷官吏醉生梦死,诗人予以尖锐讽刺,把杭州当成汴京(开封),因而此诗在历史上人们极爱吟诵,因其有强烈的爱国主义思想。但杭州西湖,永远是繁华美丽的地方,历史已进入新世纪,中国人民不但站了起来,而且改革开放,繁荣强盛,在新世纪中,西湖当更美丽,欢歌快舞,应永远延续下去才对,因改数字以歌颂之。

　　　　山外青山楼外楼,鱼羹杯酒散闲愁。
　　　　不知秋老西泠路,四十余年几度游。

连住数日，承楼外楼主人每日盛馔款待，最引我相思的还是西湖醋鱼，四十三四年前，我第一次到孤山楼外楼吃醋鱼，印象极为深刻。当时楼外楼旧址还在现在新楼的西面，半西式的，楼窗油作淡绿色，当时菜单子都嵌在一个玻璃框中，红的竖格子，第一排前面就是西湖醋鱼，但名目不只一种，记得最少有四五种之多，第一种五柳鱼，一元六角五，末一种就叫醋鱼，一元二角，相差四角五分（未改币制前四千五百元）足够一客炒虾腰的客饭钱，在饭摊上吃黄豆豆腐汤加饭，只一角六分钱，也很饱。但我是穷大手，不在乎，照例点五柳鱼，心想这是宋五嫂五柳居的鱼名，贵几毛钱算什么呢？鱼盘端上来，看不见鱼，上面横排红、黄、白、绿四种丝，切得像头发丝一样细。红即火腿，黄即蛋皮，白即冬笋，绿即嫩葱，用筷子拨开丝，才是鱼，卤汁颜色很淡，但不同于淮扬馆子如上海老半斋的白汁。当时杭州各馆子都卖西湖醋鱼，记得只有楼外楼有五柳鱼，可惜中间两三种，卖一元四五角的我记不得名字了。杭州老食客、老厨师，一定还有记得名称的。

山外青山楼外楼，西湖夜色桨声柔。
华灯璀璨孤山路，美女如云笑语稠。

楼外楼晚宴之后，同行黄宗江、陆文夫诸老，均乘车回住处，而徐城北兄及其夫人女作家叶稚珊等位，希望沿孤山湖边走一走，我感到这是好主意，只要体力达得够，逛西湖就不应该坐汽车，更不应该坐小汽车。这天正是周六晚上八点半钟左右，不但沿湖树上小灯泡都大放光明，遥望六公园湖滨及旗下（解放路延安路）繁华区一带霓虹灯光芒耀眼。就连初阳台上的保俶塔也装饰满了电灯,晚间大放光明。昔人云:"雷峰如老衲,保俶似美人。"如今这位"美人"可真成了满身钻石、珠光宝气,出席晚会的贵夫人了。华灯照耀,西湖断桥路上,成了不夜城,一路年轻姑娘欢声笑语不断,回忆一九八五年五月和拍《红楼梦》电视剧的姑娘们在西湖边一路欢歌笑语,声音如在耳边,而一晃,十二三年又过去了!

山外青山楼外楼,晨光远树水波柔。
可怜重坐湖边路,黄叶残荷不胜秋。

在杭四日,住里西湖新新饭店秋水山庄,每日晨六七时许,外出坐湖滨岸柳下,晨光熹微,望湖波秋水,白堤远树,虽晨间锻炼的人、跑步的、打拳的、打坐的、喊嗓子的……来往不断,但十分宁静,这是我到杭州最大的享受。回忆一九八二年四月末,全国煤炭经济研讨会在杭州召开,已故家表兄贾林放(原煤炭部副部长)是大会的领导,舍弟邓云骐是大会秘书处工作人员。阳春三月,是游西湖最好的时候。我自己花钱,也来杭州玩,而且是同亡妻蔡时言一起来的,也住在新新饭店。他们开他们的会,我们逛我们的湖。会务之余,一大早同他坐车去植物园,饭后在湖滨散步。当时苏步青老先生也来杭州去浙江大学公干,也住新新,早上六点就在湖滨散步,但背操手走得极快,我都跟不上……我坐在湖边,静静的这些往事从眼前闪过。林放表兄故去也已五年,这次《人民日报》李辉同志也来了,怀念文章就是寄给李辉发出的,妻子蔡时言去世也足足三周年。而苏老以九五高龄,仍婆娑人间,衷心祝愿他老人家期颐康乐吧。一九八二年时是荷钱出水时,这次是残荷披离时,但秋光正好,西湖更加美丽了。

239

词　钞

清平乐·欢迎伏老来沪

　　正春光好,银翼来清昊。柳映红旗花发早,万众争迎伏老!　　人民八亿齐心,和平事业同任。波弄浦江青碧,怎知兄弟情深!

　　国宾飞到,沪渎传佳报。花满通衢春意闹,是处高呼"您好"!　　友谊万岁千秋,迎风破浪同舟。团结坚如磐石,泱泱江水长流!

(一九五七年)

凤凰台上忆吹箫·祝福周璇病愈

明月团中①,乍传新曲,绕梁应记韩娥②。恨南北漂泊③,泪湿红罗。廿载影坛旧梦,浑未觉,岁月磋跎。当年事,休将话起,话起愁多! 　　沉疴,从今好也! 要感谢春风,这般温和。对百花齐放,待我高歌! 更欲重回艺海,银幕上,曼舞婆娑。婆娑处,看金嗓子,似昔时么?

注:① 周璇同志最早为明月歌舞团演员,这已是二十多年前的旧事了。

② 古时有个歌女名叫韩娥,在市上卖艺,唱得非常好。人们说她唱过之后,余音绕梁,三日不绝。事见《列子》。

③ 周璇同志曾到南洋及北京表演过歌舞。旧时代里作一个演员,南北漂泊,是很苦的。

（一九五七年）

永遇乐

夏日返京,匆匆月余,买车回沪,赋此留别重梅丈并天坛茶肆诸诗老。

　　驱暑金风,招凉银汉,曾断魂处。道是归来,匆匆几日,又向江南去。白头诗老,浮云殿宇,记咏少陵佳句。[①]漫留连,多情古树,仍怜绿意如许。　　悠悠岁月,沧桑谁认,欲问明清掌故。五百余年,剩鸳鸯瓦,踏碎宫墙路。儿童情趣,秋虫秋草,石畔闲听细语。[②]应深谢,茶经酒阵,待明夏叙。

　　注:① 戊午夏天坛蝴蝶会座上,重梅老人首唱,以少陵"凉风起天末,君子意如何,鸿雁几时到,江湖秋水多"分韵,与会者二十人。

　　② 天坛草间石畔,多有儿童捉蟋蟀者。

永遇乐

好友古建筑专家陈从周教授应世界著名美籍建筑家贝聿铭先生之邀,去京出席新建香山饭店落成典礼。余三十年未看香山红叶矣,久客情怀,思乡意绪,际此秋光大好、红栌满山之季,诗兴有不能自已者,因制此阕为赠,一贺新香山饭店之开幕,二壮从周兄之行色,惟失律乖音,有如野人献芹,或不免为聿铭先生、从周兄所笑乎?

故国浮云,频年客馆,月明千里。喜得秋来,重阳近也,佳节无风雨。登临纵未,也应载酒,欲约黄花一聚。奈天涯,良朋念我,曰归犹未归去。　　飞鸿目送,谢它辛苦,带到京华寄语。染遍霜林,香山不老,尽是多情侣。诗篇漫卷,华轩待发,还应抽暇蜡屐。相思在:白云深处,红栌影里。[1]

注:[1] 按香山红叶,不是枫树,大部为黄栌树和柿树。

246

永遇乐

去年四月十二日,奉到平伯夫子函云:"十日曾访圣翁,海棠正开。七六年后一年一度,五老只存其三矣。"时光流驶,又届花时,遥望京华,偶思前事,因谱小词一阕,分别寄呈圣陶仁丈、平伯夫子,以介眉寿。

问讯韶华,几分春色,海棠开未?小院晴光,游丝日影,种种闲情思。阶除布履,回廊筇杖,记得昔时沉醉。白头人,年年花下,一番谈笑欢会。　　蜂怜蝶趣,婆娑看惯:风雨落英流水。又见东皇,胭脂渲染,京国真佳丽。惜花心意,浮云来去,多少软红旧事。留连处,新枝细数,并成旖旎。

双红豆

前制小词《永遇乐》，寄京华叶老、俞老二位夫子，今奉平伯夫子四月十六日函云："一年一度，三老同游。今于十一日往，春寒花迟，尚在蓓蕾。却亦照相，二翁均腰板笔挺，我有颓然之态，逊其矍铄。所谓蒲柳之姿，意殊恶焉。"因忆吾乡农谚云："三月清，遍地青；二月清，灰腾腾。"因再制小词，纪此韵事。

三月清，二月清，芳草天涯一望青，海棠太瘦生。
今日晴，明日晴，待得娇红笑脸迎，白头订酒盟。

思佳客·元旦书怀

岁时兴感,人情之常,况此明时,兴会更多,十三大胜利闭幕,台湾同胞回大陆探亲,均是振奋人心之喜讯。然喜庆之余,亦不乏堪虑者,如群众关心之物价问题等等。任重道远,前程无限,以范仲淹《岳阳楼记》之意,托之词律,以迎新岁,兼志感怀。

莫让红颜笑白头,迎年多喜亦怀忧。曾歌虎步新开句,①更谱龙飞献岁讴。　　天下事,稻粱谋。书生意气是千秋。梅花又报春消息,风月人间看九州。

客馆情怀岁又阑,榕城雅集喜新欢。②诗心欲寄三山外,画意常思日月潭。　　无紫蟹,有黄柑。③远人杯酒足盘桓,海风万里迎元日。共拈花枝展笑颜。

注:① 前年曾用陈兼与仁丈"新开虎步,再展鸿图"句为《人
　　民日报》写杂文。今岁又来约稿,不知从何说起矣。
　② 日前在福州参加海峡诗书画印联谊笔会,并举行京沪
　　榕台港澳名家书画展览。旧雨新知,一时盛会。
　③ 螃蟹太贵,柑橘独多。"黄鱼紫蟹不论钱"已是義和上
　　事。"一年好景君须记,正是橙黄橘绿时",远人来归,喜
　　得以柑橘供客矣。

金缕曲·豫园雅集新词并序

戊辰农历三月二十三日,海上同仁聚于豫园得月楼。一祝陈从周教授园冶新章豫园东园首期工程告竣;二祝从周教授七十初度;三祝新加坡作家协会名誉会长周颖南先生花甲初周。是日宿雨初晴,新绿照眼,寿星云集,时彦咸临。略慕永和之会,共举祝嘏之觞。因思有古无今,不成世界;有今无古,谁续斯文?今古相承,俗雅宜通。岂惟一时之胜会,亦感百代之风流。因谱《金缕曲》二章贺之。只为知者道,不为不知者言也。是为序。

节令江南好。看园林,牡丹初谢,杜鹃开了。小小曲廊安排定,波绿晴光映照。成水趣,这般窈窕。乔木故家今余几?待先生一一从头道。拾断瓦,苦营造。　　当筵群彦咸欢笑。念斯人,多情忒甚,友朋倾倒。学长新诗高格调,白发龟年为啸。且进酒,君休烦恼。世路沧桑春草梦,舐犊情艺事舒怀抱。纵古稀,仍年少。

万里家山好。正归来,江南芳讯,林花红了。故国春风吹锦绣,洛下牡丹光照。还载酒,名园目窈。多谢梓翁同国手,冶林泉处处非常道。展画卷,皆新造。　　酒浮绿蚁花浮笑。听当筵,水磨腔细,笛传佳妙。软语吴语妩媚甚,顾曲依声欲啸。欣此会,群仙不老。眷念宗邦兴废事,每缘结翰墨萦怀抱。花甲庆,正年少。

宴山亭

祝贺俞老振飞九十华诞、艺术生活七十周年大庆。

　　法曲霓裳,管弦南内,院本新翻佳妙。水磨腔细,马上墙头,人记昔年才调。细数沧桑,几经过、岁时昏晓。长啸!似崔九堂前,龟年未老。　　家学名重全闽,更供奉前朝,再传言笑。矍铄缓步,纨扇簪缨,风流畹华夸好。白发婆娑,看新彦,梨园年少,倾倒。欣枝履,期颐寿考!

双红豆·题台湾版《红楼风俗谭》

新红楼,旧红楼,风月人间说未休,年华逐水流。　云悠悠,梦悠悠,碧海遥天几度秋,书生易白头。

红学有新旧之说,而其为梦则一也。偶成《双红豆》小令题于台湾中华书局新版《红楼风俗谭》卷首。

浣溪沙·春词

　　病榻缠绵看老妻,愁风愁雨过春时。无端误了看花期。　　甘苦人生言不尽,崇楼闹水事真奇。一番惊恐便支离。

　　三月二十七日上午十时不到,正伏案爬格子,忽听厅中哗啦一声,不知何事,妻子已在阳台惊叫:"不得了啦,快来……"急忙跑出一看,阳台下水口倒喷水,如喷泉一米高,急不可挡,两个拖把也堵不住,一时厅中进水,近邻帮忙的阿姨急中生智,用破麻袋絮胎忙将卧室门如防汛般堵牢。不数分钟,水经厅中由房门、楼道、流向电梯间,一片汪洋矣……由七楼到底楼尽头两户层层如此。其时忙于排水,门窗大开,内人久患哮喘,春雨冷风中忙乱终日,肺部又感染,翌日热度升高,三天后即卧床不起,天天输液吊抗生素了,老病缠绵,言之不尽……事后才知房管部门因十四楼顶排除积水,打开排水管顶盖,水多管细,来不及排,压力太大,七楼以下均倒灌成沟壑矣。奇怪管房子的人,一点建筑管理常识也不懂。住户活该倒霉,这理向谁讲呢,唉!

　　文字生涯大是痴,"水流云在"说相思。年年芳讯总迟迟。　　难得嘉音传雨夜,又怜欢晤在春时,此情或有故人知。

予杂著汇编《水流云在杂稿》一书,交北岳出版社拖延数年未出版,时在思念中。夜雨不寐,忽接责编胡晓青兄电话,云已到沪,带来样书八本,喜而书此。

仰望长桥路欲迷,闲行乱石恍山溪。者番变幻忒惊奇。　　歇浦潮声连日夜,飞虹云意贯东西,春情病骨起生机。

余自五十年代中期,久住杨浦区,附近各条马路,数十年中无大变化,妻子住杨浦区中心医院病房,日前沿宁国路于杨浦大桥下工地乱石泥泞中步行前往,恍似山乡河滩行走,仰望大桥高不可攀,似崇山峻岭。病房楼窗外望,咫尺大桥高耸,如伸手可接。洵奇观也。妻子经住院医生护士治疗,病渐痊可,穷书生无力谢医,聊写小词致意,亦所谓秀才人情也。言之慨然。

浣溪沙·杂咏

　　寂寞堵门风雨狂,连宵花事费思量,街头车毂为谁忙?　　处处趋衙成蚁阵,家家启户似蜂房,万人如海一身藏。

　　今年春暖,所住延吉四村迎春、海棠开势极好。前天一夜风雨,早晨窗前一望,楼下数株,落红狼藉。街头高峰车停满,撑伞上班人急急忙忙,相对殊有寂寞之感。

　　微雨海棠艳若脂,街头为汝立移时,伤心又是一年期。　　五纪看花同烂漫,三春归梦总迷离,纵然无奈亦相思!

　　我离开故乡已六十年,再未回去过。年年客里看花。新村外绿化地带,有一海棠,花特别红,雨中更堪观赏。去年为妻子买药,顺路看过两次,今年特意雨中来看,妻子蔡时言去世已半年多矣。

　　红日初晴照晓窗,丛残断烂有余香,小楼容我著疏狂。　　思旧赋成增感慨,远人书至极安详,云天喜不隔参商。

一人家居，日以看破书写小文排遣。正翻阅昨日收到之中华书局新印拙著《文化古城旧事》样书，忽外孙又拿来唐德刚教授自美来信，云已用一周时间，看完前寄赠之《清代八股文》，六月间将来沪开会。

　　　　白发词人去复还，翩跹海国与云天，相逢有味说从前。　　灯市杯盘供笑语，芳春景物又花边，诗缘只合醉江南。

无锡张寿平教授，词人，龙榆生先生弟子，久在台北各大学执教，今年正月灯节随朱淡文女士来家便饭，谈龙先生旧事，喝黄酒半日，十分尽兴。别后两月，近又来沪，同去拜访苏渊雷老先生。

　　　　莫问双溪舴艋舟，归来堂废旧青州，蜃楼海市各千秋。　　坊巷依稀存梦里，春花绰约照江头，新词唱罢付沙鸥。

女词家叶嘉莹教授，去春因其北京故居拆迁事，自加拿大回京，曾有文载《光明日报》。近又来沪，参加词学会议，奉赠俚词。

　　　　记得高谊拇指山，同门旧事说师缘。匆匆握别又经年。　　海上春风迎远客，花间细律论新篇。天涯芳草亦开颜。

台湾"中研院"文哲所林玫仪教授，词学专家，著述甚丰。曾受教于许世瑛先生。许原任教沙滩北大，四五年末去台，下世多年矣。

我前年访问文哲所,住拇指山招待所。病中多承林教授照顾,十分可感,林教授近来沪开华东师大词学会。

摸鱼儿

十二年前,四月末,谷雨节后,我有幸在圆明园后大水法边旅舍住了二十几天,经常独自闲行,领略幽趣,寻思旧事,在乱草中拾了几片琉璃瓦断片,其中两片孔雀蓝的,釉色特别好,助教黎平女士去日本,我送了一片给她,并题了字,希望她时时怀念故国。一片现在还摆在我的书架上。当时还填过两首词,日前偶然于抽屉中翻到,将其一抄在后面,以存鸿爪。另一首见《红楼梦忆·红楼诗草》。

甲子四月初五日立夏,黄昏后,与友人闲步圆明园废址林莽间,话烧园故事,及那拉氏杖杀汉宫人四春惨状,太息久之。不觉暝色四合,新月将残,夜已阑矣。

立斜阳,废池嘉树,闲将风月评说。惜春光景,丁香花下,多少落英如雪。眉样月,蓦然见,一痕曾照残宫阙。西山清绝,妩媚更无言,朝朝暮暮,相见应难别。　　前朝事,戎马倥偬火烈。霓裳倾刻消歇。雕云镂月开明镜,肠断绮年华发。伤碧血,水边似听人呜咽。摩挲断碣,剩未了情,寻思它日,再看野花发。

满江红

绣老故人情重,征集朱剑心先生遗墨于余,余书籍函札荡然无存,难以报命,颇为怅怅。后于残存稼轩词中得一小纸,乃先生随手札记置入书中者,睹之黯然。因成俚辞三阕,用志闻笛之意云尔。时在甲寅冬日。

荡尽残篇,犹剩得,昆山片玉。神灭后,遗文空对,难寻拱木。一死一生岂数定?斯人斯疾总堪哭。黯寒窗,一纸在灯前,泪凝目。　声与貌,何从觅?章与句,更谁读。想豪情当日,诗筹酒斛。钉饾新词容啸傲,染濡醉墨书蟠曲。问今时,逸少换鹅书,余几幅?

鲁殿灵光,何处问,楝中美玉。数十年,青溪绛帐,树人树木。世路过来蝴蝶梦,夜台归去杜鹃哭。正春时,药石竟无灵,冥双目。诗律细,精心觅。碑漫衍,摩挲读。道学辛学杜,玑珠赢斛。笔下从无媚俗韵,生平不作如弓曲。笃情谊,故旧念斯文,求遗幅。

每忆先生,谈笑处,语同金玉。人去后,延陵故剑,欲悬丘木。诲我深情师共友,怀公高义歌当哭。记曩时,问疾大风寒,尘迷目。诗酒事,更难觅。金石学,待重读。叹招魂何处,闲愁万斛。闻笛不堪思旧赋,理弦响绝广陵曲。望云天,生死两茫茫,泪赢幅。

贺新凉

丙辰夏归计未成,重阳,海上寄怀都门友人。

　　归计成虚话。正西风,浦江波渺,叶纷纷下。冉冉韶华催老去,且听秋窗雨夜。管甚地,行藏用舍。惟念故人情意重,每书来,总把离思写。谁更似,如君者。　　江云渭树劳牵挂。想游踪,多在城南,陶然台榭。一抹西山轩槛外,爽气朝来怎画?好月令,近重阳也。我亦江亭萦梦寐,订游期,再约明年夏。言不尽,鞭心马。

前　调

　　去夏归计未成,重阳前后,曾赋贺新凉以寄意诲余兄。今夏喜得小归,并承诲余兄之介,得识都门诸诗翁。有倾盖相知之感。今又届重九,望歇浦之秋波,思都门之秀色;记昔年之俚句,怀今夏之新知。因依旧韵,再度前腔。丁巳九月。

　　再说今年话,望寒江,回翔鸥鹭,水天高下。渺渺烟波秋万里,歇浦潮生日夜。风与月,何从取舍。遥念登临诸老健,按轻霜细把秋容写。问孰是?题糕者!　　茱萸未插心常挂。记相逢,新知旧雨,嫩凉湖榭,便是小归情亦好,这点痴心怎画?又怎地,忽忽去也。黄叶红蓼萧士梦,算宜人仍恋京华夏。除此外,风牛马。

永遇乐

京华师友书来,问讯行期,并告西山霜叶正好,因以致谢。

故国浮云,频年客馆,明月千里。喜得秋来,晴光照映,重九无风雨。登临从未,也应载酒,共约黄花一聚。奈天涯,良朋念我,日归犹未归去。 飞鸿目送,谢它辛苦,带到京华寄语。染遍霜林,西山不□老,总是多情侣。诗书漫卷,征车待发,还应抽暇蜡屐。相思在:白云深处,丹枫影里。

前　调

戊午重阳后数日,秋光大好,西野、田邀、策安三兄过我寓楼,欢叙终日,因改前词以志之。

故国浮云,年年客馆,明月千里。喜得秋来,晴光掩映,重九无风雨。登临从未,也拟载酒,共约黄花一聚。谢高谊,车轩过我,清谈欢畅如许。 昔贤难见,东篱元亮,识尽浊醪妙理。哀乐年时,还怜我辈,总是钟情侣。离离禾黍,悠悠去雁,多少江乡意绪。道重逢,频搔白发,在斜照里。

（西野兄允为绘《海上重逢图》,田邀兄已为赋诗。）

念奴娇

戊午冬日于西野翁座上欢晤谢老刚主夫子赋此呈正。

　　白头诗老，问南明故事，犹存多少？一水秦淮流不尽，百代雨淋风扫。燕子春灯，乌衣巷陌，空惹桃花笑。龙蟠何处，总是仓黄庙号。　　难得海上逢翁，杯盘随意，酌酒谈天宝。欲说京华归梦远，师友深情颠倒。喜遇明时，还欣康乐，有句抒怀抱。悠游妩媚，斗箕今日真好。

贺新凉

戊午夏末返京,谒博公学长于城南寓楼。盖不亲尘教者已二十年矣。知公重掌史职,精神矍铄,时楼外流水垂杨,秋阳掩映,气象爽人。风韵何止乎万千也? 因奉俚句以贺之。

别后廿年矣。又归来,唱诗楼上,执经问字。坐爱青溪门户好,一派垂杨流水。秋韵浅艳阳影里。客梦谁怜风雨夜,待斗箕每欲闻鸡起。歌伏枥,思千里。　　神州盼得春如许。惜分阴,韦编重续,披图证史。旧著纵如花落去,新简从头细理。总不废兰膏初志。龙马精神公独健,正河清,人寿风华俱。看锦绣,烂红紫。

前　调

戊午夏重晤绣老、剑翁于都门,别来已十三年矣,感慨平生,因奉小词为寿。

出岫云来去。念人生,几多遇合,几回欢聚。我是公家旧宾客,今又相逢燕市。增感慨,故人情意。有酒郇厨秋韵好,正银河浅画轻寒未。新月上,为公醉。　　江南江北思无际。最难忘,巴山雨夜,海门潮起。更小住凤城佳丽地。倏已是香飘桂子,且莫问,莼羹鲈鲙。期老寿,神仙侣。

水调歌头

戊午重五节近,寄怀双枣书屋主人都下。

双枣幽人宅,雅兴近何如?节令端阳时候,故事记三间。遥想新蒲院落,应有榴红照户,花韵午晴初。一觉南柯梦,日影下阶除。　遣怀抱,闲吟唱,爱吾庐。千秋几许风月?有味是诗书。惯看凤城春色,收拾繁华景物,笔砚亦樵渔。倦客思清句,仰望在江湖。

永遇乐

戊午重五节近,寄怀都门诸师友并柬沪渎友人田遨、西野、策安诸诗翁。

客里情怀,关心节令,重五时候。嫩雨莳秧,软风吹麦,几日阴晴逗。枇杷熟过,榴花照眼,总是江南锦绣。待安排,堆盘角黍,亲朋共此清昼。　灵均,可惜汨罗沉后,赢得千秋话旧。争似渊明,南窗肆志,一曲停云就。摘蔬斟酒,剪蒲悬艾,故事天长地久。正宜人,新词一阕,为师友寿!

扬州慢_(用白石韵)

戊午夏返京,于天坛茶肆,奉呈座中重梅丈以及诸诗老。

　　海国风涛,蓟门烟树,买车又赋归程。笑年来季子,剩履敝袍青。坐槐阴,云浮殿宇,旧时乔木,几见刀兵?更堪怜,好雨嫩凉,花压重城。　　七星石在,十三弦有梦还惊。愿旧雨新知,河清体健,师友深情。待把小红娇韵,抒怀抱,漫写心声。共茶烟闲话,相逢细诉平生。

永遇乐

戊午秋有调京讯,迟迟未果。中秋节近,依楼闲眺,望暮云来去,怅然久之。寄怀都门师友。

　　天末凉风,江潭游子,尘满霜鬓。菊嫩东篱,柳衰南浦,每自怜芳讯。暮云过处,阑干倚倦,欲待河阳雁阵。渐黄昏,寒侵翠袖,新添一点愁闷。　　行藏用舍,马肝鸡肋,滋味从来难问。岁月堪惊,京华别后,又是中秋近。多情笑我,才非柳七,强学填词瘦损。三千里,婵娟弄影,谁吟好韵?

水调歌头

丁巳九月初三寓楼闲眺,寄怀京华诸老。

九月初三夜,露白月如钩。故人天际何处,依槛看云流。节近重阳时候,霜老香山叶底,风物动诗俦。欲览众山小,放眼望神州。　　好光景,新文字,正堪仇。安排胜会佳日,相约鼓吹秋。我待参差雁影,为报幽燕诗讯,清韵拂吟瓯。诸老多豪兴,羁客赋登楼。

金缕曲

冬末歇浦闲眺,用重丈韵。

一恁潮来去。锁寒空,帆樯江上,只鸥闲度。不识征人烟波里,谁念催年腊鼓。料应待莺啼芳树。浪掷韶华成老丑,剩青袍恋我犹如故。鸦阵乱,无心数。　　幽怀是处多知遇。听涛声,清音不让,弄商调羽。淘尽风流怜逝水,怎计悲欢散聚。写几出,氍毹新谱。底事干卿痴绝甚,冻云密,雪作飞花舞。春草意,梅宜吐。

266

水龙吟

奉和柏森兄戊午早春寄怀水龙吟新唱依声步韵。

东皇早送阳回,寻芳莫放韶华晚。都门胜日,郊原犹记,烧痕青浅。太液波柔,昆明水暖,风光无限。奈年年客馆,情怀非昨。天涯外,长安远。　　一任莺啼蝶恋。更谁描桃妆柳眼。曲翻旧谱,书成锦字,云间鸿雁。豆蔻才情,浣华格调,蛮笺快展。问词人,几度蓬莱棹返,看樵柯烂。

附原唱

水龙吟戊午早春寄怀云乡词家海上

玉京倾盖论文,胜游每恨逢君晚。高谈抵掌,平章风月,樽罍深浅。槐阴追凉,荷塘徂暑,豪情无限。更斜晖掩映,听蝉紫陌。浑忘却,归途远。　　信是韶华堪恋。又春催柳垂青眼。潮生歇浦,诗怀好寄天涯征雁。海宇新妆,山川含笑,画图初展。试登临,极目长空万里,看朝霞烂。

金缕曲

用柏森兄韵寿渊若诗翁七六华诞,时正戊午春暮。

洛下群仙序。问人间,凤城春色,而今几许?看倦丹青无俗韵,小隐都门胜处。诗酒约,旧朋新侣。客馆晴㬊花韵好,对西山细写舒怀句。元亮趣,毋劳柱。　　浮生半在砚田度,付闲情,比来花信,昔时歌舞。阅尽金台风与月,故事三都怎赋?为公寿,玉浆琼露。二十四番吹渐暖,好光阴祝嘏传华宇。当此日,春常驻。

附和作
再用序韵谢云骧诗家枉祝七六虚度敬乞正拍

潘渊若

读罢兰亭序。问长安,流觞曲水,春来何许?(桃杏尚未着花)倦羽退飞无个事。伏几西郊僻处。待暖日,莺俦燕侣。破砚秃毫棕竹杖,赏韶光,不咏颓唐句。华年事,付弦柱。　　古稀六载超前度。奏埙篪,联床夜雨,伯歌季舞。(余弟年七十四)廿四番风花信递。取次为花献赋。桃李下,不辞风露。书永宵深饶意趣。彩云飞,字字辉眉宇。借吉语,春常驻。

金缕曲

诸诗翁于四月九日雅集诲余兄先农坛寓斋修禊,因再用序韵致意(戊午四月)。

　　喜作长年序。待安排,瓦瓯茶灶,畅怀如许。上巳风光修禊事,最爱先农深处。多应是,兰亭旧侣。闲话渔樵容我辈,抚苍松咏唱皆新句。真意趣,无声柱。　　当年羲献曾几度。更调丝弄竹,徵歌逐舞。翠柏红墙耕藉地,一座春风献赋。看细品,蕊芽清露。雅会花时期再约,记城南斗室依坛宇。逢胜日,车宜驻。

金缕曲

戊午暮春乞西野先生绘紫藤。

　　欲借生花笔,写三分紫云幽趣,常留斗室。但使缠绵春色驻,一任蜂怜蝶嫉。如坐对芷兰芬苾。古韵照人于今少,墨缘深,片纸来相乞。长者诺,光蓬荜。　　天涯正是芳华日。想都门,六街风软,上林香溢。倦听莺啼归梦远,且向花间促膝。诗怀在,浑忘南北。杯酒论交倾盖际,聆清谈,快聚诚难比。一夕话,豪情逸。

鹧鸪天

和策安兄新唱，戊午春暮。

快读新词兴欲飞，拟将铁板唱关西。渊明本自知今是，伯玉从来识旧非。　诗酒会，每忘归。十年离绪说暌违。瑶章待答无佳句，淡墨颓毫带醉挥。

欲觅芳情花正飞，佳人居近凤城西。眼前春色风吹絮，梦里容光是与非。　将别意，问当归。年来何事寸心违。朱丝写就无声曲，好抚么弦试一挥。

与策安兄联袂访田遨兄于沪西。盖别来已十三年矣。词中及之。

前　调

再和策安兄，戊午初夏。

玉笛谁家声暗飞，大江不见水流西。酒炉过处人何在？金石摩残记已非。　悬故剑，待魂归。难寻丘木计先违，云天一望茫茫际，恍起龙蛇醉墨挥。

戊午暮春与田遨、策安、西野三兄重晤话旧，追怀剑心先生作古已十一年矣,相与唏嘘者久之。

　　　　海上年年待燕飞,啼莺空惹梦辽西。残红几日水流去,
暗绿千林花事非。　　伤老大,惜春归。诗情病骨两相违。
画眉不解入时样,争向舞延翠袖挥?

附原唱

郑策安

　　暮春三月,邓君云乡招饮,席间野翁田邀相与谈艺。云乡并
出示缅怀朱剑老之篇什,其时予亦有感焉。归后缘情抚旧赋
此稿。

　　　　草长江南莺乱飞。酒边话旧日斜西。诗言劫后怀亡
友。事历沧桑辨是非。　　飘柳絮,送春归。暂时相赏莫
相违。座中诸老仍疏放,若个临轩麈尾挥。

金缕曲

奉酬柏森兄庚申春日寄怀之作。

  莫作伤离语。又江南一帘飞絮,一帘春雨。吹彻楼头萧尺八,聊遣羁人意绪。谢尺素传来歇浦。陌上时闻歌缓缓,念家山每把花期负。君惠我,胜尊俎。 年年绿暗天涯路。问芳华,骚音百代,只今谁主?记得缠绵春柳句,不教临清妩妒。展翠袖,惊鸿曼舞。词客京华欣未老,待宏文,纸贵洛阳赋。惭拙句,答金缕。

水调歌头·重过瀛台

  重过涵元殿,一碧映苍穹。浮云也似时事,幻变永无穷。鸳瓦绮窗如旧,噪暑鸣蝉高柳,黄幔记朦胧。今日光阴好,趁兴入南薰。 思渺渺,风习习,水溶溶。乳花初泼,人坐蓬岛玉壶中。闲话前朝故事,细赏南垣山子,俯仰亦匆匆。胜迹留天地,画阁上遥空。

汉宫秋·庚申初秋苏州耦园感赋

燕市归来,又金阊巷陌,半日悠游。绮轩画阁,板桥映带寒流。凭栏话旧,卷湘帘,一派清秋。吾最爱,茶香日影,披襟双照楼头。　　吴下名园多少?便东隅僻经,也着清幽。林泉可人点染,水石沧州。诗城佳耦,说兴亡,难免闲愁。城郭废,橹声何处?望中衰柳烟浮。

满庭芳·题梓翁画竹

与可胸中,板桥腕底,多少明月清风。晋人幽韵,今又见梓翁。两叶三枝正好,任潇洒,淡淡浓浓。舒怀抱,我师造化,幻变永无穷。　　从容,千古意,轻挥麈尾,漫送飞鸿。念淇奥高贤,此日难逢。可惜杜陵不解,因何事?独许青松?南窗下,生机秀发,兴到写芄葱。

金缕曲

怀宁夏马元照、陈诏、柯则夫三兄。

问讯遇来否？玉关寒，年年羌笛，断肠杨柳。天地不仁千古恨，美物泥沙刍狗。蒙几许，人间污垢。雪虐风饕经过处，似汉槎困顿柳边久。文字累，痛心透。　冰山一倒青山秀。望飞鸿，云中书到，暖风时候。得赋归车浑未晚。寄语江南故旧。歌伏枥，漫嗟白首，歇浦也知情意重。酬春潮尽作浣尘酒。倾浊醪，为君寿！

鹧鸪天·怀人

思绪差拟云乱飞，梦回残月小楼西。惟期逐日加餐饭，敢向千秋问是非。　何处乐，欲忘归。人情怀土愿常违。名心抛尽乡心淡，剩有诗心照夕晖。

渔家傲

《乡土》一书,杀青既了,中秋节近,漫成遣兴。

日日雕虫成底事?晴窗细写蝇头字。少不如人老又至。真乏味,江村也羡渔樵计。　　南北东西何处是?兔无一窟锥无地。明月浮云千古意。秋渐去,小楼只合蒙头睡。

扬州慢

依声步韵奉和弃园学长扬州第三届国际《红楼梦》研讨会感时之作。

万里乡心,二分月色,缠绵倚梦寻诗。过虹桥水际,记修禊留题,凭谁问?渔洋故事,绿杨城廓,柳老秋枝。斜照里,远山笑我,波映征衣。　　此情欲遣,说红楼,杯酒休疑。正白发朱颜,调丝弄竹,醉意难支。二十四桥如旧,新妆点,莫道津迷。念浮云苍狗,年来年去多时。

鹧鸪天·有寄

江上浮云载酒时,眼前流水落花知。拼将两鬓丝丝发,赢得真情几首诗。　　思岁月,说相思,渊明彭泽有东篱。贺兰山下胡沙梦,总是朱楼幼妇词。

鹧鸪天

榴花照眼,新绿宜人,江南重五,万种风流。则夫归来,正当佳节,酒边索句,赋此游仙,乃正宫鹧鸪天也。

九转丹还火未微,一须弥劫耐寻思。壶中岁月真广大,袖里乾坤欲问谁。　　歌缓缓,说归归,又讴曲子入新词,榴花开过藕花发,六月江南唱竹枝。

金缕曲

己未岁阑奉请西翁、满子、仲华、田遨、策安、诒公诸先生枉驾寒斋，食蟹并奉卮酒为寿。诸公不弃菲薄，欣然过我，尽欢而散，因呈小词志谢，并乞正拍。

客意怜时序，正江天萧萧岁晚，欣然欢聚。旧雨新知皆过我，安得高谊如许？将进酒，先陈数语。道是家贫难素食，仅黄鱼紫蟹添佳趣。拼一醉，慰离绪。　　举杯俱是沧桑侣。记华年，题红咏翠，梦随飞絮。今夕银釭相照际，白发愁增几缕。多少事，谁成谁与。欲按宫商歌曲子，怅平生，未有惊人句。拍此阕，送君去！

满庭芳

梓翁教授为其令媛陈馨女公子以古绢写墨竹卷子嘱题,敬谱一阕。

两晋流风,河南郡望,自古门第清华。子猷而后,幽韵此君佳。雅道千秋未废,今还见,有竹人家。挥毫际,飞鸿目送,落纸尽烟霞。　　龙蛇,新写就,添妆卷子,付与娇娃。胜金凤簪头,绛蜡笼纱。宝此坡仙妙墨,绮窗下,百代堪夸,春风里,牙签锦幅灼灼映桃花。

念奴娇·京都七月半

新凉数日,又匆匆过了,中元佳节。檐下清阴清几许,树上月华迟发。院落居邻,绳床小坐,意趣何幽绝?渐忘漏永,似疑鸳瓦霜泼。　　京国旧梦繁华,枝巢老子,唱出秋词咽。荷叶荷花灯儿好,惹得孩童歌叠。绛蜡焰轻,明朝扔了,故事凭谁说。不宜重问?惟宜倚枕安歇。

踏莎行

京华小住一月,南归在即,今晨秋风陡起,客余萧疏,依枕闲吟得句。

　　昨夜新寒,酣然一觉。秋风忽地连天起。京华有梦亦萧疏,闲听落叶敲窗纸。　　枕上诗情,眼中书史。算来尽是东流水。软红笑我逐车尘。今朝又去江南矣。

鹧鸪天·吊大郎诗翁

　　耆旧凋零事又伤,文坛艺苑两凄凉。方将热泪伤芸老,又向江天哭大郎。　　生死际,总茫茫,柔情侠骨昔年香。玄都纵有桃千树,不见题诗也断肠。

浣溪沙

贞翁词长夫子赐书咏玉兰浣溪沙新词,谨依声步韵。

照眼荣华冰雪姿。多情妩媚看花枝。红牙细拍韵参差。　　梦里容颜思绿鬓。书成锦字记朱丝。白头犹自惜芳菲。

木兰花

壬戌初夏,小住武林,巧遇步青学长前辈于里西湖客馆。钦韩累岁,得遂仰慕之忱,快何如之。因赋此奉赠。

相逢难得机缘巧,五月湖山新绿好。田田荷叶十分圆,处处莺啼万木晓。　　西泠桥畔初阳照,如比风光容一老。人间细算是乘除,散策烟波闲啸嗷。

浣溪沙

步翁相国丁家桥词原韵。

　　宦海浑如夜弄潮，雾迷涛涌险抉桡。黑貂尘暗正阳桥。　　竖子难谋刘项事，诗骚每令壮怀销。又看乳燕覆新巢。

　　岁晚江乡日暮潮，昆明湖水记兰桡。芦沟晓月帝京桥。　　婉约词新思故事，矇眬梦醒感魂销。辽天云淡鹤归巢。

玉楼春

尤三姐故事。"清水杂面""影戏人子"均三姐话，原京华市井谚语也。以《龙藏寺》笔意书之赠董芷苓女士。

　　谁将杂面漂清水？影戏人儿全靠纸。锋芒快语似闻声，方露荆卿霜雪匕。　　柔肠傲骨姑娘你，一脉钟情游侠子。鸳鸯剑一泪千行，痛煞风尘知己死。

玉楼春

丙寅燕九节,应野翁约,赴苏州出席方书久画展开幕,园林局派车来接,途中细雨濛濛,一冬未出郊坰,放眼雨中绿野,襟怀为之一畅。忽思余落魄江乡已三十余年矣。口占志之。

胜游犹记京华雪,驴背风沙燕九节。不期飘泊在江乡,绿鬓匆匆换白发。　轻车又向全闾发,细雨濛濛泥滑滑。故人相约试灯时,欲看杏春桥上月。

满江红

青浦大观园外滨湖处,有大片梅林。惊蛰后二日,天气暄暖,向晚入园采景,林间静寂,花径尘香,徘徊者久之,因赋。

春锁轻寒,频探望,华林几树。思昨夜,一分新绿,二分红吐。未负今年芳径约,不辞日日湖边路。春朝来,暄暖入枝头,韶光住。　水清浅,香暗渡。霭客鬓,销魂处。渐游人去矣,夕阳红透。湖上波痕天地渺,笼烟待月黄昏后。有幽禽,飞去又飞来,花间舞。

浣溪沙

记踏春冰步月华。归来灯市兴犹奢,禁垣墙外是侬家。　　僻地人传灵佑境,高门车冷尚书衔。繁华梦断是无涯。

陌巷晴光小院门。纸窗当日映朝暾,春明景物总销魂。　　暗算填仓时节近,谁家杯盏荐鸡豚。痴情旧梦有新痕。

绾结同心海样盟。梁鸿今日是莺莺,玉台美眷董双成。　　浅黛轻鬟同对镜,协宫按吕坐调筝。宜家幸福重深情。

减字木兰花

题日本臼井武夫先生望燕书屋。

年年望燕,小院春风曾相见。记取曩时,太液波晴掠水飞。　　一从别后,衣带渐宽人渐瘦,白首天涯,柳絮慵拈说梦华。

减字木兰花

一九八五年十月十日于灌县南桥导江楼。

导江楼上,茗话凭栏闲眺望。踪迹秋情,又听南桥激浪声。 离堆卷雪,万木临波如箭发。风月人间,游客常思太守贤。

蝶恋花

《红楼》故事第二十五回:"恨面前有一株海棠花遮着,看不真切"句下《脂批》云:"此非隔花人远天涯近乎?"因演为小词。

昨夜苔莓经雨润,小院帘栊,睡起春犹困。欲折花枝慵整鬓,隔花人远天涯近。 蜂蝶不传眉际讯,冷绿甜红,各有相思分。万缕千丝成一瞬,古今独是情难问?

临江仙

《红楼》故事第二十五回:"便倚着房门出了一会神"句下"脂批"云:"所谓闲倚闺门吹柳絮是也。"因演为小词。

闲倚闺门吹柳絮,诗情送却残春。花光鸟语绿迎人,修篁千万个,稚笋破泥新。　　谑浪似知心事,相思争问兰因。可怜水月也疑真,今宵寻好梦,忽地起风尘。

月华清

读林文忠少穆、邓嶰翁清道光十九年中秋登沙角炮台绝顶"月华清"词,有感昔贤,依声步韵,以寄仰慕之忱,并应"林则徐二百周年诞辰纪念征诗"盛意。乙丑芒种后三日。

粤海波涛,浦江月色,风烟渺渺无际。岁岁年年,多少舳舻来此。靖妖氛,沙角抒怀,说遗恨,神州沉醉。前事,叹荷戈雪窟,冰天诗思,意气书生梦里。　　正酒逐东华,烛摇灯市。俯仰流光,剩得清词歌细。读遗文,想像平生,谱新句,夜窗难睡。初霁,又黄梅熟后。夏云千里。

水调歌头

丙寅中秋为红楼事于役正定古城。客馆晴窗寂静,向晚于新建之荣国府门前月下望大佛寺殿角,远方荒邱起伏,乃被拆毁之城墙遗迹,禾黍离离,秋风渐劲,感而赋此。

风月应无价,古郡过中秋。客窗冉冉晴意,绿树似云流。犹有蝉声乱耳,不识年华老去,此情总悠悠。箫鼓闹村社,瓜果佐杯筹。　晚凉生,冰轮涌,成清游。新来妆点,深深庭院入红楼。门外千年名刹,望里颓垣断阕,荒寒作沙丘。城郭无寻处,禾黍起离忧。

永遇乐

过西山麓曹雪芹著书处,春山四望,流水杂花,风景幽绝。黄叶秋深,寒毡雪后,宜想象之。

黄叶孤村,我来偏是春暮时候。四望青山,迎眉嫩绿,照映浑如绣。古槐陋巷,闲花野草,午韵消磨清昼。小门中,纸窗土炕,待赊两杯村酒。　　思量旧日,斯人幽独,蛩唱秋灯户牖。收拾繁华,惟余憔悴,风月随更漏。著书情远,柝声哀怨,文字漫留身后。任流水,年年绕屋,落红漾走。

风入松

杜宣先生五月初率中国作家代表团赴日本访问,赋此以赠。

白云碧海渡扶桑,五月闹春忙。游踪几度繁华地,芳情记,上野浮香。[①]寄语樱花莫笑,刘郎两鬓初霜。 瀛寰又续墨缘长,此意耐思量;相逢道是斯文重,"嘤鸣"句[②],仔细平章。将得诗情千斛,酿成醇醴千觞。

注:① 东京上野公园樱花最盛,惟五月中花期已过。旧闻有
  "五月樱"者,看花最晚,以为或尚可看。故有"上野浮香"
  句。写成后承杜宣同志见告,"五月樱"着花甚小,无樱花
  盛开时云蒸霞蔚之势矣。

  ②《诗经·小雅·伐木》:"嘤其鸣矣,求其友声。"

玉楼春

壬申二三月间，苦雨经月，寒意欺人。楼外花草，日在雨中。迎春早发，海棠迟开。未及观赏，已阑珊矣。清明后二日仍拥炉。依窗闲眺，怅然赋此。

阶前绿意怜芳草，冷雨凄然花独早。楼头整日锁春寒，燕子不来春讯渺。　　风情争似年时好，又被天公耽误了。凭窗漠漠暮云垂，花渐阑珊春渐老。

浣溪沙·京华别海上友人

四月春明处处花，相逢倾盖醉流霞，匆匆挥手又天涯。　　惆怅江南词客梦，相思海上驭风车，何时剪烛话京华。

金缕曲

慕庐学长来书，以屈处申江辗轲长苦辛之句相慰，填长调谢之。

莫说坎坷事，又江乡，目送春晚，落红流水。回首百年神州梦，只是纷纭乱世。争计算，人间生死？剩得青山堪放眼，幸小儒留命沧洲里。拾断烂，问青史。　　永嘉而后仓皇际。载诗书，浮家泛宅。烟波东指，海上月华怜旧色，岂似过江诸子？何处问，康成故里。待看云开花弄影，再杯酒细说雕虫技。师友义，感知己！

290

永遇乐

癸酉新秋客台北"中研院",传舍窗外咫尺即山径人家,林木葱茂,绿意照人,雨后更宜观赏。匆匆乞巧节近,行将回沪,感而赋此。

万绿临窗,微风驱暑,秋意几许?月色旧时,家山梦里,总是闲情绪。瓜棚豆舍,林间小径,看一阵黄昏雨。怎安排,今宵茶盏,客灯坐对无语。　　年年岁岁,思量何处,岂是天涯倦侣?有命如丝,惯经秦火。不写凄凉句。鹊桥银汉,长安故事,笑他痴心儿女。畅吟兴,浮云似水,我来又去。

鹧鸪天·为周退密先生题画

人海藏身无立锥，层楼幸得一枝栖。忽然展卷晴窗底，似读田园陶令辞。　　茅屋好，惹情思。岂真画饼可疗饥。于今四海为家日，便欲归时何处归？

千秋岁引

庚申农历七月七日席间留别诸老。

道是归来，还同逆旅。又别京华买车去。明岁重期先自计。休辞玉盏频频举。市楼情，白头老，永和趣。　　今夜鹊桥传嫁女，天上世间风月序。欲共诗翁唱金缕。莫唱江湖涸辙句。相逢尽是沧桑侣。好秋光，记翰墨，成余绪！

鹧鸪天

奉和庄一拂先生自题《白茅庵图》。

　　诛了茅庵讼昨非，不妨同异两忘机。水深徒作燃犀照，春浅难教社燕归。　　杯酒尽，夕阳微，直须看尽落花飞。江山自古无穷事，别有柴门静掩扉。

　　捡点浮生闻昨非，新词读罢欲忘机。如何秋老江南日，念破家山何处归？　　烟雨意，旧情微，诗心常共白云飞。残书幸得时遮眼，独卧楼头自掩扉。

水调歌头

为红楼电视,甲子于黄山太平,乙丑于成都灌县,丙寅于正定古郡,客中三过中秋。重阳前,镜头均已拍竣,导演王扶林兄来书索词。回思三年中为《红楼》同甘共苦,今幸而成功。惟分手在即,离情不免继之。故谱小词赠之。

三载月明夜,客里过中秋,新添华发双鬓,都是为《红楼》记得黄山云海,多少锦城秀色,千古说悠悠,收拾荧屏上,滋味在心头。　　访古郡,兴营造,拟公侯。荣宁府邸,深深庭院又勾留。宝黛痴情万种,阿凤繁华过眼,花落水东流。惜别情无限,"真假"似云浮。

满庭芳·题赠王扶林导演

甲子逢春,红楼旧梦,先生自是情亲。一天烟雨,佳节过吴门。依样葫芦景物,华灯照,疑假疑真。痴心在,东风欲舞,白发亦销魂。　　涕痕。知几许,葬花翠袖,修竹罗巾。把场面安排,妙手传神。莫负芹翁十载,谁记得,黄叶孤村。向空碧,银河万里,珍重问兰因?

摸鱼儿

立斜阳,废池嘉树,闲将风月评说,惜春光景,丁香花下,多少落英如雪。眉样月,蓦然见,一痕曾照残官阙。西山清绝。妩媚更无言,朝朝暮暮,相见应难别。　　前朝事,戎马倥偬火烈,霓裳顷刻消歇,雕云镂月开明镜,肠绮年华发。伤碧血,夜阑处,水边似听人呜咽。摩挲断碣剩未了情,寻思他日,再看野花发。

如梦令

一抹秀云眉上,妩媚更添娇样,记得嫁衣裳,笑语花枝深巷、惆怅!惆怅!飞入断肠罗网。

菩萨蛮

寒云淡抹天西北,揉蓝弄紫凝空碧。暝色入湖光,湖波烟水乡。　　数灯红似豆,明灭波光后。帆影忒迷曚,归舟梦寐中。

念奴娇

江天月色,正佳人翠袖,早春寒意。破晓轻车四露里,远树萧疏如荠。几缕炊烟,野塘沉碧,暖暖出墟里,一痕如许,玉钩帘外斜坠。　　日日湖畔行经,今朝难得,多少闲情致。应拍红牙歌曲子,换取新词清泪。大似当年,飘零柳七,误了浮名际。小园花讯,待看梅蕊开未?

蝶恋花

微雨轻烟今起早,过了端阳,犹有余寒俏。披个绒衫半臂罩,推窗独自闲凭眺。　　老去情怀莫自恼,道是无情,总是闲怀抱。雾里楼台望欲渺,江南夜话情真好!

浣溪沙

感旧怀人岁月赊,悠悠风月梦京华,小街院落问梁家。　　绿幕窗闲闻拍曲,红泥炉暖记烹茶,梅郎法绘妙无加。

扬州红楼宴词话

壬申立秋后二日,应《红楼梦》学会会长冯其庸教授、扬州市外办主任丁章华女士之邀,出席红楼宴学术研讨会。北京王利器、王世襄、周绍良诸先生均到会,雅会竹西佳处,且逢七夕佳节,主客情殷,四美二难,兼而有之,殊难得也。会后一周,世襄先生寄来红楼宴词《望江南》八首,讽诵之余,感奉和章十阕,用《望江南》原调,博海内外方家哂之。

红楼宴,盛会聚扬州,别后重逢人喜健,催诗刻烛兴方酣,新唱应无俦。

与北京诸老数年未见,利器先生已八秩高龄,自云每日仍工作十小时。世襄先生七八高龄,新游法归来,精神矍铄,老而弥健,盘桓数日,灯下话旧,至可感也。

红楼宴,说部梦扬州,盐政繁华思弱女,辞家日夜载新愁,涕泪且登舟。

如无《红楼梦》,便无红楼宴,而红楼人物扬州盐政爱女林黛玉自扬州登舟,故事渐入佳境,因之红楼宴亦宜创自扬州也。

红楼宴,饮馔誉扬州,四月银鲥传御赏,三秋紫蟹重高邮,名点富春收。

维扬菜久著盛名,清代鲥鱼,头网进御,地方官代为开赏,赏银多少,即开市价格。蟹重高邮湖者,六月嫩蟹称"六月黄"。晚近富春名点"三丁包"最著名。

红楼宴,杯酒话扬州,鸽蛋笑谈村姥姥,饼家犹记问兜兜,犯暑又重游。

余多次来扬,旧曾为酒家题壁,有"我如刘姥姥,题句愧村言"句,席间吃鸽蛋时笑谈及之。又扬州多狭巷,《扬州画舫录》记有巷名"兜兜",诗句"误入小巷是兜兜",记常带友人穿行小巷去富春吃茶。"兜兜"双关语也。

红楼宴,游胜爱扬州,城廓绿杨垂绿水,晚风新月入新秋,银汉望牵牛。

水路游扬州,由天宁寺御码头至平山堂,绿杨映水,风景绝佳。正乞巧后,银汉渡河时也。

红楼宴,塔影看扬州,廿四桥新联绿野,二分月好映船头,水路最清幽。

经虹桥、瘦西湖、五亭桥,过新修复之"二十四桥",一路白塔倒影,新月疏星,照映船头,折而西,绿野联绵,老柳瓜架,更饶野趣,十里水程,情趣无限。

红楼宴,同客古扬州,旨酒嘉肴香色味,清谈画舫棹声柔,三日小勾留。

留扬州三日,每日红楼饮宴,品尝研讨之外,即乘画舫游湖,畅谈论艺,十分尽兴。

红楼宴,人物重扬州,绮梦三生怜杜牧,丹青八怪名千秋,今日更风流。

扬州人物鼎盛,自古已然,于今更著。扬州中学,二三十年代,即全国闻名。毕业生几乎全考入清华、北大、交大等校。

红楼宴,史志记扬州,汉墓唐城观旧制,隋堤宋渡计新筹,天地感悠悠。

新建汉广陵王墓展馆,是"黄肠题凑"旧制,唐城亦已整修。西连河堤畔、瓜洲古渡边正建新楼,天地悠悠,新扬州方兴未艾也。

红楼宴,连袂过扬州,日下轻车锦缆路,碧波唤渡大江浮,挥手别瓜洲。

去时经南京,离扬州由瓜洲渡江至镇江回沪,均与王世襄学长同车。轮渡过江时,下车望扬子烟水茫茫,挥手又别瓜洲渡矣。

附记：

　　世襄先生《红楼宴忆江南》原唱，手书照相版已在《明报》刊出。世襄先生家世清华，为清末状元王仁堪殿撰曾孙，舅氏为近代词人郭啸麓（则沄）。

苏园花事词

　　北京苏园，为清末福建人陈璧之园林。陈氏字玉苍，号苏园，光绪初进士，庚子时，留北京，以御史巡城，后放顺天府府尹。庚子时，正阳门城楼及箭楼被焚，西太后那拉氏回銮后，重建箭楼等工程，及修缮东、西陵，兴建五城学堂等工程，均陈氏主其事。光绪末叶，创建新政，清政府设邮传部，主管路、航、邮、电四新政，陈玉苍曾任邮传部尚书，若梁士诒、叶恭绰等，及后之所谓交通系者，均其门下士，奉之为大宗主也。宣统元年为御史所参，以贪婪罢，并勒不得在京居住。《清史稿·宣统本纪》元年正月记云："乙亥，陈璧被劾，罢。以徐世昌为邮传部尚书。"实则清末官吏，无不贪婪者，奈何惟罢一陈氏，盖另有原因也。番禺叶誉虎（恭绰）氏《陈玉苍尚书奏议序》云："尚书一生治事精练，卒以孤直寡合失职以去，其是非久而始白。"其代梁士诒所撰《陈玉苍尚书七十寿序》云："邮传一部，尤始终无是非曲直之可言，公则更为受抑之最酷者。"于叶氏文中，可稍见端倪，即邮传一部，实为贪污之金窟，众目睽睽，均思染指，陈氏之罢，盖由于倾轧耳。陈氏罢后，即出京，乔寓于苏州，辛亥后，回京，于苏园中作遗老、寓公，一九二八年去世。

　　苏园乃陈氏庚子后营建之园林，在西华门外皇城根礼王府南，园中花竹扶疏，林木葱郁，多有二三百年以上之旧物，考其地乃明、清以来"灵济宫"之旧址也。刘侗《帝京景物略》云：皇城西，古木深林，春峨峨，夏幽幽，秋冬岑岑柯柯，无风风声，无日日

302

色,中有碧瓦黄甍,时脊时角者,灵济宫也。永乐十五年,文皇帝有疾,梦二真人授药,疾顿瘳,乃敕建宫祀……像机胎……撼之动巍巍,取福州原像也。蒋一葵《长安客话》所记同此,盖北京之灵济宫乃仿福州之灵济宫所建者。庚子后,其旧址早经荒芜,闽人显宦京师第宅多建于此,其南即陈宝琛氏第宅焉。余幼时卜居于苏园者十有四载,对苏园之四时花事,百年乔木,有故旧之感,思之历历如昨日。因略述如右并成俚词《望江南》四十阕,以纪其事,名曰《苏园花事词》,稍法李格非氏《洛阳名园记》之体例,着重记花事、树木、点景布置等,不惟保存旧时北京私人园林第宅的资料、掌故,或亦可供园林艺术工作者之参考。

一

苏园忆,客梦十三年,此日思量怜我老,昔时风物倩谁传,花月是云烟。

余于乙亥岁初春随先人卜宅苏园,赁小屋四楹而居,时方十余龄耳。迨园为政府收购时迁出,前后凡历十三四寒暑。回忆初入园时情景,已属四十五年前旧事矣。昔日儿童,今惭老大;曩时花月,岂是云烟?因一一志之,用存首都之花事史实,园林掌故耳。

二

苏园忆,筑向帝城西,灵境宫前车马去,西华门外夕阳低,燕子认乌衣。

苏园位于外西华门南,面皇城而居,即所谓"皇城根"也。园北隔巷为清代礼王府,南邻乃溥仪师傅闽侯陈宝琛宅,即所谓"太傅门第"也。再南街名灵境胡同,其左近皆明代灵济宫之旧址,即刘同人《帝京景物略》所谓"皇城西,古木深林,春峨峨,夏幽幽"者是也。

三

苏园忆,最忆是花时,桃李芳菲梅蕊细,丁香绰约牡丹肥,四月绣成围。

园分内外二部,其外园偏西为住宅,偏东十余亩,乃二门内外,均广植花木,尽为园林。二门内之东北角,为内园。园约二十余亩,有假山、亭榭、小桥、曲涧之胜,花木葱茂,年年花事,由三月末次第开放,至四月中,则成锦绣围矣。

四

苏园忆,初识小桃红,一样花开尔独早,冲寒先喜醉春风,迎客记头功。

燕地寒,户外无梅,花期最早者为山桃华。即《燕台新月令二月》条所谓:"是月也,鸡糕祀日,山桃华"也。苏园二门前一株,高约丈许,斜枝旁出,稍侵檐际,年年作花,独占群芳之先。忆余于乙亥初入园时,为农历四月初三,路上春风黄土,一无可观,车入大门后,于疏林老树间,稍一转弯,忽睹此花烂如云霞,顿觉京华春色，拍人襟袖，精神为之大爽矣。时余尚在童稚，今日思之，情景历历如昨，不知此花仍无恙否？念念！

五

苏园忆，红杏占春先，岂让梅花夸绝代，欲偕松侣结良缘，六月可尝鲜。

昔时都门看杏花，以阜城门外摩诃庵为最。《燕都杂咏》注云："阜城门外摩诃庵，杏花极盛，人多载酒往游。"苏园之杏花亦盛，共约十余株，均高两丈余，盖亦近百年之老物也。杏林在内园进门处白皮松之左侧，占地不足亩许。都下花事，红杏着花亦早，结果尤佳，六月即红实累累矣。儿童争以先尝为快，盖都下俗谚，所谓"六月鲜"也。

六

苏园忆，几树海棠红，春日繁华夸锦绣，秋来佳实满筥笼，格调女儿风。

首都昔时最重海棠，潘荣陛《帝京岁时纪胜》云："曰西府，曰铁梗，曰垂丝，海棠之妙，韦公寺，慈恩寺，可谓甲于天下矣。"苏园中海棠甚多，其最佳者为内园花庭前左右分植之二株，均高近两丈，枝叶繁茂，复荫数丈地。花时烂若云霞，皆深色，花每簇皆数朵，细丝下垂，真所谓垂丝海棠也。秋日垂实累累，枝柯几为之折。余在京师多年，私家园林，所见亦仅此二株耳。

七

　　苏园忆,一架紫藤时,堪与丁香称姐妹,风情应记少游词,此物亦相思。

　　紫藤亦都门掌故花,清代吏部之古藤,海泊寺街古藤书屋之古藤,均为风流故事,朱竹垞移居诗所谓"不道衰公无倚著,藤花又让别人看",即海泊寺街古藤书屋之藤花也。苏园藤花二架,在内园之西南,傍前院正屋后檐作架,架下以杂色石子铺地,花时紫光照耀,夏日浓阴斑驳,屋之后墙,均开有落地长窗,纱窗幽户,日暖蜂喧,有西洋风,盖此屋主人,为法国巴黎大学艺术博士陈伯早教授绵,其夫人法国籍也。

八

　　苏园忆,花事一春忙,三月缤纷连四月,白丁香间紫丁香,林木尽芬芳。

　　苏园一春花事,以丁香、榆叶梅为最,盖种植最多故也。大门内正路两侧,二门内正路两侧,均为花木林带,杂种白丁香、紫丁香及榆叶梅,丛丛簇簇,不下百数十株。花时如白云紫雾,雪树香海。昔时首都丁香,以稷园胜,以宣南法源寺胜,苏园亦差堪仿佛,惜知之者少耳。

306

九

苏园忆,聊代横斜枝,榆叶还如梅蕊嫩,单双红白闹春时,艳色重胭脂。

苏园中榆叶梅亦多,与丁香等。有单瓣、双瓣之分。双瓣者大类扶桑樱花。叶如榆,于四月初嫩叶吐芽时着花,花色有粉红、深粉红二三种,花期与丁香次第开放。苏园双瓣、深粉红者独多,九十春光,凭尔点缀,亦花中之劲旅也。

十

苏园忆,一品玉堂花,魏紫姚黄开次第,娇红软绿委泥沙,谁更惜春华。

首都旧时牡丹甚多,花时并不贵重。康熙时黎士弘《燕京四月歌》云:"牡丹四月贱如蒉,十五青铜买两枝,"可以想见其至为普通也。晚近首都牡丹最著称者为宣南之崇效寺,即唐代之枣花寺也。其后中山公园之牡丹,亦盛称于时。苏园无牡丹圃,由内园门至正花庭正路两旁,牡丹与芍药间隔种植,有数十丛,多为魏紫重瓣者,花时甜香四溢,蝶闹蜂喧,亦极一时之盛。惟居停主人之后人,多不事家人生产,不知爱惜物力,视花木如荆苏,不惟不勤加护持,且任意摧残柯伐,十余年间,尽作泥沙矣。

十 一

苏园忆,芍药重都城,日暖芳郊拾翠梦,春深小巷卖花声,婉转似啼莺。

《一岁货声·四月》云:"芍药来,杨妃来,赛牡丹来,芍药花……"注云:"杨妃、傻白、干叶莲、南红。"首都四月中,芍药开时,卖花者芍药最多,"杨妃"等,皆芍药花名也。苏园内园正路两侧之芍药,亦有十数丛,牡丹谢后,芍药正值烂漫之时,所谓"殿春花"也。然都下冬日天寒,节令较晚,实际芍药大放,已在夏初,较之江南,可晚半月左右。苏园牡丹,后被摧残殆尽,芍药草本年年发芽,因之独让芍药烂漫春光矣。

十 二

苏园忆,一树马缨花,别有芬芳闲态度,不与桃李斗繁华,风韵总堪夸。

马缨花,又名夜合花,俗名绒花,不为园林所重,然自有一种清闲态度,闺阁风情,前人诗云:"门前一树马缨花",盖亦善写儿女情趣者。苏园内园门外左侧,有马缨花一株,枝叶出短墙之上,旁无其他花树,只老槐一株耳。作花时疏疏淡淡,闲闲雅雅,不与园内桃李为伍,亦别有姿态者。

十 三

苏园忆,玫瑰亦宜人,几簇甜香蜂作阵,一帘舞韵燕来频,卖饼唤尝新。

刘同人《燕京岁时记》云:"玫瑰,其色紫润,甜香可人,闺阁多爱之。四月花开时,沿街唤卖,其韵悠扬,晨起听之,最为有味。"其唤卖声,即《一岁货声》中所载:"花儿呀,玫瑰花呀,抓玫瑰瓣呀!"盖都下亦颇重玫瑰也。苏园玫瑰杂植井台旁,不多,只数丛耳,不为人所重,直与草莽等,花时极为烂漫,真为野玫瑰也。京都旧时,饼家于端五前制"翻毛五毒饼"应市,其馅有"藤萝饼"、"玫瑰饼",即以藤萝花、玫瑰花所制者,昔时如前门大街正明斋、西单牌楼毓美斋均极著称。

十 四

苏园忆,如火看红榴,节近端阳堆角黍,盆栽花树亦风流,小院最清幽。

首都旧时有"天棚、鱼缸、石榴树"之谚语,盖四合小院中之花木,石榴树、夹竹桃最为普通。苏园外园、内园并所有房舍,有数十亩之广,自非四合小院所能比拟。然石榴树亦均系盆栽,非种于地上者。闲置于花庭前,然园中花木众多,石榴树更不为人所重,不数年后,均荡然无存矣。

十　五

苏园忆，最忆夏初长，屋后洋槐白似雪，门前柳絮乱如狂，帘幕入清香。

洋槐花白色，累累成串，状如藤萝花，香味馥，亦初夏之佳花也。且树大阴多，极易成长，故都下之街道，昔时多种之。苏园杂树中，洋槐最多，内园、外园之引路，在在皆是，着花时一院清香，穿帘入幕；且园中道路，多仗其遮荫，亦花中之香使，花径之功臣也。

十　六

苏园忆，枣树实堪夸，最爱秋深红半树，常思春暮小幽花，何必说郎家。

内园西墙内，南北约长二十余丈，宽约两丈余，植枣树数十株，葱郁成林，枝叶杈枒，半出墙外，树下乱草丛生，瓦砾狼藉，人迹罕到，春日幽花，向不为人所重，惟秋日朱实累累，斑驳满树，引得儿童"一日上树千百回"矣。都下昔时最重永定门外郎家园脆枣（另有一郎家园在建国门外）。苏园所产，亦甜香脆三者俱佳，不下于郎家园也。枣树春日作淡淡小花，蜜蜂采之，酿蜜，即所谓枣花蜜也。

十 七

　　苏园忆,点缀是新秋,楸叶迎凉成故事,繁花微雨记风流,嘉树孰堪俦。

　　《酌中志》云:"立秋之日戴楸叶,吃莲蓬、藕、晒伏酱,赏茉莉、栀子、兰、芙蓉等花。"按楸树春末作花,花淡红色,都人不重花而重叶,盖因有戴楸叶之故事也。都门楸树昔时最著名者为宣南崇效寺者,乃二百余年前之老物也。苏园二门内,正院庭前左右二株楸树,均高三丈余,亭亭如盖,至为华瞻,亦百年以上物也。

十 八

　　苏园忆,窗外最清幽,炎暑犹蒸蝉恋树,露华初坠看牵牛,深巷卖鸡头。

　　一年容易,转瞬秋临,方炎暑稍退,嫩凉初生,苏园花事,渐次凋零,于时朝阳在树,夜露未干,金风满架,牵牛始花,幽窗人静,遥闻深巷卖鲜菱、鲜鸡头之市声,正双星渡河之期,什刹海荷花市场之季也。苏园牵牛花,于假山石壁处,在在皆是,并无人种植,年年自生自灭,盖秋日花籽爆裂,落入土中,来岁便又生长矣。紫者多,淡蓝者少。白石老人诗云:"种得牵牛如碗大,三年无梦到梅家。"苏园牵牛岂逊梅家耶? 惜白石翁未见耳。

十　九

苏园忆,秋老菊肥时,狼藉平林黄叶乱,萧疏高树白云飞,谁更向东篱。

首都秋日称菊花曰"九花",盖以花期为九月,及重阳故也。苏园旧有菊畦,后皆荒芜,秋光老去,惟剩满园黄叶矣。内园假山石径间,落叶狼藉,盈阶盈除,沿石磴而上,望林木挺向晴空,有刺破青天之势,白云来去,朵朵欲坠,登眺极萧疏、廖廓之至,使人神为之爽,气为之舒,思为之渺渺,忘身之所在也。别后,于园林中,此种情景,惟于吴下拙政园中见之,他处未遇也。

二　十

苏园忆,十月小阳春,偶有夭桃四五朵,凭它点缀两三分,此意亦怜人。

首都俗谚称十月曰"小阳春",盖土润气和,秋末冬初最好也。遇有气候温暖之年,山桃花于枝梢返青,偶开三五朵,点缀于暖日中,亦甚怜人。惟非每年如此,亦只山桃花如此,其他花木则无此态度矣。

二十一

苏园忆,大树不知年,莫向寒松询岁月,老槐郁郁势参天,灵济说从前。

营建园林,最难得者为百年以上老树,因其非人力所能致也。苏园中有古槐数株,二门外偏北,有古槐二株,左右对植,如古寺庙门前者,高约数丈,粗约数围。内园门外偏西倚墙一株古槐,树身西斜、亦高数丈。内园假山、及西南隅各有一株,其高、其粗与二门外者均仿佛。均属未有苏园前之老物也。谚云:"千年松,万年柏,顶不住老槐歇一歇。"盖槐树之树龄,较之松柏,尤为持久也。苏园数株老槐,均有入云之势,其树龄均在二三百年以上,考其渊源,似属灵济宫之旧物也。二门外偏北二株,据当年参与建造斯园之老者言:庚子前此处原有一荒废多年之破庙,二株古槐乃庙门前物。建园时将庙产亦并入园中,古槐亦入园中,均属巧取豪夺之物也。

二十二

苏园忆,最忆是苍松,倚石盘桓容啸傲,迎门青翠见笼葱,皮白与皮红。

都下园林中松树,有红皮、白皮二种。白皮者俗名"白皮松",树干白色,龙鳞片片,配以苍绿松针,最为宜人,香山道中多见之。苏园内园进门处,左右分植各一株白皮松,均高约三丈,作圆盖形,虽未成凌云之势,亦十分可观也。另园之西部,大假山下草地间,有二赤松,散植草坪间,势均倾斜,旁无杂树,更觉孤高。松下布石桌、石凳,可以小憩,月夜坐石凳上,万籁俱寂,望松间明月,不尽松风明月之趣,虽居日下,如在山林,布置点缀,均极见建园者之匠心也。

二十三

　　苏园忆,翠柏密成林,一路苍苍连曲径,四时郁郁气萧森,不尽岁寒心。

　　都下柏树,常见者亦有二种,为扁柏与刺柏。苏园进二门,折而北,为入内园正路,路之西,先为林,后为球场,路沿球场东侧墙下行,如不予布置,则球场短垣暴露无遗,一无可观也。建园者因沿路植刺柏,状类云杉,均高二丈余,苍苍莽莽,蔚然成林。遥望不尽深邃之感,近临不尽曲折之致,使园门隐藏于林莽、苍翠深处,此亦建园时之着意经营处。另内园大假山西涧有一百年以上老柏,为扁柏,横卧于石涧上,斜傍下山之路,只此一柏,便使人工石涧不尽丘壑之势,似此老柏,本无法移植,盖亦建园之前旧物,在于建园者善于相势利用,明人计成所著《园冶》一书,首重"相势",如何运用旧物,亦相势之一也。

二十四

　　苏园忆,有树上青霄。修杆直冲群木上,白云时挂嫩凉梢,小叶亦萧萧。

　　杨树有钻天杨、白杨二种,向不为园林所重。所谓"白杨萧萧",盖实蒿莱坟墓间树木也。然园林间偶有一植之,亦有干云之势。苏园有小叶钻天杨一株,高有五丈余,盖亦建园前之旧

314

物。在二门内正路右侧林木中，其旁皆为洋槐、丁香、榆叶梅、刺柏等树木，丛丛莽莽，高者亦不过两丈余，独此杨树，遥望直入青云，近仰似觉高不可测，大有鹤立鸡群之势。枝皆向上，抱干而生，叶小而密，无风时亦萧萧作响。园中只此一株，志之以示不忘。

二十五

苏园忆，绿竹两三丛，莫道此君燕地少，辛勤培植亦葱葱，朗月弄清风。

都下冬日天寒，南中花木，均不易培植。于竹，则只能艺小竹、丛竹，若越中莫干山、剡溪等处之毛竹，则无法培植矣。苏园中有数丛竹，于花庭后东北墙下一丛，于小假山下南向处一丛，均极葱茂。尤以花庭后一，隔窗可见，当清风明月之夕，可于室中看竹间月色，清影摇曳于围墙上，此时则万不宜张灯笼烛也。

二十六

苏园忆，四月柳飞绵，红杏墙垣飞蛱蝶，绿杨庭院看秋千，往事记童年。

苏园布置，于点景处均着意经营，由内园门至花庭之正路，约长三十余步。路之左于房屋院墙外，皆种红杏。路之右，过花畦有隙地，成正长方形，用短树为篱，与花畦隔开，中间留门，有小引路通正路，门内又成院落，三面皆墙，北墙外为他人房舍，南墙外为居停之家祠,东墙外即街也。墙上皆为长春藤,即俗名"爬山虎"者爬满,隙地中置一凉亭,凉亭南数株高柳,凉亭北一架秋千,即所谓"绿杨楼外出秋千"也。童时日日嬉戏于此,不识建园者之匠心。今日思之,颇觉建园时善于利用隙地,着意妆点也。

二十七

苏园忆,次第记禽言,黄鹂声柔春正好,寒鸦噪晚雪满园,燕语待华轩。

苏园林木丛生,绿稠叶密,好鸟时鸣,一岁之禽言,可纪者多矣。《燕京岁时记》云:"四月末,花事将阑,易增惆怅,惟柳阴中莺声婉转,如鼓笙簧,殊有斗酒双柑之乐。"苏园黄鹂声,亦大可听,此外布谷亦多。另有不知名之小鸟,亦不知几何。曾记于二门边林木暗处,小柴房中,捕捉一误入房中之小鸟,翠羽、蓝凤头,较麻雀犹小,童年时亦不知为何鸟,事历历如昨日也。至若岁聿云暮,雪满园林,斯时则好鸟全无,惟有寒鸦噪晚耳。苏园大树多,鸦亦多,冬日于权桠老树颠,看寒鸦丛集,树枝高处,均有鸦巢。庚子时某公有句云:"帝子不归秋又至,乱鸦如叶拍官墙",亦善状荒寒之景物者。惟斯时亦至残腊之候,即将大地春回,华轩待燕矣。

二十八

苏园忆,炎暑亦清秋。午梦回时蝉在树,断虹明处雨初收,入眼绿如流。

苏园林木深邃,虽炎夏之季,亦全无暑意,园中一派绿阴,无一处不是清凉世界也。尤其伏天雨后,林木绿如新浴,蝉声断续,垂虹明灭,全是清秋光景。

二十九

苏园忆,少个小池塘。雨后居然成积潦,风光顿作水云乡,林木似荷香。

都门私家园林,唯一难致者为水,而水又为园林第一要义,不知引泉一脉,则不足以语冶园。而一脉清泉,又难随意取得。在江南掘地三尺,即可自然成池沼,都门土层高厚,实不易致也。苏园内园大假山旁有石洞,有一小池,可引泉一脉,惟所靠者为车井水,昔年盛时,有老马、水车、日日车水灌园,后均荒废。小池亦干涸久矣。惟旧日之设想十分周到,老马、水车、流水、斜阳、苗圃、花畦,置景至为协调,其车水时咿呀声调,亦极为入耳。惜现代之冶园者,不识景物之协调,但知使用机动设备,徒使空气污浊耳。苏园雨后,积水成潦,亦稍具烟水气也。

三 十

苏园忆,筑就假山功,气脉纵无华岳势,莽苍也近米家风,不作巧玲珑。

苏园内园中有假山二,其小者在花庭之西,约当园正中处,高约二丈,为圆形,上建一亭,山前有石阶直达山颠,可以眺望全园、山之四周杂植树木,无大者。石阶两侧,有二龙爪槐,颇婆娑可爱。其大假山在园之偏西部,由山之东北隅沿石阶而上,上至丈余高之后,即平坦,方广有十余丈,有老槐三四株,均百年以上物,直入苍穹,其山均为槐阴所覆。树下有石凳二三,供休憩焉。登山处,树石笋数事,以资点缀。由坦处西南行沿石阶即可下山,石阶皆青片石堆成,取其自然之势。山不高、不广、不精、不曲折,一般园林家惟知堆石成山,全不思利用树木,山如有石无木,直"石供"耳,岂成苍苍莽莽之山乎?苏园之山,土多于石,石亦一般青石、黄石,世所谓太湖石者,无有也。其可取者,全在山上数株老槐及茂草丛生增加其气势耳。因思治园艺假山者,首在植树及养草,草不须锄艾,越杂越深越佳,如勤于锄草,则弄巧成拙,致使牛山汲汲,全无天然林莽之趣矣。

三十一

　　苏园忆,略约小山连,断处欲拟濠濮涧,引泉叠石作苍岩,薜荔照人寒。

"略约",小桥也。大假山沿北面西行,得一石板小桥,过桥折而南,亦可迤逦下山,不过十数步耳。桥下以青山叠成山涧形,向南曲折而去,石隙偏种薜荔、长春藤之类,涧之左侧,即生长古柏处,古柏斜卧涧上,老干枝叶与薜荔等缠绕,更得苍寒之势。过小桥沿石涧下山,即至西山麓,有一古井,井口广宽约丈许,盖即昔年装水车车水之处也。车水入小池,顺石涧蜿蜒流出,至山前草地一大池中,此即苏园中水之经营匠心也。井西杂树丛生,直抵园之西墙,墙外亦通街矣。

三十二

苏园忆,小厦未题名,三正两耳花绕屋,前廊后牖绿宜人,幽韵少书声。

苏园,进内园门,迎面先横植数株刺柏,以障视线。转过绿屏障,以左右二株白果松为准绳,一条丈余宽之正路,以石子与方砖铺作引路,直达花厅前,此内园全园之正屋,十分华瞻也。厅之建筑为三正、两耳之格式,中间三间正屋,为筒瓦、元宝脊,前出廊,廊下及前阶两侧均散置山石,石畔并种草花。正房三楹前后均有大窗,于廊间亦可洞视屋后。两耳房均有门通屋后院落。屋后有花架、竹丛、石桌、瓷蹲等,极幽雅之致。惜无匾额,更无联语抱柱,未免美中不足耳。

三十三

苏园忆,草地作排场,院本更无显祖梦,新声尽作入时腔,风软动衣香。

大假山南麓,松树下有草地一片,亦有石桌、石凳,布置十分得体。草上可坐、可卧,除春季特有之黄风天外,四季皆宜。居停主人房份较多,其六房陈绵博士,乃著名之导演,旧有中国旅行剧团"保姆"之称,于春秋佳日,皆在此处排戏,海内知名之戏剧界人士,如唐槐秋、唐若青、石挥等,当年皆为苏园之座上客,均曾于此处草地上日日排戏者也。

三十四

　　苏园忆,古道傍皇城,败堞颓垣斜照里,破车疲马乱铃声,老骥听长鸣。

　　苏园东墙外,即皇城城垣。旧时紫禁城外又有皇城,皇城城门,东为东安门,西为西安门,俗称外西华门,以别于紫禁城之西华门也。皇城墙垣,不同于紫禁城,高不过丈余,红墙上覆黄琉璃瓦。西皇城根之皇城拆除时,未全部拆去,留有墙之里面一半,拆后亦未重新修整,因之余下部分犬牙交错,凹凸不平,墙下为大车道,当时老式铁轮大车,已不能走马路,只能沿各泥路大车道行走,因之苏园东墙外,大车辘辘声,终日不断,萧萧马鸣,于墙内听马嘶声,亦别有情味也。

三十五

　　苏园忆,花窖与花畦,惆怅昔时锦绣地,颓垣空对燕衔泥,瓦砾日迟迟。

　　由小假山西侧,循林木北行,至园之东北隅,有花畦,约一二亩。畦北有唐花暖室数楹,即所谓花窖或"花洞子"是也。旧日有莳花老人,日司其事。花畦中亦极为缤纷也。后老人去,其花窖与花畦均废。暖室中原有盆花数百,其后花房倾颓,盆花均枯死,再而后花盆亦均变为瓦砾矣。豪门罪孽,作践人力、物力,所谓取之尽锱铢,弃之如泥沙,良可叹也。

三十六

苏园忆,寒夜数残更,昏黯小窗皆雪意,动摇老屋是风声,敧枕待天明。

余家于苏园中卜室而居,所赁者乃后院之群房小屋,屋后即内园之西部,老槐参天,隆冬之季,耿耿寒夜,风藉树势,树助风声,震撼老屋,倚枕听之,惊心动魄。尤以日寇侵略之时,古城岁暮,老屋昏黯,正志士枕戈之时,黔黎待旦之候也。

三十七

苏园忆,入腊雪飞花,庭院顿成银世界,疏林全是玉龙蛇,风物叹豪奢。

苏园居停正宅,位于全园之西部,由二门沿正路前行,约数十步,得一开阔地带,盖停车马处也。其西即为正院,房屋皆作泰西式,绮窗东向,高屋联绵,有十数楹,冬日雪后,楼台高下,绮窗明灭,林木玲珑如玉,一派豪门奢华气象也。

三十八

苏园忆,腊尽草初生,厂甸归来添兴致,牵丝引线放风筝,沙雁入云轻。

苏园二门内,夹路俱为花木丛林,丛林之北,有空地颇敞,可作球戏。年年于腊尽春回,院中儿童于厂甸归来,买来风筝,多于此处放之。沙雁者,风筝之一种也。沈太侔《春明采风志》云:"风筝摊,即纸鸢也。常行沙雁,一尺以至丈二,折竹结架,作燕飞式,纸糊,绘青蓝色。"苏园儿童,于厂甸市上,多买"哈记"风筝。"哈记",俗称"哈爸风筝"。按哈姓,乃回民,"哈爸"者,回民之尊称也。世业制造风筝,家传风筝谱《南鹞北鸢考工志》一书,据传为曹雪芹所著。

三十九

苏园忆,终日少人来,野草闲花春管领,青松翠竹月栽培,风雨漫相催。

苏园年月日久,荒芜日甚,最后十数年中,处于无人过问之状态中,花木半为园中人伐而为薪,荒草丛生,落叶当道,一派荒凉矣。当初经之营之,尽属民脂民膏;及其衰也败也,后为颓垣瓦砾,前后不过五十年光景也。《桃花扇》所谓"眼见他起朱楼,眼见他宴宾客,眼见他楼塌了",亦可为苏园咏矣。

四 十

苏园忆,兴废漫须嗟,试读宋人李氏记,洛阳当日满城花,掌故志京华。

旧时官僚园亭,岂有足记者乎?曰:有之。其一,用存京华之掌故,用存园亭之史实也;其二,用识豪门之奢侈,用识官僚之腐败也;其三,用记京华之花木,用知京华之美好也;其四,用记园亭之布置,用知园冶之工艺也。有此四者,岂可不记乎?昔李格非之《洛阳名园记》,记宋时洛阳名园,如郑富国等园之风物,千秋之下,犹存洛阳故事,亦园林史之名著也。今我辈安敢希侪昔贤,如能稍存京华之掌故,聊供园冶家之参考,亦幸甚矣。

百年梨园沧桑词话

前　言

　　最近电视上播放京剧大会，看了之后，感慨颇多。白天无事，许多有关京戏的记忆，久久不能忘怀。一时又不能样样都写成文章，这样便施展旧文人的故技，补缀为韵语，三两天之内，便写了二十多首。都用最普通的小令《浣溪沙》表现之，又将词中内容约略写在后面，是谓之"本事"，名曰《百年梨园沧桑词话》，近现代这种写法是很多的。著名的如王小航的《方家园纪事诗》、叶昌炽的《藏书纪事诗》、伦哲如的《辛亥以来藏书纪事诗》，不过这些都是绝句。而我用六句的小令，较灵活些，自然平仄音韵还是依谱的，不以规矩不能成方圆嘛。邓拓先生有句名言："填《满江红》又不按谱，那就叫满江黑好了……"不过写短文不宜枝蔓，闲话少说，还说我的《梨园词话》。老实说，我很惭愧，因为我对京戏说来是大外行。第一是我太笨，不辨五音，在大一时，一位女同学教我唱戏，"来在他国用目看，他国我国不一般……"四句唱教了半年也未学会，她只能叹口气，再不教我了。第二是少年、青年能有兴致听戏时，一直犯穷，买不起票，只能听蹭戏，又不能天天厚着脸去蹭，只是偶一为之，所以听戏很少，所知实在有限。第三也奇怪，怕大锣大鼓，在前台坐不住，有时宁可到后台闲坐看热闹，也不愿坐在前台看戏。因此三点，所以我一句戏也唱不来，在上海四十多年，人家都说我是假北京人，哪有真北京人不会唱两句"一马离了西凉界"、"苏三离了洪洞县"呢？不懂就是不懂，不能装懂，这是革命的教导，因而我几十年来，写有关北京回忆文章，极少说到京戏。这次忽然想到写《梨园词话》，自然也还不是投机取巧，以假行家冒充真行家，而实在是有感于俯仰之间，皆成陈迹，只就京剧而言，百年来变化太大了。而且又是与社会文化基础、群众时尚爱好以及其他多方面都有关系的。因而产生感慨。再有我幼年生长山乡，看惯野台戏，"爱文双官诰，爱武蚰蜡庙，半文半武三上轿"，京剧、梆子内容一样，北京所有生旦名角的戏，除少数新编者外，大多我都熟悉内容，知道故事。在京连续生活近二十年，自"七七"战前，直到解放后，由富连成小孩穿着棉袍子，排队自虎坊桥到肉市广德楼上园子，直到四小名旦成名，李世芳不幸空难，有的都见过、经历过。认识不少有关京剧、梨园行内行外的朋友。又听过不少故事，看过不少书，有各种历史常识，这样就有了话旧吹牛的资本。与我分不清西皮二黄、黑头花脸则全然无关也。

中国是历史古国，一提什么，都能追溯到千年以上，说到戏剧起源，王国维先生说到宋元，任二北先生追溯更早，厚厚的《唐戏弄》，戏剧史又提前几百年。老先生们治学严谨，争论有据且不去管他。但只说京戏，自四大徽班进京，西皮二黄风靡都下，也不过二百年。而其鼎盛则在上世纪末及本世纪前期。到世纪中后，已日渐式微。在此之前，北京自然是昆曲的一统天下。《红楼梦》所写的戏不都是南戏吗？世纪初皮黄盛时，也还给昆曲留一席之地。夏枝巢老人是戊戌年（一八九八）晋京的。其名著《旧京琐记》中记云："其时各园于中轴前必有昆剧一出，而听曲者每厌闻之……"其时昆曲地位，可以想见。但其时皮黄也非完全一统天下,同书又记云:"清末秦腔盛行,促节繁弦,哀思噍杀,真亡国之音矣。"其他梨园掌故书,有同样记载者颇多,短文不一一征引了。但梆子虽一时拥有不少红过半边天的十三旦、鲜灵芝、杨翠喜、刘喜奎等名角,终不能取代皮黄。自然昆剧当年虽有韩世昌、白云生等名优,也只是不绝如缕,直到现在,也始终敌不过皮黄,听众很少。

京剧的鼎行,皮黄的风靡一时,历久不衰,自有多种原因。一是其本身的表现,比之昆剧的文雅深奥、细腻严格,较为通俗、活泼。比之梆子的高亢苍凉、粗野繁急又宛转、甜美。做功也既不太文,又不过粗,大方潇洒,因而为更多的听众接受。早期皮黄演员,都先唱梆子,再学昆曲,所谓昆乱不挡,功夫都过得硬。本子传统剧目基本上都与梆子一样,因而皮黄名伶极易吸收和发挥昆剧和梆子的长处,更丰富了皮黄本身。二是客观上政治、文化和群众的作用。中国戏与中国五千年历史、儒家道德标准忠、孝、节、义紧密联系在一起的。清代末年的宫廷重视,西太后那拉氏的喜好京剧,升平署传外班进宫供奉演唱,大大地提高了皮黄艺人的政治身份,在王公贵戚之间,掀起了一个极为广泛的如痴如醉的迷恋京剧的风尚。听戏、学戏、走票、下海,其间不知出多少名角。辛亥之后,又出现了数不清的捧角家,由白发遗老诗人,到军阀纠纠武夫;由留洋新贵,到各路财神;由贵公子大少,到裙屐才子;由名闺少妇,到"四大金刚"各胡同红倌人……莫不捧着大把洋钱,洒向红毹场上,捧他们要捧的角儿。郁达夫名句:"江山也仗才人捧"嘛,何况演员?而且这些人有钱、有闲、真懂戏,不少还有深厚旧学基础,名角身后,各有一帮实力派捧角家,还有数不清一群小报记者,然后才是一般广大听众。

京戏是扎根在中国历史和中国传统旧文化的土壤上的。三十年代中期，京剧后起之秀富连成"盛、世、元、音"四科，戏剧学校"德、和、金、玉、永"五科，风靡文化古城，再加当时科学已渐进步，过了唱"大话匣"时代，已进入收音机无线电时代，马路上大小买卖都用高音喇叭播放京戏，以广招徕。学术前辈、老先生们反映却不一样，钱宾四（穆）先生《师友杂忆》之五记道："余住马大人胡同，近东四牌楼，师大校址近西四牌楼（按此先生记忆有错，师大在和平门外新华街，远离西四），穿城而去，路甚遥远。余坐人力车，在车中闭目静坐，听一路不绝车声。又街上各店肆放留声京戏唱片，此店机声渐远，彼店机声续起，乃同一戏，连续不断，甚足怡心。"

而知堂老人《北平的好坏》文中，却完全相反，在逐条大反京戏之后，写道："自从无线电广播发达以来，出门一望但见四面多是歪斜碎裂的竹竿，街头巷尾充满着非人世的怪声，而其中以戏文为多，简直使人无所逃于天地之间，非硬听京戏不可，此种压迫实在比苛捐杂税还要难受……"写作时代文后注道是"廿五年五月九日于北平"，也正是宾四先生"车中闭目静坐……甚足怡心"的时代，感觉却那样不同，而且虽以冲淡闻名，而这一大段文字火气却那样大，这些不是都很有趣而值得思考吗？

偶有所感，随意而写，已嫌太长，就此结束！

一、"叫天"故事

供奉叫天响入云，登场大轴散园门，对联蹭戏欲空群。　多少承平京国梦，贩夫走卒亦销魂，今将故事说与君。

百年梨园，从庚子年算起，当时最红的是谭鑫培，所谓"一路车尘归去晚，满城争唱叫天儿"，可以说是全北京无人不知，无人不晓。清代自太后至王公都喜京剧，最后亡国，也有人说"唱戏唱掉的"，改此诗道："国家兴亡谁管的，满城争唱叫天儿。"谭原名金福，湖北人。光绪年间与其父同为三庆班演员，其父演老旦，谭演武生，嗓音高亢，时人称其父为"老叫天"，谭鑫培为"小叫天"。庚子后享大名，直以"谭叫天"名之，又称"伶界大王"。本世纪初，在梅兰芳之前，真可以说是红极一时。当时听戏最重老生戏，谭后由武生改须生，即老生。清末西太后那拉氏时，升平署即传外间伶工入内廷演唱，谭鑫培入内演唱时蒙厚赐，赏四品顶戴。但其除去名满王公贵族之间而外，在民间也十分著名，不少人都能听到他的戏。据传他长期在中和园演出，戏码都是最后大轴。每当大轴上场时，他必关照前台门口，停止卖座，任人入内听戏。北京土话，不花钱听戏叫作听"蹭戏"。这时园子门口，等候听蹭戏的人早已挤满了，门口查座的一撤消，大家蜂拥而入。这些人大多是劳动人民，但是也真懂戏，照样喝好。因为是站在后面贴墙看戏，人们又送个绰号叫"挂对联"。这些人中以附近铺子里面小伙计及门前洋车夫最多，戏快散场时，先溜出来，再等生意拉坐儿，听戏挣钱两不耽误。这是当年谭大王得人心处。

二三十年代间，上海盖叫天到北京演出，北京人一听：怎么叫"盖叫天"？这不是明摆着要盖过谭叫天吗？这还了得！便无形中抵制，上座极少，不久便以失败告终，回上海去了。

二、老戏台

上下场门共大帘，出将入相万军前，文场金鼓共丝

弦。　　作戏从来重写意，刻舟求剑最堪怜，此情说与世
人难。

中国戏剧，自宋元以来，以写意定型，不但创造了配合剧情
各种动作、表演程序，也创造了适应这种表演的戏台。山西古建
筑中保留的这种戏台还很多。最出名的是临汾县魏村的元代戏
台，和洪洞县广胜寺水神庙戏剧壁画《大行散乐忠都秀在此作
场》图。前后台和台帘等和后来的几乎一样，这中间已经历了六
七百年。而且乡间和城市戏台基本上一样，小时在故里山镇，东
西南北四条街尽头，各有一戏台，前后台隔扇帘架隔开，中间大
匾，上、下场门各一小匾。北街戏台中间大匾是"霓裳羽衣"，上
下场门的小匾是"今演古"、"假作真"，是我家高祖父拔贡永清
公写的。一到庙会唱戏时，挂上绣花大帘（俗名"守旧"）、上下
场门帘，台上便花团锦绣了。台帘一挑，千军万马出来；台帘一
挑帝王将相又回后宫大营去了。台下人明白是假的，但却像真
的一样看。小小戏台，方丈之地，又是宫殿，又是战场，又是深
闺，又是市井，写意、象征而已，耐人想象，变化无穷。后来到了
北京，老戏园子，广和楼、三庆、庆乐等虽然有顶子，有座位，和乡
间露天不同，但戏台也差不多，前后台也用绣花大帘分开，也有
上、下场门、台帘，边上有文场，凑成一台戏。唱工好，做工好，一
样叫坐。不知从什么时候开始，没有了上下场门，演员莫名其妙
从边上片子中钻出来，又从另一面钻进去。有时二道幕拉上，幕
布还飘呀飘呀动着。挂胡子摇马子的还在台口摇来摇去地摇。
不关什么戏，都像是滑稽人，只令人发笑了。

三、梅、程演出

风雪长安万众欢,梅程妙曲有真传,游丝婉转亮中甜。　　舞袖玉堂春富贵,麟囊金锁好姻缘,伊人未老票三千。

百年梨园,只有一个梅兰芳,只有一个程砚秋。四大名旦,梅程之间,程永远未能超越梅;人们称呼,永远是"梅程",从来没有听人说过"程梅"。而梅、程之间,在唱腔上各有千秋。程派唱腔,人说是叫"游丝腔",行腔细而长,以韵味胜。梅派唱腔,亮而圆,以甜而婉转胜。不常听戏的人,乍听程派演唱,听半天听不出唱的是什么字。而听梅的唱腔,虽然不常听戏,注意听,也能听清楚唱的是什么。更有一样程难胜梅的就是乡下山村,人都知道梅兰芳,知道程砚秋的就少了。

在抗日战争时期,梅先到香港。太平洋战后,一九四二年春,日寇侵占香港,不久一条船将在港的不少名人,如叶恭绰、颜惠庆、梅兰芳等人接回上海,前不久在美去世的张爱玲也是坐这条船回到上海的。梅回沪后留了小胡子,不再唱戏,以免被汪伪政权利用,留下了"蓄须明志"的美谈。程一直住在北京,沦陷后,有一个时期,在西郊青龙桥农村隐居种田,拍了穿棉袄裤、手持锄头、立在田头的照片,以示不再唱戏、不为日寇伪政权利用的决心。

解放后,五十年代初,二人相继在西单长安剧院演出。当时我正在东交民巷燃料工业部上班。早上一到单位,有同事来说,昨晚冻了一夜,冒雪排队买梅兰芳戏票,票价三千元。第一天是

《玉堂春》，即"苏三起解"带"三堂会审"。当时话说神情，历历如在眼前，已四十五年过去了。查阅许姬传《七十年见闻录》中《梅边小记》，那次票价最低是三千五百元（即一九五五年改币制后的三角五分），在当时足够一人吃一顿小馆，如熘腰花、酸辣汤之类，相当于现在三十元左右。《锁麟囊》是程砚秋的保留剧目，每演必贴，也在长安。

四、尚与荀

名旦曾经说尚荀，《摩登伽女》貌如神，《红娘》还看小腰身。　　一叫"张生棋下走"，再将软语慰夫人，看他浅笑又轻颦。

四大名旦，梅兰芳、程砚秋之外，就是尚小云、荀慧生。尚小云学名尚三锡，是清末小科班三乐班坐科学艺的。荀慧生则是私人花旦教习庞启发的徒弟，原学梆子，艺名"白牡丹"，后来才恢复原名，但已是唱出名之后了。二人大出名是民国八年秋天，杨小楼应上海天蟾舞台之约，来沪演唱，老生谭小培，青衣尚小云，花旦就是荀慧生，而当时还叫老艺名白牡丹。杨小楼当时是名气最大的"老供奉"，由他领衔组班在上海一下唱红。尚、荀二人也更大红起来。当时北京名伶出名之后，一定要在上海唱红之后，才能更成大名，四大名旦都是这样大红大紫起来的。

其时在本世纪初前期，尚于三四十年代之间，倡办"荣春社"，培养了不少京剧人材。尚青衣、刀马都具功力，而且也能昆剧，其能戏很多。我记忆中的是在长安戏园看的《摩登伽女》，是时装戏。查尚长春《尚小云与荣春社》文中所列"尚派戏"，就有此戏。荀慧生由梆子改皮黄，是得到一帮大学生和画家于非厂等人组织的"白社"支持的，曾向不少名演员学皮黄和昆曲，后来荀派名戏也非常多。其中以花旦戏《红娘》最为成功，影响也最大，其中红娘戏张生一段唱腔："叫张生你藏在棋盘之下，随我行来随我爬。你休得胆战心惊，莫要害怕，好比是亲生子追随亲妈……"唱腔调笑而甜软，我听过好多学荀派的人唱《红娘》都学荀派的这段唱腔，但形似者多而神似者少。"四大名旦"是一九二七年《顺天时报》（日本人办）评选的，梅兰芳《太真外传》、程砚秋《红拂传》、尚小云《摩登伽女》、荀慧生《丹青引》，分别以得票多少依次排名。

五、梨园世家

法曲谭家代代传，春明供奉话当年，《洪羊洞》与《定军山》。　嘎调真能惊四座，宫门带马"叫小番"，杨家故事唱千篇。

中国历史上有"世家子弟"之称，谓几代人都是读书有科名做官。每以此为荣，或以此约束自己，不要行为不轨，有辱家风。解放后，所有世家，都是封建残余、斗争打倒的对象，因而再无人敢提祖上身世。参加革命阵营的世家子弟，也都要背叛家庭，反戈一击，批判祖宗，划清界限。但世家中，惟一例外者，就是梨园界，还讲究"梨园世家"。其中最著名的，就是大外廊营谭家。由谭鑫培的父亲"老叫天"算起，其后谭小培、谭富英……前不久看电视新闻，谭富英的后人又有三代人都是京剧演员，这样前后就有七代人都是梨园行。由光绪初绵延到今天，前后近一百二十年，真正可以说是"梨园世家"了。

谭鑫培是本世纪开始时最有名的京剧演员之一，因是武生底子改老生，所以长靠戏极为见功力，最早拍的京戏电影，为谭留下了《定军山》的戏照。《定军山》是老将黄忠的三国戏，另外他的著名剧目《洪羊洞》，是杨家将的故事，写杨六郎之死。过去北京人叫"听戏"，不叫"看戏"，只沉醉于唱腔，似乎不大注意故事。实际杨六郎之死也没有多大意思，不知为什么那么出名？不要说现在青年不懂，我也不懂。谭富英是谭小培之子，为富字辈名气最大之演员，唱《四郎探母》时，有"站在宫门叫小番，带过爷的千里战，口连环……"数句，其"叫小番"三字，要尖声翻高，谓之"嘎调"，然后并有"吊毛"（即高中翻）动作，谭富英演来极熟练，每演必博得满堂好。

六、上海"麒派"

麒派功夫南北传，苍凉高亢入云天。《跑城》才罢又《追韩》。　优孟从来关国脉，《南明遗恨》念家山，何期海瑞起狂澜？

三十年前，《海瑞罢官》的争论，掀起了十年浩劫"文革"的狂潮。名满海内的周信芳先生虽然因演此剧而更加载誉史册，也为此受到残酷的迫害而付出生命。写近百年梨园史的人应该为此大书一笔。

周信芳艺名麒麟童，喜连成坐科，十余岁即登台。梅兰芳《舞台生活四十年》记道："麒麟童是周信芳艺名，我们年龄相同，都是属马的，在喜连成的性质也相同，都是搭班学习，所以非常亲密。我们合作过的戏有《战蒲关》，他饰刘忠，金丝红饰王霸，我饰徐艳贞。《九更天》，他饰马义，我饰马女。从喜连成搭班起，直至最近，还常同台合演的，只有他一人了。我们一对四十多年的老伙伴，有时说起旧事，都不禁有同辈凋零，前尘如梦之感。"这是五十年代回忆世纪初事，现已九十年代后五年，又四十多年过了，更是如梦的如梦了。

周久在上海，自创"麒派"。名戏有《徐策跑城》、《萧何追韩信》等。沦陷时期，演出《南明遗恨》，发扬民族精神，激励抗战斗志。作派激动，唱腔苍凉。曾听其《打渔杀家》萧恩"桂英儿掌稳舵，父把网撒"句，及白口"想过去听到打架，如小孩过年……"等句，均十分激动，有力竭声嘶之感。和马连良迥不相同，但各有千秋。一九六六年早春，在上海古籍书店，看到他买一套万有文库本《明史》，正是准备演《海瑞罢官》之时，在台下与他只此一面之缘。后来只是电视屏幕上见到他了。

七、马派白口

白口何如唱做工，九衢谁不学"扶风"，堂官陆炳笑严嵩。　　流水惯听乔国老，东风闲唱笑城空，纶巾羽扇各从容。

三四十年代，北京须生最有名的之一要数马连良，其唱腔称之为"马派"。马连良是本世纪初入喜连成科班坐科学戏的，入科之后第三年，科班改名为富连成，属第二班，连字辈（按，喜连成后改富连成，其各科名字辈分为"喜、连、富、盛、世、元、韵、庆"八科，以后就没有了）。同科名气最大者，为于连泉，艺名"小翠花",旦角,功夫不亚于"四大名旦"。马连良于二十年代末成大名,三十年代开始即自创扶风社,演出于北京、天津、上海各地,大有风靡一时之势。其最为流行之剧目为《借东风》之前鲁肃、后孔明,足敌谭派之《失空斩》,《甘露寺》前乔玄、后鲁肃,《四进士》之宋士杰等等,一个时期几乎成了标准唱腔,"劝千岁杀字休出口,且听老臣说从头……"小学生背着书包上学,一边走一边也会哼两句。而我记忆中最爱听他的道白。在《一捧雪》"审头刺汤"中他演陆炳,大段道白:"想我陆炳,为官以来,一不贪赃,二不卖法。我作官乃作的是嘉靖皇爷的官,又不是你严府的官,又不是你严府的走狗,使用的奴才……我在此审问人头,乃奉的是嘉靖皇爷的旨意;你在这里会审人头,奉的不过是严大人的一句话儿。你就该稳坐那里,一言不发才是。谁想你在我这大堂之上,摆来摆去,又道人头是真,又道人头是假,可我也不买你的字画啊……"大段道白,一气说出,抑扬顿挫,喷口极好,即在最后一排,听来也字字入耳,极为有力。对奸相严嵩、仗势小人汤裱褙,是个有力的鞭斥,听戏者在现实中,也极解气过瘾。现在已成绝响了。五十年代初,天桥小戏演员梁益鸣,专学马派,有"天桥马连良"之称,在长安也演出过,不过不久就再无人提起了。

八、硬里子

绿叶红花连理枝,一台好戏仗扶持,闲谈《十老安刘》时。 报子街前小院里,京朝人物耐寻思,梨园老辈旧型仪。

京戏也好,梆子、昆剧也好,都讲究一台戏不是一个人能唱好的。即使是独角戏,男怕《夜奔》,女怕《思凡》,台上只一人表演,但还要前台文场,鼓板丝弦笛子胡琴等人演奏;后台衣箱、上妆等人支应,也有不少人。何况一个人表演的戏极少,大部分戏都要多人合演。当年程长庚、谭叫天,本世纪四大名旦、四大须生,没有一人能单独演一出戏,都要众人扶持,缺一不可。就说角吧:头牌主角之外,还有各式配角,什么里子老生、挎刀旦角、黑头武生,凡是戏报上出名字的,不管大小,都是角儿。除去角儿之外,还有班底,或叫"底包"。次要中的次要角色,龙套、宫女,所谓"跑龙套,上下手,神仙、老虎、狗",缺一不可。除此之外,还有二黄的"胡琴"、昆曲的"笛子"、梆子的"梆子",以及大鼓小锣,都十分重要。因此任何名角,都重视配角,也照顾底包,因为名角赚大钱,底包也要吃饭。沦陷时梅大王蓄须明志不唱戏,不少靠他吃饭的他还维持。有的人则只管自己清高,不管靠他吃饭的那些人,内行中就不免有怨言了。

五十多年前,我认识搭马连良班唱二牌老生的张春彦,是清末民初小科班长春班坐科的,唱得很好,有真功夫。但始终未挑过大梁,老是搭班唱二牌,是有名的"硬里子"。我认识他时,他正陪马连良唱《十老安刘》,跟我讲说此戏,十分有劲,可惜我知道得太少。他在西单报子街路南小院中,没事时下午到西单商场桃李园楼上清唱,全是北京梨园行老派规矩,为人很好。

九、四小名旦之首

楷字题签记世芳,名高四小羡姚黄,梅家弟子最当行。　　天不假年怜玉损,音如出谷记新郎,梨园粉黛是同乡。

我有一本六十多年前齐如山先生办北平国剧学会时的出版物，封面是李世芳题的书签，年龄注明是十四岁。现在知道李世芳名字的人不多了。可是在六十年前，他虽然小小年纪，却已十分出名。当时他在富连成科班坐科学戏，已天天登台演唱，报纸上评"四小名旦"，他得票最多，成为"四小名旦"第一人，其次为毛世来，和他同科，后面是宋德珠，第四人是谁记不清了。李世芳扮相非常像梅兰芳，人称"小梅兰芳"。当时梅已长住上海。一九三六年春天，梅兰芳到北平，到富连成看望，特地看了李世芳的《霸王别姬》、《贵妃醉酒》。后来梅兰芳和齐如山、姚玉芙又到富连成科班来，提出要收李世芳作徒弟。富连成本来有规矩，坐科的学生，不能再举行仪式拜外人为师，但这次梅兰芳提出，又经齐如山劝说，后来就又加了几个人，一同拜梅为师。但李世芳是主要的，梅自认也是他最好的一个学生。记得是一九四二、一九四三年之间，李世芳结婚，新娘是姚玉芙的女儿。因为李世芳是山西梆子著名旦角李子健的儿子，和我家是同乡关系，父亲机关里的一些好事者们张罗着送礼，除其他礼品而外，还送了一副喜联。上下联是：菊部留芳，金榜才郎称李白；榴花照眼，玉台美眷羡姚黄。

当时正是暮春，是牡丹、芍药、榴花次第开放的时候。父亲回家，一再夸这副喜联做得好，用"姚黄"典故十分贴切，谈话情景给我留下深刻印象。可惜抗战胜利第二年，李世芳由沪回京，经过青岛，就死于空难了，当时只有二十四五岁吧。

十、"四块玉"

戏校当年美玉多，莺莺燕燕各袅娜，长安唱罢又中和。　　　舞袖歌衫惊露电，红颜银发感蹉跎，相逢旧事梦春婆。

去年六月间，在一次聚会上，与老剧作家曹禺先生夫人同席，她就是著名的京剧艺术家李玉茹。她脸色红润，而满头银发，更显出精神饱满的风度。笑谈之下，不免说当年北平戏校的旧事。因为她不但是六十年前中华戏曲学校毕业的，而且是戏校的高材生。按行话说，就是很早就成为"角儿"的，是戏校著名的"四块玉"之首的"第一块玉"。其他三人是白玉薇、侯玉兰、李玉芝（还有一位张玉英，当时也不错，后来不唱戏了）。

本世纪初，京戏演员的培养，全是旧式科班制度和私人拜师学艺，直到一九三〇年，才办起了中华戏曲职业专科学校。学校除教戏外，也教普通文化课，如国文、英文、史地、数学等。除收男生外，还收女生，男女同校。学生衣服也不同于科班的纯中式袍子马褂，而是学生服，同其他学校一样。自然，也还有不少科班的教学传统，如改去原来的名字，按字排辈，"德、和、金、玉、永"，如宋德珠、王和霖、王金璐、李玉茹、陈永玲，都是戏校不同年级的学生，校址先在崇文门外木厂胡同，后来搬到沙滩椅子胡同，前后办了十年，校长先是焦菊隐。焦后到英国留学，便由金仲荪主持。金很懂重点培养学生的道理。李玉茹姿质好，戏路宽，校方就为她找很多专门教师，教各种流派，使之成为青衣、花旦兼工的名角。侯玉兰学程派，就请程砚秋亲自指点。当时除去家境贫寒学戏的学生外，还有家庭富有、爱好戏剧者来上戏校的。如白玉薇，是外交官家庭出身的，从小上美国学校，又拜王瑶卿学戏，也来上戏校，也成了名角。她从小英文就好，在戏校是特殊学生，但一样苦学。现侨居美国，那天李玉茹还说起她。

十一、言　派

　　女学春明闺教严,徐州言派有真传,明珠掌上正承
欢。　　父女同台难作戏,独张金榜响梨园,"墙头"又结好
姻缘。

　　一代名伶言慧珠去世已三十年了。前一个时期,上海《新民
晚报》副刊有一组梁谷音女士纪念她的文章。梁是她在上海戏
校作校长时的学生。言慧珠是言菊朋的女儿。言菊朋是蒙古
族,清末陆军贵胄学堂毕业,曾在蒙藏院任职,爱好京剧,学谭派
十分用功,后下海正式当演员。因嗓音限制,不能按谭派唱法
唱,即自创巧腔。当时本人只为藏拙,不想后来却成为言派,十
分流行。言慧珠原在春明女中读书。春明女中是民初福建人办
的,在菜市口路西,不少名艺人,如白杨、林海音均毕业于此。其
父本不愿让其学戏成为坤伶,闺教甚严。但言慧珠本人爱唱戏,
其时又是富连成科班、戏剧学校学员等许多男女小演员风靡古
城的时代。言慧珠时年十七岁,自己学戏,先学程砚秋,不适应;
后学梅兰芳,成大名。她在写纪念她父亲的文中写道:"其实我
们姐妹兄弟,除了妹妹还小……其他三人所走的都是他不愿意
我们走的路。前程茫茫,后顾堪忧,这是另一种绝望的痛苦,当
然不是一个曾苦心孤诣地培养过自己的儿女,并且一身兼严父、
慈母两重责任的父亲所能负担的。"此文写于一九五九年,其父
去世已十六年了。言菊朋无法阻止言慧珠学戏,只得承认,搭自
己的班,唱《打渔杀家》,扮父、女,唱《三娘教子》、《南天门》等
戏,扮主仆,可是这类戏毕竟有限。后来言慧珠自己组班,四五

十年代，大红大紫，在梅兰芳众多的女弟子中是首屈一指的。后来与俞振飞结婚，研究昆剧，改编元代白仁甫《墙头马上》，联合演出，夫妻合作，并拍成电影，给社会留下极美好的印象。八十年代初中期，我曾与俞振飞先生有较多的接触，说起旧事，也时感唏嘘。

十二、童芷苓

老有歌喉尚有情，偶然弦管曲中人，玉姣袅娜看轻盈。　　一顾真能倾四座，当年"劈、纺"动千城，于今响绝旧时声。

梨园行中也像清代科举时代一样，凡是科班出身的，都像举人、进士讲同年关系一样，讲辈分、讲师兄弟关系，互相都有照应，视为正途出身。其他如票友下海，拜师学艺，从外地小班子出身的演员，唱成大红大紫的名伶，是更为困难的。童芷苓就是其中的一个。最早是在天津天祥市场小梨园唱小戏，人称童家班。后来拜荀慧生为师，没几年成为红遍京沪、大江南北的坤伶。以唱《大劈棺》、《纺棉花》，一时被各地小报称为"劈、纺坤伶"。在旧社会，为了生存竞争，一位出名的女演员，这是情有可原的。五十年代后，童芷苓常在上海，演出很多。我八十年代初在上海才与她认识。那时她已六十多岁，大概比我大五六岁。说起四十年代初她家住北京西城大院胡同旧事，都感兴趣。在一次会上，天津过去唱梅花大鼓的名艺人花小宝也来了，我还为她们介绍。当时都经历过"十年浩劫"，都有劫后重逢的喜悦。当时童还偶然演出，如《红鸾禧》的金玉奴、《红楼二尤》的尤三姐、

《拾玉镯》的孙玉姣、《法门寺》的宋巧姣、《铁弓缘》的陈秀英等戏，行腔登步，仍然十分轻盈。有一次我为一家报纸主持招待会，拿着话筒请她发言，她不肯发，我说隔两天我找人采访，为你写自传。她玩笑地用目瞪我，光芒照人，我才感到名演员的眼神功夫是练出来的。平时不注意，似乎无神，但一用眼光，便光芒四射，如在台上，强光灯一照，那就更顾盼生姿，精神百倍了。这就是"眼神"功夫。后来去了美国，又到台北演出，十分成功。可是前一两年，就去世了。岁数不算太大。

十三、梁家小院

　　　　小院回廊静不哗，叩门便是小鸾家，传薪也自拜梅花。　　　一曲"桑园"成好会，三秋沽上又逢她，江南有客梦京华。

　　梁小鸾，正工青衣。现在知道的人很少了，但在三四十年代是很著名的演员，成名尚早于吴素秋等人。一九五三年，梁小鸾搭马连良、谭富英两名头牌须生的班，和陈永玲并牌作挎刀青衣。当时剧团的工资尚未改革，论场算钱，梁每一夜场四十万元。我当时月工资只七八十万元。她两个夜场就赚我一个月工资。当时我尚在北京部里上班，五月间举办晚会，同事中有几位名票要唱戏，大轴是那位名票和孙毓堃（名武生，当时年龄已老）的《霸王别姬》，倒第二压轴请梁小鸾帮忙，和另一名票配《桑园会》，由一熟识她的名票陪我去访问她，到南小街宝珠子胡同她家中联系。是一个路东的小门，进去先一小片空地，一溜廊子北房，到东面折而南，三间带廊子东房，西式平房格局，廊子深而挡夏日西晒,可纳秋冬斜阳,设计合理,环境幽雅。进了此屋,便是会客室,窗帘、沙发套,均淡绿色,墙上挂有梅兰芳一幅画及一张梁与梅的合影,沙发旁茶几上放了几大本戏照。梁小鸾答应了邀请,第二次我又单独去她家安排了具体事项。这样就认识了她,演出那天,我派车去接她,先在办公室休息片刻,又送她到后台,看她上装。等到锣鼓点一响,她出了前台,我却没去看戏。第一我事忙,第二我前台坐不住。这年秋天,我去天津,因她们剧团正在津演出,顺便替部里带一份小礼品送她,到利顺德饭店去访问,谈了一会儿。后来我就到上海,再没有见过她。她大概比我大七八岁,如健在,是近八十的人了。扮相好,戏路子正,可是始终未挂头牌。

十四、黄桂秋

> 河泊厂边日未斜,小门轻叩认黄家,少年故事漫相夸。   海上艺名传菊部,谁知薪火自京华,德霖流派育秋花。

上海有不少京剧演员,最早都是北京来的,已故名青衣黄桂秋就是其中的一位。黄桂秋安徽人,北京生长,少年时,爱好京戏,经人介绍,拜陈德霖为师,是陈最后一个徒弟,人称"关门徒弟"。因为梅兰芳是陈德霖早年的徒弟,所以黄与梅是师兄弟。梅兰芳称他是"首席青衣"。黄虽然艺事颇精,但三十年代初,仍是四大名旦、四大须生鼎盛时代,他很难独树一帜,只能给余叔岩、马连良、高庆奎等人"挎刀",即二牌配角。抗战之初,他才自组班南来山东、南京、芜湖等各码头演出,后经武汉、长沙、广州而辗转来沪,即长期在沪演出,解放后初期还组织剧团各地演出。后来退休。黄自己组班演唱之外,还教了不少学生,童芷苓是最早拜他为师的。有"台北梅兰芳"之称的顾正秋,也是他的学生。他本是高中毕业生,文化有基础,能戏如《彩楼配》、《三击掌》、《春秋配》、《三娘教子》等,都是唱工戏。

我五十年代前期,就到了上海,但没有听过他的戏。却在四十年代初,去他北京的家访问过,那时他已在上海,河泊厂家中只有太太、子女。我只十八九岁,刚上大一,一位女同学和他家住对门,要票戏,唱《女起解》,我陪她去拜访对门黄家借行头,认识了黄的太太、女儿,演出那天,他女儿亲自提着衣包到学校礼堂后台,为那位女同学包头化妆,都是少年朋友,那样热情认真,纯洁无邪,一恍五十多年过去了。三年前在扬州开会,遇到他的哲嗣黄克先生,说起河泊厂旧事,谈起来津津有味,而那时他还只是不满十岁的孩子,而现在是一个出版社的社长了。

十五、白头"孟丽君"

六十年前孟丽君,回眸顾盼欲消魂,如今相对白头人。蔗味回甘思往昔,红氍细说梦无痕,相逢喜共举芳樽。

去年九月间在一次小型聚会上,喜得与王熙春、华文漪二位女士同席。华自美归来,去北京演出;几年不见,风度如昔。王熙春则是满头银发,莞尔笑容,精神饱满,已是望八的人了,自己笑谈十四岁就登台演戏,迄今已六十四五年了。我对她印象最深的是半个多世纪前,我上高中时,在长安街新新戏院看她的古装电影《孟丽君》,女扮男装,圆脸大眼,双目活而有神,给我留下极为美丽的印象。想不到今天同席遇到。笑谈往昔,眉眼之间,仍有旧时风采。唐诗"白头宫女在,闲坐说玄宗",今古一理;感慨之余,亦无限欣慰也。梨园百年京剧演员,以京、沪、津成名者最多,其中有自京来沪而成大名者,亦有自沪至京,投师学艺而成名者,亦有少数始终在上海而成名者。二三十年代时,著名坤伶王玉蓉就是上海演员,北上学艺,投奔"通天教主"王瑶卿帐下,经王指点,没有多久,成为名角,嗓音宽亮洪广,能一气唱许多唱工戏,由《采楼配》、《武家坡》到《大登殿》,前后八出,能一口气唱完,真正是全本《王宝钏》,人称"铁嗓"。现在美国的张文娟,原在上海,沦陷时去北京从孟小冬学余叔岩,后来成名,现在能唱余派的,大概只剩她了。俞振飞也是由上海北上学艺,后又回沪的。但更多的是北京成名演员南下,由较早的林树森、麒麟童,到稍晚的黄桂秋,及后来的李玉茹、言慧珠、童芷苓等。但王熙春一直是上海学艺,上海成名的。她曾拜黄桂秋学艺,黄去世追悼会时,她由南京回沪,代表黄的学生向参加追悼会的人致谢词。

十六、七十"红娘"

　　七十红娘粉墨姿,白头犹梦少年时,相逢话旧感秋词。　　欲向狮城寻手足,重来沪上育花枝,传薪辛苦更谁知。

　　《京剧谈往录续编》载有《王瑶卿舞台生涯》一文,记王瑶卿因材施教段,有几句说:"大约在一九四五年前后,有王吟秋、小王玉蓉、吴绛秋、金妙声、于玉蘅等几个人同时向王瑶卿学《孔雀东南飞》，他对每个人的教法和要求均有所不同。"这里提到的吴绛秋，是王的弟子。但我对京戏是十足的门外汉，只知道有个吴素秋，在四十年代与青岛富商之子、中国大学学生某人结婚，结婚照片摆在东华门大街紫房子婚礼社窗橱中很长时期，印象深刻外，其他就不知道了。一九九二年秋，上海友人介绍吴绛秋先生来，并送我几张扮演"红娘"的剧照，说是七十岁时拍的，袅娜多姿，同我面前接待的腰板笔挺花白头发老人，似是而非，似非而是，真是意想不到，十分有趣。说起来才知是四十年代后期拜王瑶卿学艺的。后来时代不同，他并未唱红，长期作戏剧教师，但功夫很扎实。辗转找我的原因，是他有个姐姐在新加坡，要去接老姐姐回来，找我介绍几位新加坡朋友，多个熟人，到了外国，遇事方便些。与他同来的，还有上海京剧界的陆仪萍女士，他当时正教她一出老戏《阴阳河》，中间有挑水摇步的舞台绝活。他的老师王瑶卿，则是本世纪前期到中期极为重要的旦角教师，自四大名旦，到四小名旦、戏校"四块玉"，几乎都是他的学生，或受过他的指点，不少人都成大名。吴绛秋是他解放前不久收的学生，解放后王还任中国戏曲实验学校教授、校长，名演员张曼玲、谢锐青等，他都亲自教过。过去北京旦角名教师还有李凌枫，也教出过不少名角。现在知者已少了。

十七、梆子演员

福寿双全百岁人，天坛槐市说前闻，灵芝梆子遏青云。　　更有喜奎传艳遇，巧施小技斗豪门，老来春梦了无痕。

昔人云："人无百年寿,常怀千载忧。"而现在科学发达,医疗条件好,生活安定,长寿人多,百岁老人已数见不鲜。萧重梅(劳)八十仁丈去年春天以百岁老人、福寿双全仙去。七十年代末、八十年代初,我每年八月准回北京,住在里仁街家中,每天下午到天坛二道门口茶座上与诸老聚会,重梅丈当时虽已八五高龄,但精神矍铄,谈锋极健,一谈就是民国初年的事。老人当年正是裘马年少,诗酒风流之际,梨园故事,说了不知多少。刘喜奎、鲜灵芝二位正是当时灿烂一时的人物。刘喜奎、鲜灵芝等人都是女演员,清代北京禁女伶演出,清末女伶都集中在天津,民国三年,刘喜奎先由津到北京演出,不久,鲜灵芝又来,二人都是唱梆子出身,只十九二十岁,不久即哄动京城。当时戏园子都在前门外,最热闹的是大栅栏。上世纪末皮黄最盛时,程长庚曾发誓不让梆子进入大栅栏,而十余年后,不但进入,且压倒京剧大王谭叫天。罗瘿公《鞠部丛谭》记道:"刘喜奎以避张定武之压迫,匆遽入都,不一月而倾动都下,老谭亦受其影响……老谭晚年,以男厄于梅兰芳,女厄于刘喜奎,尝引以为憾。"据传刘最红时,散戏下妆,由后台出来上马车,虽斗篷包脸,竟被一鲁莽青年强行上前,拉开斗篷接一吻。青年被带到警署以伤风化罪罚款五十元。青年以百元大钞交罚款,声明不要找钱,明日再接一吻。艳闻被小报传播,名满南北。刘喜奎解放后作过戏校教师,六十年代才去世。鲜灵芝为老诗人易实甫所赏识,捧之不遗余力,诗篇甚多,最著名者为《鲜灵芝曲》。据萧重梅老人说,三十年代初曾在天津偶然遇到,已满脸烟容不成人样了。

十八、昆剧《晴雯》

　　舒展春心绿蜡香,彩云霁月漫思量,红牙细拍水磨腔。　唱破红楼知几纪,梦成华胥鬓沾霜,腰身犹记昔年妆。

　　五六十年代,上海戏校昆曲班培养了不少好演员。后来有些人分配到北京。在本世纪前期,北昆、南昆是大不同的。北昆韩世昌、白云生、侯永奎诸名家,都是河北省高阳县人。所谓高腔、弋阳腔,是高阳地方戏。但与昆剧相近,所以都能唱昆剧,而且又有高腔的唱与武打的硬功夫,所以由乡间到北京,很受欢迎。这些人在民国初年到北京后,有些高阳籍北大学生都爱听他们的戏,当时苏州词曲名家吴瞿安(梅)先生正在北大当教授教词曲,认为他们这些年轻昆剧演员有前途。他特别看重韩世昌,单独辅导他,使之讲音律,发南音。因为昆剧是昆山魏良辅创的,以苏州音吴语为基础的,北方人学起来较困难。但韩、白等人功夫深,学得精,这样北昆一直到五六十年代,还是以这些名演员为主。六十年代上海戏校昆曲班毕业分配到北昆剧团的,则都是南方的青年演员了。顾凤莉就是其中一位,六十年代初,新编红楼剧《晴雯》就是由她主演的。她曾来上海演出于八仙桥大众剧场,我曾两次去观赏。虽是昆剧,老剧种,但按新戏排场分幕演出。当时她只有二十岁。一九八四年我参加中央电视台《红楼梦》电视剧的拍摄工作,认识了她。说起演《晴雯》的旧事,她十分兴奋,十分感慨。她出道虽早,但后来不经常演出,把一身功夫都荒废了。那时已二十二年过去,四十多岁的人了。

我后来又给她写了一首《浣溪沙》道："风月年华似水流，多情几度梦红楼，舞衫犹带翠云愁。顾盼回眸新笑靥，凤钗摇步旧歌喉，鬓簪茉莉锦江秋。"这是在成都写了送给她的，一晃又是十几年过去了。

十九、电视与北昆

> 雅韵康乾渐不传，风靡日下说徽班，绵绵二百有余年。　　梆子也曾惊四座，北昆弦管记从前，知音稀后更谁怜？

丙子重阳前后，我正为《百年梨园词话》写解说词，每日两阕或三阕，兴至而写，兴尽而止。晚间从不工作，一人灯下无聊，看电视消遣，随意选台，有趣就看下去，没有意思关机睡觉。昨夜于"戏剧舞台"看播放上昆的昆剧，十分有趣，直看到十一点结束。三出戏:《六月雪》、《昭君和番》、《打差》，第一出窦娥唱稍感生些，第二出昭君、马童功夫熟练，载歌载舞，十分不易，第三出丑也很精彩。虽非名演员，但看来的确不错，看过之后，感慨颇深。一是好的一面，在本世纪末，居然在电视上还能看到播放昆剧，以最现代的传播手段播放十分古老的艺术精华，结合得这么好，这本身就值得赞赏;一是不好的一面，就是毕竟看的人少，要维持经常演出，不可能。演员学戏不易，学了又不能经常演，自然很生，这也感到惆怅和悲哀。正好五十年前，在吉祥戏园听韩世昌唱《狮吼记》，说明书上印着:"不辞歌者苦，但伤知音稀。"这"知音稀"的玩艺儿五十年后，居然没有断种，也是值得庆幸的。清初康熙、乾隆之际，百四五十年中，北京全是昆腔的

348

天下,乾隆末,四大徽班晋京,皮黄才兴起,至同、光之际,那拉氏爱听皮黄,进入了京戏极盛时代。又因北京票号都是山西人,山西梆子也曾盛行一时。清末民初,不少演员都是昆乱不挡、二黄梆子两下锅的全套本领。韩世昌北昆名角,叹"知音稀"的时候,京剧皮黄仍在盛时,半个世纪又过去,京戏也是"知音稀"了。而在京戏也"知音稀"的今天,电视上又听昆剧,真感我国文化历史之悠久。"百年梨园",过去未来,又岂止百年呢?二十一世纪必然仍有继承者。

二十、长安大戏院

　　风雪春明奏管弦,华灯耀眼是长安,查楼已是百年前。　　又见人间天地换,高楼真欲与云连,江南归梦淡如烟。

　　北京老同学张中和来信,说是长安大戏院新建了,十分高大华丽,我下次回北京,他一定请我去新建的长安大戏院看看。张中和兄是我中学时的老同学,他是沈从文先生的内弟,沦陷时中学毕业先入天津工商,后辗转赴内地入西南联大土木系,胜利后又回清华,解放初毕业入北京城建局,修著名的龙须沟,成为下水道专家。九十年代初在深圳工作数年,为深圳河下水道工程建树。近年回京作科研工作。我们从小在一起,对西单路南长安大戏院是十分熟悉的。过去西单旧刑部街奉天会馆戏楼改建为哈尔飞戏院,在二十年代后期张作霖做大元帅时代,十分出名。但地方小。三十年代初,西长安街十分热闹,有人在路南盖一新式戏园,名为"长安大戏院"。从盖起直到解放后很长一个时期,生意一直很好。沦陷时期,上海各剧团到北京演出,就常以此为据点,石挥演《秋海棠》、《大马戏团》,都在长安。解放后梅兰芳、程砚秋等大师,首次演出,也都在长安大戏院。我过去词话中曾介绍过风雪中排队买票的盛况。"三反、五反"前,其经理名杨守一,同时还在刑部街东口经营长安大饭店(实际只一座长条两楼),公私合营后情况如何,就不知道了。八十年代京剧不景气,这里楼还在,已十分残破了。后来好像是拆除了。近年不常回京,也不大注意。今年电视上也看到重建长安大戏院的报道,好像不在西单,而在东长安街一带了。据说比老长安大戏院大得多,也豪华得多。只是戏院不单靠楼房,要有名角好戏,更要有观众。现在家家有电视,花钱听戏捧角的事少了。歌星也靠电视,如在一处天天唱,也必然倒胃口。"查楼"是肉市广和楼,是北京最老的戏园子,是更古老的了。

二十一、第一舞台

第一繁华号"舞台",开场锣鼓响如雷,轻车珠市口边来。　泰斗梨园杨供奉,虞姬舞剑霸王哀。回思旧景笑童孩。

前两年我曾收到过纪念杨小楼供奉的彩印戏单,也曾写文章介绍过收藏这些戏单的侨居美国的周志辅先生。这份戏单共十张,前八张都是第一舞台的。上面横印第一舞台,在"第一"与"舞台"之间,竖印"夜戏"二字,右面斜印"正阳门外",左面"西珠市口"。民初只第一舞台演出夜戏。其中第七张大轴戏是杨小楼、梅兰芳《霸王别姬》,挎刀是王凤卿、许德义、钱金福。压轴往前还有七出戏,诸如朱桂芳《泗洲城》、裘桂仙《御果园》、姜妙香《雅观楼》等。北京老式戏园子,都是台下摆方桌,大板凳,民国三年(一九一四),西珠市口迤西西柳树井盖起仿上海大舞台的大型新式舞台,有三楼座位,散座、包厢近二千个位子,是当年北京最大最新式的舞台。大型义务戏均在此演出。平日都是杨小楼、梅兰芳这些梨园泰斗演出的场所。戏单中是民国四年杨小楼《连环套》、王瑶卿《天河配》,民六杨、梅、王凤卿的《长坂坡》、《汉津口》,民六梅《彩楼配》、杨《蟠桃会》,民六梅《虹霓关》、杨《铁龙山》,民六杨《水帘洞》,有"真山活水"的转台布景,这在北京老式戏台中是不可能的。只有第一舞台能办到这些。杨小楼是第一舞台大股东,当年生意实在好。但在北伐之后,政府南迁,前门外的生意,大不如前,南城不如城里了,所以后来东城吉祥戏院、西城长安大戏院生意超越第一舞台了。但人多时,还要在第一舞台演唱。一九三六年秋,梅兰芳回北平短期演出,仍在第一舞台,场场客满,盛况空前。第二年春,第一舞台因火灾焚毁了,再未重建过。我曾去过一次,刚上初一时,读书的那个志成中学,有二千七百学生,元旦庆祝会就租第一舞台演出。我散场后坐洋车回家,已是上灯的时候,由西柳树井穿胡同回家经过的正是有名的八大胡同、百顺胡同、韩家潭一带,妓院门口灯光辉煌,铜牌子挂在磨砖墙上,围着电灯的皆红绿绸子,是我第一次看到。

二十二、南通"梅欧阁"

扬子滔滔天际流,北通州外南通州,状元高阁誉梅欧。   桃李门墙尊学长,扶桑春柳记风流,笑她薄倖怨青楼。

现在介绍弘一法师李叔同的作品不少，又是电视，又是书籍。而介绍欧阳予倩的却不多。这位当年红极一时而又终生为戏剧革命奋斗的戏剧家，近年很少人提起，似乎过于寂寞了。近八十年前，南通张状元（謇）以雄厚财力，分别邀请梅兰芳、欧阳予倩到南通作短期演出，特地为二人盖一处招待所，题作"梅欧阁"，直到现在仍然是一景，十分出名。梅是梨园世家，不用说了。而欧阳予倩，却大大不然，是官宦世家的贵公子，留学日本，却爱好戏剧。要下海唱戏，这就十分困难了。包天笑《钏影楼回忆录》有详细记载。包记云：欧阳予倩是湖南浏阳人，清末留学日本时，进的是成城学校，毕业可升入政法科。但欧阳志不在此，爱好戏剧，也参加了春柳社，那正是李叔同以"李息霜"的名字，男扮女装演《茶花女》的时候。而欧阳的祖父当时正在知府任上，家教很严，不许他从事优伶生涯。直到其祖父去世后，欧阳才正式下海学戏，而且很快唱红了。他不同于梅、程等人没有多高文化。他从小读书，很有才学，自编自演，编了不少"红楼"戏，如《晴雯补裘》、《鸳鸯剪发》、《馒头庵》、《尤三姐》、《黛玉焚稿》、《宝蟾送酒》等戏，都是十分出名的。后来还为潘金莲翻案，武松杀嫂时，潘露出雪白胸脯，向其求爱，真是想入非非了。欧阳予倩解放后较长时期担任北京戏剧学院院长，写过一本回忆录，同梅的《舞台生活四十年》一样，十分细致，因系自述，文笔较梅书为好。据他书中所记，在上海唱戏时，每月包银六千大洋，管吃管住，管接管送。演时装戏，会乐里堂子里的名妓争着借给他衣裳穿，台下坐满莺莺燕燕，散戏后追到饭店，他进房忙把门锁住，有痴情的在门外等一夜不离去。书前许多戏照，漂亮程度不让四大名旦，和老先生老年当院长时戴高度近视眼镜判若两人。这本书近年没有重版过，可向图书馆找来一阅。

二十三、名角包银

　　一旦成名日斗金,轻裘宝马六街行,呼卢博采显豪情。　　颠倒阴阳迷昼夜,乔装男女误痴情,几人黑籍叹飘零。

　　旧时京剧演员以及其他剧种演员,一旦成名,收入是很多的。记得过去看欧阳予倩院长的"回忆录"(书名忘记了,五十年代后期出版),说他在民国初年上海演出时,月包银六千现大洋,还管吃管住管接管送。这六千现大洋是干落的,相当百两黄金,比名教授值钱多了。一九二一年暑假,商务印书馆请胡适之来上海临时工作一暑假,临走编译所负责人送他一千现大洋。他只收了五百元,还退了五百元。堂堂胡适之,只及欧阳"包银"十二分之一。如和梅大王、杨供奉梨园泰斗比,更不可同日而语了。北昆名角韩世昌自记其包银道:"首去上海一个月包银是三千六,去日本包银一共一万五……"又记平时收入道:"那时一个名演员在园子里唱一场,只拿几十元或上百元的份。而唱堂会常常拿三四百以至七八百元……"当时物价极为便宜,月薪百元的一等科员,就能住独门独院,上下班坐包车,家里用老妈子。名演员一场戏就收入百元,可见多么阔绰。钱多是好事也是坏事。有头脑的,能洁身自爱的,就置产业,结交上流人士,讲书画,收珍宝,玩古董,培养子女读书留学,投资工商企业,成为社会知名人士,为梨园后辈做出好榜样,受到人们的尊敬。也有浮躁无知之徒,钱多了烧得浑身难受,不知怎么折腾才好,吃喝嫖赌无所不来,加以长期过夜生活,颠倒昼夜,过着种种不可理喻的生活,甚或坠入黑籍,嗜毒成性,沉溺不可自拔,最后沦为乞丐,倒毙街头。韩世昌《我的昆曲艺术生活》文中,有一段《嗜好害人》的记载,就记了不少倒毙街头的昆剧演员。京剧名演员中,这种例子更多,不必多说了。

二十四、俞振飞去港演出

扶掖登台话菊仙,沧桑而后事如烟,又将彩笔写蛮笺。 俞五香江传法曲,海天舞袖续前缘,百年白发李龟年。

孙菊仙艺名"老乡亲",是清末民初的名演员,唱老生。许姬传有文章记他民国初年在张勋堂会上听孙菊仙唱《鱼肠剑》,极为苍凉有味。孙菊仙是梨园寿星,活了八十五六岁。在八十三岁时还被人扶掖登台演出,在当年已认为十分稀奇。八十年代后期,俞振飞先生以望九高龄,带团去香港演出,行前有两事值得一述。一是俞老自己在《解放日报》写文,文章一开头就提"老乡亲"八十三岁扶掖登台的话。二是去港前在中国大剧院预演,俞老望九高龄,还演出了《太白醉写》,那天我和许宝骙丈去看戏,边上坐的就是百岁老画家朱屺瞻。散戏后我和许宝骙丈到后台向俞老祝贺演出成功。后来过了一两天,俞老就带团去港了。俞老在港演出时,我给《大公报》写文介绍过。还用"周简段"的公用笔名在《华侨日报》"京华感旧录"专栏发过短文。诸事历历如昨,俞振飞先生去世也已几年了。俞老行五,人称江南俞五,是苏州昆曲名家俞粟庐哲嗣,大学毕业,原在同济大学做讲师,爱好戏剧,下海唱戏,于一九三〇年到北京,经程砚秋介绍,拜程继先为师。程是名小生,著名小生叶盛兰也是他徒弟。叶后参加程砚秋剧团,打鼓老因他是南方来的,票友下海,使阴招欺侮他,俞一气回到上海,又参加梅剧团,后来走红,十分出名。上海临解放时,俞去了香港,在港一两年,又回到上海。有一次会上,曾详述其去港及归来经过的事。后任上海戏校院长,与言慧珠结婚,同演《墙头马上》,"文革"中言自杀。俞饱经折磨,晚年能以望九之年,又回香港演出,是十分不易。真是劫后白头李龟年了。

二十五、花脸、黑头

花脸黑头我不分,漫将昆乱细评论。元音盛世几人存。　　渐老京华听雅韵,座间有幸喜逢君,精神矍铄廉将军。

富连成科班,三十年代中期,正是"盛"字辈出科,"世"字辈在班中坐科的时候。"盛"字辈中,出人不少,名丑叶盛章、小生叶盛兰、须生李盛藻名气都不小。净角,以裘盛戎最出名。排行"盛、世、元、音"四字,音字后改为"韵"字,也还是音字边。裘盛戎是名净裘桂仙的儿子,八岁其父即教他学戏,十二岁时入富连成带艺学戏,其时因他进科就能登台唱戏,就排高一辈,入盛字辈,名裘盛戎,后来成为名演员。与他年龄相仿的袁世海,就是"世"字辈,后来也成为名演员。现在都是八十上下的人了。不少人都已作古了。九年前,我为中央电视台一个部门主持日方的一个咨询会,在会上有幸与袁世海先生见面,当时已七十岁左右,精神矍铄,讲说学戏经过,演出《将相和》,扮演老将廉颇的情况,十分生动。现已将近十年,再未见面。可是常看他写的一本讲述他幼年艰苦生活,如何爱好戏剧,因裘盛戎关系,进入富连成学戏的经过的书。在富连成坐科时,还集体到内蒙(当时叫"绥远")一带演唱的经历,写得十分有趣。使我在遥远的上海,常常想起北京与这位头发剃得精光的著名老艺术家谈话的情景。只可惜的是,我京戏的感性知识太少,比如京戏生、旦、净、末、丑几种角色中,生的武生、小生、老生等,旦的青衣、花旦、老旦等我基本上能分清,而净的黑头、花脸、铜锤以及江南叫的"大面"等,迄今我还弄不大清楚,讲说京戏,与青年朋友随便说说罢了,如遇内行,不免为人所笑了。

二十六、吴素秋

女貌郎才羡煞人,紫房子内影容真,宜家宜室海之滨。 艺苑重歌开国曲,舞衫又展嫁时春,桃花人面问前因。

三十年代后期成名的坤伶中,吴素秋是红过半边天的。现在在北京,算来也已七十五六岁了。吴素秋最早也是戏曲学校学戏的,后来因故离开戏校,自己组班唱,捧的人很多,很快便大红大紫。当时梨园界青年演员间有不少母亲很能干,管的很严,有"四大名妈"之说,吴素秋的母亲,便是四大名妈之一。吴素秋刀马旦也很好,有一次在长安看其《十三妹》特别精彩。吴也有不少新编的戏,如《人面桃花》、《白玉楼》、《比翼舌》,有的文献中曾记她编过新戏《红楼梦》,截取什么片段,如何演,就不知道了。在抗战胜利前后,吴素秋在北京梨园界消失了。结婚归隐了。其丈夫是中国大学学生吕超凡，是青岛开酒厂的。当时成了轰动北京古城的新闻，东华门大街紫房子结婚用品服务社把她和其先生的结婚大照片放在橱窗里宣传，一放好多年，过来过去的男女老少，莫不驻足而观，郎才女貌，十分引人羡慕。据传她与其先生是在北京饭店跳舞时认识的，自由恋爱结婚，在北京下帖子请人主婚，婚礼特别隆重风光。婚后回到青岛婆家中，过了好多年卿卿我我，"海燕双栖玳瑁梁"的生活。解放初期吴素秋夫妇又回到北京，京剧艺人都开始了新生活，吴素秋又组班唱戏，记得是与姜铁麟合作的，住在东单一带，常听朋友们说起。可是我很少看戏，演些什么戏，就不大注意。其后我南调上海，北京梨园情况，所知更少了。"文革"后在报上又看到吴素秋的名字，可是美人迟暮，已垂垂老矣，京剧已大不如前。昔日旖旎风光，转瞬已成过去矣。

二十七、白玉薇

> 文艺坤伶是雅名，阿婆异域海天情，白头宫女说平生。　昔日闺门今老去，当年伴侣舞轻盈，相思彩笔梦春明。

"文艺坤伶"这个雅号，现在知道的人很少了。如问现在上海望九高龄的老作家柯灵先生，老人一定会莞尔而笑曰：这是半世纪前的白玉薇。现在侨居美国已变成外婆，照顾外孙，变成奶奶，照顾孙子了。

六十多年前，北京学戏的大多是为了生活的贫寒之家子弟。但也有不少例外，就是少数有钱的旗人旧家，和极少数有钱而又新派洋派的人家。后面的人家儿女学戏，则纯是为了爱好，为了娱乐。白玉薇后来成为名演员，和他出身外交官家庭，父母特别喜爱这个女儿，不认为学戏是有辱家风分不开的。白玉薇幼年读的是东单三条圣心女校，这是一所天主教办的教会小学，而且是贵族化的。毕业后又到东四干面胡同美国学校读书，这些小学都是从小学英文的。他从小跟外祖父去听戏，十分喜爱。从小就拜在王瑶卿门下学戏，每月交六十元大洋学费。拉胡琴的每月十二元工钱，每晚带佣人骑车由王府井霞公府（北京饭店后）到前门外大马神庙"通天教主"家学戏。她看戏校学生向王学戏，根本不交一文钱。而她要花这么些钱，"觉得太冤了"，她就考中华戏曲学校学戏了。她是有文化的，英文基础很好，校长焦菊隐特别喜欢这个特殊的学生。她自己也刻苦学习，六年毕业，成了角，跟李少春组班，挂并牌，到上海，青衣花旦一齐唱，越唱越红了。当时有个女写稿人潘柳黛和白作朋友，为其作宣传。柯灵正在编《万象》杂志，鼓励她写文章，当时上海文艺界活动她都参加，"文艺坤伶"的雅号，一时响遍上海文坛，一恍半个世纪过去了，前读她一九八八年写的回忆戏校生活的文字，十分有趣。算来已七十多岁了。

二十八、新艳秋

盛世梨园白发多，红颜八六尚轻歌，游丝腔细曼吟哦。　　子弟江南多俊秀，师传白下岁时过，艳秋老去笑婆娑。

大概前一两个月吧，上海《新民晚报》文化娱乐版上刊载了一篇通讯,报导八十六岁高龄的名演员新艳秋在上海演出的盛况。这真是一则十分新鲜的新闻。起码说明了以下数点:一是老艺人之坚定艺术生命力,虽经多少折磨,仍能焕发青春,开出新花。二是客观形势毕竟越来越好,使八六高龄的老艺人,仍能舒畅展歌喉,欢快扬舞袖,曼妙不减当年。

如有人写京剧编年史,列著名演员年表,那新艳秋的成名,应在近七十年前,远远超过戏校"四块玉"及童芷苓、言慧珠等位。新艳秋是二十年代末、三十年代初就十分出名的名伶。过去"程艳秋","艳"未改为"砚"时,新艳秋刻意学程,是程派唱腔的女传人,所以艺名"新艳秋",而真名叫"王玉华"。程砚秋是以行腔细腻独特著称,创造程派的。号称"游丝腔",内行人听起来说是"绝唱",外行人听起来理解比较困难。我是外行人,只能说不懂。可是新艳秋学程据说是十分成功的。新艳秋演出最红时,还编了不少新戏。如《春闺选婿》、《霸王遇虞姬》、《貂婵》、《陪江缘》、《邵真真》、《二本红拂传》、《窦妃》、《荆十三娘》、《琵琶行》、《玉京道人》……这些戏都是当时名家为新艳秋特地编的,可以想见其旧时风光。解放后五十年代中期,各地成立戏校,新艳秋在南京戏校当老师教戏,培养出不少梨园新秀,新桃李遍大江南北了。新艳秋是程派传人,但据刘迎秋《我的老师程砚秋》一文记载:"程师曾有'一生不收女徒弟'的誓言。那时坤伶中学程的,除中华戏校学习的侯玉兰、李玉芝等人外,其余如新艳秋(王玉华)、章遏云……均未正式拜程为师。"

二十九、学戏、打戏

"打戏"生涯泪万行,几家儿女哭爷娘,鞭痕戒尺体鳞

伤。　　　一但红毹花烂漫,犹思旧事痛肝肠,寒家子弟识
炎凉。

　　读果素瑛《往事追忆——记砚秋生平》一文,说到程砚秋幼
时学戏被打时道:"砚秋从进了师傅门,荣也不教戏,把他当小听
差使唤,荣的脾气很暴,稍不顺心就拳打脚踢……砚秋为练功受
的罪就不能说了,整天脚上绑着木跷……有时师傅在外边受了
邪气,回家拿徒弟撒气,还没等砚秋练完功把筋骨蹓跶开了,就
劈头盖脸一顿痛打,日子长了,他的大腿后侧就淤起许多血疙
瘩……"读了这段文字,可以想见旧时学戏之辛酸。旧时领戏
班、收徒弟教戏均叫"打戏"。认为非打不可,不然是学不会戏
的,而且不能成为名角。不但私人收徒弟可以随便打骂徒弟,就
是科班也是一样。戏剧学校较文明些,可是教戏的还都是科班
出身的师傅,仍然如自己学艺时那样对待学生。白玉薇在她的
回忆戏校生活文中写道:"耗顶、下腰练不好,看功的师傅就打;谁
偷懒,也要挨打。"又道:"桌子上放一块厚的戒尺,这是学戏的时
候拍板用的……同时也是体罚学生用的。可以用来打孩子手
心。"又道:"耗跷就是站高高的板凳上……不站稳就会摔下来,抽
一藤棍,又摔又挨打。"她最后还总结说:"跌倒了老师就拿鞭子抽
打,赶紧爬起来再跑。老师拿着鞭子像赶骡似的在后面追赶,所以
说,学戏嘛,要打的。那会儿觉得这样真残忍,可是一打,真是出
功夫。"这就是总结出的"打戏"的意义。袁世海写的回忆富连
成科班学戏的书也是这样写的。而且入科就要立下字据,如有
种种原因,不幸身死,与班中没有关系。我在大一时,有个女同
学的表弟,在富连成学戏,半途离开科班不学了,就是受不了打。
因为有时不犯错,别人犯错也要打大家,叫作"打通堂"。

三十、丛碧老人票戏

> 丛碧老人年少时,五陵衣马自轻肥。名家票戏好风仪。　海外白头寻旧梦,书来万里话相思,春明故事更谁知?

澳大利亚国立大学名誉教授柳存仁翁,常常自堪培拉来信,闲话京华旧事。有一次因校阅我的《文化古城旧事》,老学长来了长信,信中谈到张伯驹先生票戏旧事道:"大致卢沟桥事变前一年,张先生在北平大致系庆寿堂会,唱《空城计》,自演孔明。以多年不出山之余叔岩为他配王平。武生泰斗杨小楼配赵云。如非个人历史渊源,谁有此大面子乎?当夜电台转播。"张伯驹先生是词人,有《丛碧词》传世,是书画收藏鉴定专家,又是极豪迈的爱国者,收藏的《平复帖》、《游春图》、《张好好诗》等都是价值连城的文物,以倾家荡产的代价收购下来,解放后又全部捐献给国家的。比之于"文革"中以每件几角钱代价把若干抄家文物据为己有的某些权威,真不可同日而语。张又是名票,因其门第华赡,自幼是豪门公子,学问好,人缘好,又舍得花钱,学戏如其诗词,书画鉴定,无一不精,因而名角都欢喜和他交往,为他捧场。他粉墨登台,并不只此一次。一九三一年北平国剧学会在虎坊桥成立,一时名流毕集,晚间唱堂会戏,大轴是反串《蚨蜡庙》:梅兰芳饰褚彪,张伯驹演黄天霸,朱桂芳饰费德功,徐兰沅饰关太,钱宝森饰张桂兰,姚玉英饰院子,姜妙香饰王栋,陈鹤荪饰王梁,朱作舟饰小姐。余叔岩因病未到。所以柳翁信中所说也非只"历史渊源"。张本身京剧艺术功力,也非同一般。如过不硬,也无法登台了。张一九八一年写回忆文章说,梅反串褚彪,带"髯口"(即胡子)是平生第一次。张老晚年住后海,现在美国的余派传人张文娟,由上海到北京张老家,张老为其说了好多绝活。可惜一九八二年二月张老就去世了。一九八七年在福州参加海峡笔会,有幸与张老夫人潘素画师聚会数日,现潘也登仙籍了。

散　曲

消暑感事散曲

　　看电视新闻:香港谈判,英方交回军事用地,已达成协议,忽然有感。且忆去夏经罗湖过港,寓好友家,为讲北京四合院营造事。炎暑正读吴瞿安先生《霜厓曲录》,因邯郸学步,成此套数,以纪一时兴会。

　　〔仙吕步步娇〕一望青山真如画,景物何潇洒。行李车儿似出家。过了关门,说些鬼话,递上生辰卡,轻松松便到了香江也!①

　　〔醉扶归〕猛想那狂虏战舰风云乍,又想那虎门秋好月西斜。高吟记翰苑清华,仗节旄使臣多儒雅。只可惜百余年来作计差,到今来才看出谁家天下。②

　　〔皂罗袍〕笑我向繁华凑搭,抱几本残书断烂,冒充行家。一路高楼入云霞,有缘喜得登新厦。几杯薄酒,满盘活虾;频添吉兆,数开昙花。喜相逢说几句相思话。③

　　〔好姐姐〕看咱,言辞粗野,怎及你真动实架。深院小门难寻是旧家。纵然细细说春夏,想前景恐成镜里花。④

　　〔尾声〕怯音盲不解宫商价,抱葫芦且自依着样儿画——呀,贻笑方家,笑掉大牙——恕疏狂大热天谱曲儿戏耍!⑤

　　注:① 罗湖海关进香港关办过境手续,要问话,通行证、填表都要填出生年月,故曰"生辰卡",为了合辙押韵。

② 道光十九年(一八三九)阴历八月十五日林则徐、邓廷桢视察虎门炮台,填有《月华清》词,邓原唱,林和作。邓、林均进士,入翰林院。

③ 寓中环友人家,友人夫妇均建筑师,特别爱北京四合院,数年前因通讯讨论四合院建筑艺术及营建施工建交。此次见面,为其讲述施工难于通讯说明者。初到当晚昙花开四朵,翌日又开二朵。群谓乃迎客吉兆。

④ 予曾写《四合院春夏秋冬》文。友人去秋即想在北京买一旧四合院,迄今未买成。

⑤ 余音盲不辨五音,惟略解平仄,学写散曲,只照葫芦画瓢耳。

后记一

——苏州诗词友谊

今年农历戊寅年，公历一九九八年。夏天奇热，为余自一九五三年到江南来后四十五年间所未曾经。入九月后，秋凉渐爽，北京王湜华兄其尊人王伯祥先生，学术前辈，海外号称"京华姑苏五老"（另四老为顾颉刚、叶圣陶、章元善、俞平伯），五老民国初年多毕业于苏州第一中学。湜华兄为编余文集来沪，寓舍间已一周余，应苏州一中之邀，去苏州访问其尊人母校，余得附骥同行。九月二十五日由外甥开车，舍弟及弟妹来沪游览，亦得揩油去苏大逛园林。到苏后，蒙一中招待，住其新建之草桥宾馆。舍弟及弟妹等由外甥开车带其到各处游览，余则与湜华兄先参观一中，后在室中写字，虽头天去，第二天即归来，然颇有可述者。

参观一中，新楼美奂，老树森然，秋光红艳（校门前摆满一串红草花），校中有碑，刻第一二届毕业生姓名，如顾颉刚、叶圣陶、郑逸梅、王伯祥诸前辈，俯仰之间，均百年以上古人矣，能不慨然！而最与余关系密切者，此地乃余四十五年前初到苏州金门外苏高工（当时新改为苏州电校）教书时，每周必来听报告之地。当时解放初期，旧知识分子必须思想改造、政治学习，极为认真。每两周一次，全苏州各大中学教师，均至此听政治学习报告。因其地在古城中央，各个方向前来均较便利，因之这所学校，四十五年前，我来过多回，今又重到，感新思旧，真不知有多少感想……下午写字，先写了一首小诗：

> 红花绿树两相宜,照映秋光似旧时。
> 如此草桥我亦醉,重来不胜故人思。

　　百年老树,郁郁葱葱,都是为学术前辈抚摸过的旧物,秋阳中的明艳红花,大似今日校园中的莘莘学子,都是下世纪的种种希望……而巧在第二天上午即见到四十多年没有见面联系的原苏高工陆承曜老师,她是郭绍虞先生的晚辈亲戚,这我还记得十分清楚,而如在路上迎头遇到,则不认识了,毕竟四十五年光阴在人脸上经历过了,又何处觅旧日容颜呢?她是《传统文化研究》的主编,湜华兄向她交稿,相约见面。这样我也便在草桥饭店在湜华兄的介绍之下,与四十五年前的同事,今日的承曜主编故人重逢了。感到世纪交替之际,不但科学发达,地球是小的,而且友谊也是常在的,能不发"重来不胜故人思"之感慨乎?

　　草桥宾馆对门就是苏州公园,而说也奇怪,几十年来,我不知来过多少趟苏州,却没有来过这个公园。下午写字时,中间稍累,便让湜华兄和我休息片刻,下楼散散步,信步过马路走入园中,苏州各处园林,均卖门票,只有此处,是真正"公园",不售门票。我散步进去,沿着石径前行,至荷塘边,四周望去,虽无古典亭台楼榭,但周围老树层层环绕,树后天边,正有一朵黑云衬托,而西北角尚有一角斜阳,透过树隙,闪着金光,面前荷塘秋貌,满池肥大荷叶,虽无残花点缀,却极耐观赏。迎面树后黑云,如在深山中,不觉神为之移……回到客馆房中,又写了一首小诗：

> 秋云秋水满秋光,疑是遥山映绿波。

毕竟吴中风物好，大公园内赏秋荷。

等于顺口溜，首句"七阳"出韵，后面"波、荷"五歌韵勉强凑在一起，即景而已。未能写出一时兴会。

第二天一早，《苏州杂志》编辑主任林正才女士来访，说其主编陆文夫学长兄约吃早茶，我与文夫兄去秋在西湖秋水山庄应楼外楼之邀，有一周雅会。别后将近一年，再未见面，十分思念。于是我们全体五个人一齐出动，随林主任驱车去接受文夫兄的邀请。去享受这顿纯苏州风味的早茶，座上还接受了古吴轩王稼句总编所约书稿，及林正才主任所约为《苏州杂志》纪念号写祝贺词的稿约……回到上海，还想着大公园的印象，意犹未尽，便又想起一首小诗：

绿满荷塘夕照红，秋云扑面似山中。
森然老树前朝梦，难得此园号大公。

把这点印象，又重写了一首，我想这样就更沉重一些，多少有点历史感。中国诗词的感情看似传统的，实际也还是现实的。比如"大公"的这点精神，不是人类历史过去与未来都值得珍贵的吗？我除把这首小诗引用在《苏州杂志》的祝辞中外，又用毛笔写了两个小幅，一送林正才主任，一送陆文夫学长，一点点翰墨缘，留纪念而已。

湜华兄这次南来，是来编我的文集的。趁此机会，我把多少年来的一些杂乱诗词，有发表过的，有没有发表的，统统编在一起，名之曰《诗词自话》，托湜华兄代我编辑，他把初步编好的原稿带回北京审阅修订去了。一晃又是几个礼拜。昨日又收到他一封信,信中写道:"……一昨发箧,得见早年平丈转赐珍藏之尊作,今录如另纸,请过眼审订后掷还,以便编入……"我看了他另纸抄寄的早年写给平伯夫子的诗,不禁大喜过望。原来我在编辑这些杂乱诗稿时,记忆中的旧作遗失的很多,其中有一游甪直的五言古诗,记得抄寄给叶圣陶先生,后来先生回信中还提到,我以原诗并先生函中的话,补缀成一篇短文,题目似乎就是《游甪直诗话》,发表在当时《旅游报》上,记得还有剪报,可是在编这本书时,几个牛皮纸口袋,一大堆乱稿,依次排比,找这个剪报怎么也找不到了,只好不编入,内心十分遗憾,但未对湜华兄说起。而他这次抄寄的诗,正是这次所写的,不是一首,且是三首。当时不只抄呈叶圣陶丈,也抄呈了平伯夫子,而我记忆中后二首和抄寄平伯夫子的事全忘光了。而平伯夫子又将我的诗稿送给湜华兄,湜华兄珍藏起来,现在偶然发现,又抄寄给我,这是多么珍贵的情谊呢? 而且又与苏州有关。因之先把原诗抄在下面①,其他再细细说。

十六年后,我忽然重读这三首诗,真有些不相信自己眼睛,因为前一首还约略记得,后面两首全忘光了,看看"寺门静不哗,门畔井亭古。叩关入禅院,新篁照殿宇……"以及"涟漪寻旧地,花鸭浮绿水。护坟乔木多,银杏凌云势……"这样的句子,真不相信是自己写的。包括第一首的漂亮写景诗句,虽约略记得当时情况,而具体词句,也想不起来,同时也深深感到,现在也写不出这样句子。诗都与苏州密切有关,而十六年间,主客观的变化太大了。回忆前尘,历历真如昨日,其潇洒欢乐之情,真是怀之温馨,思之神往……

---

① 原诗见本书,不赘录。

当时我还不到六十岁，名义借调在《文学报》，而主要担任中新社专稿写作，十分自由，每周也只在家工作五个半天，一月写四五万字稿子，下午隔日去《文学报》看看，书店逛逛，或图书馆跑跑，每月总要去苏州一两次，好友王西野老大哥退休由沪回苏，住在狮子林对过坝上巷三楼，房子虽无现在高级装修，但宽大明亮，出入方便，离火车站又近。我有记者证，到北站买软座车票，十分方便。因而去苏州比去上海郊区方便的多。去了就到西野家，他给我安排任务，或在家给他写字，或随其外出访友，或到苏州园林名胜游览……王湜华兄尊人王伯祥老先生、顾颉刚先生，年轻时都同叶圣陶仁丈在水镇甪直工作过。据说圣陶丈的《稻草人》就是在甪直教学时写的。早年甪直四周围都是湖水，不论从昆山去，或是从苏州去，都得坐船，有小火轮，好像还有小船名"脚划船"，因而当年去甪直工作的人，都有走水路的经验。沧桑几度，时过境迁，七十年代末，圣陶丈到南方来，重访甪直，还是由昆山坐船去的，而我们去时，在金鸡湖上，已经修了一条简易的公路了，自然是挖河泥堆成的。那天我们去时，先一早到南门买票，好像是两角钱一个人，因公路是河泥堆成的，又软又高低不平，因而车开得较慢，但是我们是玩，沿途看风景，车慢些正好观赏，我第一首诗中所描写的景物，就是在车中观赏所得，如坐船走水路，或者就看不真切。而十几年间，发展到现在的高速公路，自然就更看不清楚了。当时我们走了近两个小时，才到甪直，下车沿着小镇河边石板路先到保圣寺，寺中也无游人，只有管理的一位戴眼镜的先生，好像姓"商"？但记不清了。西野兄他介绍我，说我认识圣陶先生，他还亲自带我们去参观半坐罗汉，叶老教过书的小学老楼，讲说叶老回来时的情况，叶老为他们写的诗幅手迹……当时改革开放初期，小镇还未受到多大影响，小石桥、石板巷、小街上，行人不多，还都是古老的样子，走过来的农妇，有不少还梳着髻、包着头、穿着江南特有的"作裙"。保圣寺参观完，我们在小街上走了走，在镇上一家饭店吃中饭，烧甩水特别鲜美，饭后到陆龟蒙墓，看古老高大的银杏树，等下午回程车，回来时，车到葑门，我们就下来了，天下起小雨来……一路上听西野兄讲说，好友畅游之乐，真是笔墨所难形容的。

事情有时说来很难思议。我自己的《甪直纪游诗》虽然旧稿及剪报均找不到，原诗都忘了，而西野的和诗，却一直折好放在书桌抽屉下层，十六年中仍在原来地方，引录于下，题为《壬戌三月某日偕邓云乡、叶承丙游甫里》：

邻园花事繁，车骑日填户。

独我闭一楼，悠悠不相顾。

故人海上来，意兴足轩举。

强我出郭游，甫里诗人薮。

言偕草木子，汽车代恬步。

岸柳蘸澄波，井桃争媚妩。

路旁笑语喧，时见踏青女。

濒水列市墟，扁舟出烟渚。

小桥水上通，齐梁寺宇古。

笑啼阿罗汉，塑壁余半堵。

西畔白莲庵，榛芜汲断础。

我思笠泽叟，浮家此中住。

手把钓丝闲，高吟白莲句。

于今墓道荒，野庙碑同仆。

风清日晓时，诗魂自来去。

还思圣陶翁，琴书亦同寓。

曲肱饭蔬食，行歌风舞雩。

事隔五十载，重来访庠序。

沧桑感几经，前尘一追抚。

归途兴未阑，回车尚延竚。

湖光泼眼明，斜阳红欲暮。

车窗屡回头，无言看大树。

　　诗后西野兄自注云："此诗甫写竟即病未寄，今无意间捡出，命铭铭录奉。或烦吾兄用花笺重抄一过，转呈圣老如何？西野。"铭铭是西野兄大外孙。这首诗稿我是用毛笔重抄寄呈圣陶丈的，原件折起，随手放在抽屉中，偶然翻抽屉，拿出重阅一遍，又放回原处，直到今天，又取出抄入此文中，真是俯仰之间，慨叹万端。圣陶仁丈作古已十年，活了九十多岁。西野兄也于去腊去世，活了八十五岁。老成凋谢，自然规律，九十几，寿近期颐，自是人瑞。八十五岁，耄耋以上，也算高龄老寿，际此安定繁荣的改革时代，亦无所憾。但追念旧日友谊欢乐，总是感到不尽哀思。可说的话太多了，文章如再一扯开，稍一牵引，便又是几千字，因而不想多说了，千言万语，也无补于生死之交了。西野兄最后几个月，搬到新房子里居住，其间数月中，我有两次机会去看望，都未去，可能也是缘吧。这次去苏虽匆匆只一天半，但到苏当日下午，还承苏一中佘先生派车送我和王湜华兄去看望西野兄哲嗣宗拭世兄，宗拭兄病稍愈，已出医院，尚未康复，在家休养。新居宽敞，装修亦好，西野兄能再多活两年，该多好呢？现在惟衷心祝福宗拭世兄早日康复了。苏州诗缘，也是苏州珍贵的友谊，我这本《诗词自话》有关苏州的诗词最多，编入《自话》中，作为后记之一吧。

后记二

在前言中,我曾回忆到"文革"前写的诗词,大多已忘记,只引了"长夏种山蒻,牵藤日壮足"句,最后一句"年荒应惜福"未引,因为根本未想到。近日翻阅学校发还之"文革"中在牛棚内所写检查,见有"关于旧诗词的交待和初步批判"一段,内中有不少句引文,都是当年所写诗词中的句子,原诗已无处寻觅,见此零星句子,自感亦可珍惜,且当时交待、批判,都是实际历史,亦有保留价值,因之用来作为本书之后记二,弥可珍焉。戊寅九月初五记于浦西水流云在之室晴窗下。

关于旧诗词的交待和初步批判

我从小比较喜欢旧诗词一类的东西,日久天长,就受到了非常坏的影响。早在抗日战争时期,学习着作,便也是一些消极、低沉、甚至颓废的情调。有些甚至"发思古之幽情",把封建文人抒写乡愁、旅况的东西,顺手牵来,改头换面,作为自己的作品,没有什么内容,形同文字游戏。解放后,很多年没有再搞这些东西。一九五六年调来电校,见组内朱剑心、黄康屯他们年龄较大,能写旧诗词,便又重拾故技,写了起来。一九五六年年末,看到报载政府救济民间艺人的消息,心中很有感触,觉得他们在旧社会流浪江湖,生活困苦,饱受压迫凌辱,新社会中,党和政府关心他们生活,年终救济,照顾无微不至,就写了两首《闻救济民间艺人有感》的旧诗,后来投登《新闻日报》,给已故黄炎培副委员长看到了,写了一篇《有感》的短文,特别提到诗中"谓言长夜何由彻,喜见东方出早霞"两句。自此以后,更提起我写旧诗词的兴趣。如果思想改造得好,自然旧体诗词也能表现新的健康的内容,但是自己在这些年的思想改造过程中,问题很多,矛盾很多。一般在工作顺利,看到和听到国家的伟大建设成就时,就感到兴奋,诗中表现的便是比较健康的感情。当受到批评,客观上有困难,想到自己的一些问题时,便灰溜溜的,消极、颓废甚至抵触的情绪便表现出来,有时候两种思想交织在一起,便产生出一种形势大好,自己不好的惭愧消极情绪。加以常看封建文人的诗集,那些封建腐朽的东西,又常常影响自己。再有写旧诗词时,总要用典故,要变化古人的成句,要押韵,要对仗,自己没有先进的思想去驾驭它,在文字上也便作了封建文化的俘虏,甚至为了所谓"诗味",无病呻吟起来。现在将记得起来的一些不好的诗、联系当时的思想、感情,向组织作个交待:

一、在一九六〇年秋,因我工作中的一些缺点错误,学习小组中对我展开批评,当时王学安发言最尖锐,说我是"混的典型"。我听了很反感,感到自己担任班级很多,工作很重;而他在组内平时总是夸夸其谈,工作一点也不踏实,反而说我是"混的典型"。后来小组长许明德同志和我个别谈话时,我也和他说了,但总感到生气,便写一首诗,题目是《自况》,开头第二句是"屋檐舱口要低头",第五、六句是"一笑何妨对鼯鼠,全心且自学犁牛"。当时认为在这种人面前只好低头而过,一笑置之;不要争辩,免得他再生枝节,自己学鲁迅先生"俯首甘为孺子牛"的精神,自己学自己的老黄牛吧。结句是"皮里当存春与秋"用"皮里春秋"这个成语,表示我嘴上虽然不与你争,但心里是知道的。

当时对同志的批评不能抱着"有则改之,无则加勉"的态度虚心接受,反而写诗发泄对抗情绪,而且因他个子小,把他比作"鼯鼠",对他侮骂,这是更大的错误。

二、在一九六一年初阴历除夕前后,正好立春,我假期中晚上没事,写了两首《贺新凉》的词。第一首歌颂祖国大好形势,内容较为高昂。这首写好后,又想到自己,不由地消极的思想抬头了,想起弟妹的情况,北京家中的情况,父亲生病等等,又想起调离北京转瞬已经好几年了,想调回北京工作,但事实又不可能,总之个人的腐朽想法很多,便又写了一首,上半片中说道:"岂敢羡雕裘季子",用战国时苏秦的典故,说自己不敢羡慕位置高的人。又说:"温饱耳,敢言志",说只是求个温饱,不敢谈"大志"。下半片中又说:"谁念我亲老多病,弟兄千里。"又说:"念去去韶华似水,莫道往事浑如梦,便梦也无从做起。"又说不会吃酒,过年有酒,也不会吃醉。变化宋人词句"便新来和梦也不做",把一种光阴似水,一年将尽,浮生如梦、自怨自艾的封建文人的腐朽感情,推向最高潮,表现出这种感情,除去说明自己灵魂深处封建腐朽的脏东西根深蒂固而外,是更无其他解释的。

三、一九六〇年冬天,正是三年自然灾害时期,生活较艰苦,有时想到北京的一些吃的东西,如烘山芋、老豆腐、面茶等,都是北京街头的廉价食物,小时上学时,正是沦陷时期,生活困难,常买来当早饭。便写了几首古诗,第一首是写烘山芋的,结尾一句是"年荒应惜福"。当时家中常吃菜饭和粥,小孩们有意见,我告诉他们在自然灾害时期,要珍惜幸福。自己内心也想,上海国家照顾特别优厚,想想当时的全国灾荒地方的情况,不由地产生出一种"年荒应惜福"的感情,只有这首,稍有意思,其他几首则是单纯的回忆、述事,只是反映了一种回首过去,看不到光明前途的思想感情。一切思想感情的反映，都不是凭空的，必然结合在具体事物上，这几首诗虽然以述事为主，但所表现的思想感情仍是要不得的。

四、一九六一年暑假回北京，到陶然亭公园去了一次，陶然亭过去非常荒凉，一九五一年改建为公园，建设很好，我看了感触很深，觉得从一个小小的公园中，真看出了祖国伟大的变化，便写了一首七古《陶然曲》，歌颂陶然亭的巨大变化，都是真情实感，是比较好的。但是在陶然亭墙上又看到别人颂扬清代反动妓女赛金花的题诗碑，另外她的坟没有了。过去对这个反动妓女认识不清，小时曾听到她不少传说，都信以为真，解放前也写过凭吊她的诗，这次又写了几首。说什么"疲乏绿营齐曳甲，从容红粉尚哀民。大臣犹自轻堂庙，小德何妨责妇人"。意思是说八国联军侵略时，清代的绿营兵都逃跑了，赛金花很从容，没有逃，还知道哀痛百姓，清代的大官僚都不管国家，为什么人们还为一点"小德"，她同侵略者瓦德西的关系责怪她。对一个清代投靠帝国主义侵略者的反动妓女推崇备至，这不单是一个对历史人物认识模糊的问题，这是一个严重的政治错误。而且对修公园时平掉她的坟也有意见，有两句说："中原都为英雄改，寸土难容老妓坟。""中原"对"寸土"，一大一小，意思是全国解放，广大土地都为英雄而改观了，一个坟头，何必铲掉，随它去算了。

五、一九六一年暑假在北京，有一次我父亲叫我和他到四川饭店吃餐饭，我本不想去，他要去，便去了，排队等了很长时间，才喊到号，吃了一条鱼，事后我想到这次吃饭，尤其是想到同时排队等吃饭的那些人，便写了两首讽刺诗，用了很多典故，内容很晦涩，讽刺自己，也讽刺了别人，似乎用来解嘲，实际是表现了一种不满情绪。吟赛金花的诗和这两首诗另外一首读《宋史纪事本末》和一首在街上看到国际妇女买东西有感的诗,都是七律,体裁、风格一样,便抄在一起,加了个《咏史》的题目。回忆当时写作时的思想感情,过去认为这是些牢骚,在前人诗集咏史的体裁里这种写法是很多的。现在提高到原则上来讲,思想内容是腐朽反动的。

六、一九六二年暑假在京,有一次傍晚雨后我到中山公园去闲逛,看到雨后干净的不得了,正是旧历七月初,天边有一弯新月,风景实在好,便想起一句"浮云如水月如船"的诗句,接着凑成了一首小词。结尾两句因望见人民大会堂宴会厅正在举行宴会,灯火辉煌,从树丛中望去,好像是在空中一样,不由想起古人"此曲只应天上有,人间那得几回闻"的诗句,结尾便写了"画栋雕梁今又起,不在人间"两句。后来几次想到结尾这句不好,想改为"改造人间"、又想改为"重建人间",想来想去总没有想好。这首词结尾仍是有严重错误的。

七、一九六二年夏天,我想到在各地过夏天的情景,写了好多首绝句,总题作《消夏诗》。其中以写北京的最多,我在北京居住最长的一个地方是在一个破旧花园中租了几间房,地方很大,树木很多,人家很多,我在那里住了十四年,由十来岁住到二十五六岁,思想感情上印象太深,这组诗中回忆这个地方的有好多首。我小时第一次到北海公园,是"七七事变"前不久,不久抗日战争爆发。北京便沦陷了,所以有一首回忆北海公园的诗结尾一句是"别来都是乱离人"。这诗如写在抗战期间,自然不成问题,而写在解放了十三年的新社会,不加说明,这问题就非常严重了。这组诗其他各首大都也散发着封建文人的闲情逸致,腐朽感情,也是必须加以严格批判的。

八、一九六四年春到浦东劳动,看到油菜大丰收,亩产二百斤,我的确受到很大的鼓舞。劳动后偶然想到一些句子,回来整理了十来首小词,有写景、有抒情,内容还一般。其中有一首写门前小塘中看潮水涨落的词,前三句较开阔,下面想到自己的问题不知何时能解决,一种灰溜溜的消极情绪便产生出来,写出"春来有讯海生愁"的句子,与"小塘也接大江流"的开阔情调全不相同,表现了一种矛盾、复杂的感情。

九、我与朱剑心等,有时唱和两首诗,这些唱和的诗词,有的是有题目的,有的是互相赠送的。有题的比较明确,互相赠送的则内容笼统,堆积些典故,相互吹捧一番,这种封建文人式的互相勾连,无聊吹捧,极易散发腐朽的封建感情。为朱剑心去杭州,回来后,我用唐代杜甫《秋兴》八首的诗韵,写了八首诗送他,称他作"梅花万树一诗翁",把他捧得有些飘飘然,当时感到这是什么文人积习,没有什么,通过"文化大革命",深深认识到这种唱和,不只是无聊、腐朽,而且是互相传播封建毒素,在政治上是严重错误的。

以上是我根据记忆,就我写过的诗词问题比较严重的向组织作个交待、检查。这里我首先表示,今后一定要痛改前非,决不再写旧诗、旧词,决不再搞那种封建文人的唱和来往。

再有,我在交待、检查中,对这些旧诗词的批判还是不够的,因记忆有限,引的材料还是不够多的。还有待于进一步着重批、批深、批臭,真正从中得到彻底改造。

斤,我的确受到很大的鼓舞。劳动后偶然想到一些句子,回来整理了十来首小词,有写景、有抒情,内容还一般。其中有一首写门前小塘中看潮水涨落的词,前三句较开阔,下面想到自己的问题不知何时能解决,一种灰溜溜的消极情绪便产生出来,写出"春来有讯海生愁"的句子,与"小塘也接大江流"的开阔情调全不相同,表现了一种矛盾、复杂的感情。

九、我与朱剑心等,有时唱和两首诗,这些唱和的诗词,有的是有题目的,有的是互相赠送的。有题的比较明确,互相赠送的则内容笼统,堆积些典故,相互吹捧一番,这种封建文人式的互相勾连,无聊吹捧,极易散发腐朽的封建感情。为朱剑心去杭州,回来后,我用唐代杜甫《秋兴》八首的诗韵,写了八首诗送他,称他作"梅花万树一诗翁",把他捧得有些飘飘然,当时感到这是什么文人积习,没有什么,通过"文化大革命",深深认识到这种唱和,不只是无聊、腐朽,而且是互相传播封建毒素,在政治上是严重错误的。

以上是我根据记忆,就我写过的诗词问题比较严重的向组织作个交待、检查。这里我首先表示,今后一定要痛改前非,决不再写旧诗、旧词,决不再搞那种封建文人的唱和来往。

再有,我在交待、检查中,对这些旧诗词的批判还是不够的,因记忆有限,引的材料还是不够多的。还有待于进一步着重批、批深、批臭,真正从中得到彻底改造。